PROPHÉTIE MAGIQUE

SÉRIE SASHA URBAN : TOME 6

DIMA ZALES

♠ MOZAIKA PUBLICATIONS ♠

Publié par Mozaika Publications, une marque de Mozaika LLC.
www.mozaikallc.com

Couverture par Orina Kafe
www.orinakafe.design

Traduit de l'anglais (États-Unis) par Suzanne Voogd

e-ISBN : 978-1-63142-956-9
Print ISBN : 978-1-63142-959-0

CHAPITRE UN

MA MÈRE BIOLOGIQUE EST LILITH.

C'est-à-dire la mère des démons dans les légendes humaines.

La même Lilith qui s'est faite déesse sur l'un des Autremondes et qui a gardé mon père biologique, Raspoutine, dans un cachot, avec un peu de torture occasionnelle pour faire bonne mesure.

Oui, d'accord.

Je me lève et j'attrape des vêtements en essayant de digérer tout cela.

Ma mère est une Consciente ultra-rare avec des pouvoirs doubles : ceux d'une vampire et d'une manipulatrice des probabilités. Elle allait m'élever d'une façon si horrible que Raspoutine a dû m'enlever et me cacher sur Terre avec mes parents non-Conscients. Et maintenant, armée de mon nom complet, elle me cherche.

Que me veut-elle ? Ça m'étonnerait qu'elle espère m'emmener à une retraite de yoga.

Ce n'est cependant pas ma plus grande inquiétude du moment. Ma vision a commencé par me la montrer cherchant Nero. Elle veut se venger pour ce qu'il a fait dans son monde.

Il a potentiellement plus de problèmes que moi.

J'enfonce accidentellement mon pied droit dans la jambe gauche de mon jean, et je tombe presque à la renverse. Je me rattrape à mon bureau et je finis de m'habiller avant de mettre la main sur mon téléphone.

Waouh.

J'ai d'innombrables appels manqués de la part de maman, ma mère adoptive mais pas moins réelle.

Est-elle revenue de son voyage ? Ou veut-elle rester plus longtemps à Paris ?

Oh, et j'ai aussi quelques appels ratés de mon père adoptif... et lui devrait être rentré de ses vacances, maintenant.

Super. J'étais si occupée à chercher mes parents biologiques que j'ai abandonné mes véritables parents... ce qui est inacceptable. Maman et papa m'ont élevée. Ils devraient toujours avoir plus d'importance pour moi que Raspoutine, qui m'est pratiquement inconnu.

Et ne parlons même pas de Lilith.

La bonne nouvelle est que maman ne semble pas encore en mode panique : sinon, elle appellerait en continu. Ou peut-être a-t-elle dépassé le mode panique et se trouve-t-elle dans une nouvelle phase que je ne connais pas encore ?

Mais non. Elle serait déjà ici. Ou bien elle aurait envoyé la police me chercher.

Décidant de gérer d'abord la situation potentiellement mortelle de Lilith qui cherche à se venger, j'appelle Nero.

Comme il ne décroche pas, je laisse un message sur le répondeur en le pressant de me rappeler.

En général, mon patron est assez rapide pour me recontacter, mais les secondes s'égrènent et il ne se passe rien.

Afin de ne pas devenir folle, je pars à la salle de bains et entame ma routine matinale.

Quand j'ai fini de me laver, j'envoie un texto à Nero demandant qu'il me rappelle *maintenant*. Je me dirige vers la cuisine sans quitter le téléphone des yeux.

Pas de réponse.

Felix et Fluffster mangent tous les deux du porridge quand j'entre, et la chatte avale son Gourmet. En levant la tête de son assiette, elle me jette un regard semblant signifier : *Encore une paysanne que Notre Majesté doit patiemment tolérer. Notre indulgence est sans limites.*

Felix tient une cuillère dans une main et un téléphone dans l'autre.

— Maya, je suis vraiment désolé, est-il en train de dire, la bouche pleine. Je n'ignorais pas tes appels et tes textos : j'étais dans un endroit où ça ne capte pas. Je t'expliquerai…

Ah…

Je ne suis donc pas la seule à qui l'on reproche d'avoir été injoignable. Felix l'était aussi… et il doit maintenant des explications à mon amie de l'Orientation, qui a presque dix-huit ans.

Oh, et la culpabilité avec laquelle il se défend rend les choses officielles.

Maya et lui sortent ensemble.

— Sasha, me dit mentalement Fluffster. Tu te lèves tôt. Comment te sens-tu ?

— Une seconde, je marmonne en envoyant un e-mail encore plus appuyé à Nero pour lui demander de me contacter.

Quand il me voit, Felix débite des excuses supplémentaires à Maya, lui explique qu'il ne peut pas parler tout de suite et raccroche.

Pendant que j'attends une réponse de Nero, j'attrape un bol et y mets quelques cuillères de porridge.

— Est-ce que ça va ? demande Felix, dont le monosourcil frémit alors qu'il me dévisage. Tu as l'air d'avoir vu un fantôme.

— Non, dis-je après avoir avalé ma merveilleuse première cuillerée. J'ai appris quelque chose de très perturbant, ce matin.

Tout en vérifiant mon téléphone toutes les trois secondes pour ne pas rater une réponse de Nero, je leur fais part de ma vision concernant Lilith.

Il s'ensuit un silence stupéfait, et plus personne ne mange, en dehors de la chatte.

— Je ne sais pas quoi dire, finit par marmonner Felix. Cette… chose est ta mère ?

Je grimace.

— Je sais. Et maintenant, je n'arrive pas à joindre Nero. J'espère qu'elle ne lui a pas réglé son compte.

— Nero est tout à fait capable de se défendre tout seul, assure Felix d'un air confiant. Nous sommes sur Terre. Lilith ne peut pas avoir recours aux mêmes combines que dans son monde.

— Mais Nero ne peut pas non plus se transformer en dragon quand il le souhaite, précise Fluffster. Ça équilibre peut-être les choses ?

Le petit déjeuner tombe au fond de mon estomac comme une brique.

— D'accord, mais pourquoi Nero ne me rappelle-t-il pas ?

— Il pourrait être en réunion, suggère Felix. Laisse-lui quelques minutes avant de commencer à paniquer.

— Tu as raison.

Je prends une autre bouchée de porridge.

— Je vais attendre jusqu'à la fin de mon petit déjeuner.

Pendant que je mâche, une idée me vient soudain : une chose que j'aurais dû faire tout de suite mais que j'ai oubliée dans ma panique.

Je peux regarder l'avenir de Nero et m'assurer qu'il va bien.

Je m'empresse de me concentrer et je finis dans l'espace mental, où je m'attarde sur l'essence de Nero. En bonus, j'ajoute mes sentiments très complexes pour lui à mon invocation, imitant ce que fait Raspoutine quand il souhaite une vision sur quelqu'un. Je vais même jusqu'à me rappeler que nous avons eu un rapport intime, lors duquel Nero m'a donné du plaisir mais a refusé de céder à son propre désir de peur de perdre le contrôle et de me faire mal... quoi que ça signifie.

Mes efforts sont récompensés.

Un tas de formes inoffensives apparaît autour de moi, et je m'étends vers la plus prometteuse.

———

JE SUIS DÉSINCARNÉE... ce qui signifie que je ne fais pas partie de cette vision.

Nero se trouve dans son bureau à la boîte de nuit de Gomorrah. Il avance vers le mur et ouvre le coffre-fort.

Il en sort respectueusement l'épée qu'il y a laissée hier : une lame que j'ai fini par considérer comme la mienne. Elle est faite de quelque chose qui ressemble à la technologie des portails, et dans une de mes visions, Lilith s'en est servie pour tuer Nero.

A-t-il l'intention d'attaquer Lilith avec ? Si oui, sait-il qu'elle est déjà sur Terre ? Raspoutine l'a averti qu'elle possédait le sang de Nero, et qu'elle viendrait le chercher pour se venger. D'un autre côté, Nero a dit qu'il partirait chercher Claudia quoi qu'il arrive. Est-ce ce qu'il est sur le point de faire ? Chercher cette femme qu'il pensait morte mais dont il vient d'apprendre qu'elle est en vie ?

Me quitte-t-il sans même un au revoir ?

Nero appuie sur le bouton dans la garde de l'épée, et

la lame scintillante comme un sabre laser apparaît, illuminant son visage menaçant.

En hochant la tête, il appuie à nouveau sur le bouton pour cacher la lame.

JE SUIS de retour à la table de la cuisine, dans mon appartement.

Felix et Fluffster parlent d'autre chose, mais mes pensées sont avec Nero.

Cette vision explique pourquoi il n'a pas répondu à mes appels, mes e-mails et mes textos.

Il est sans doute déjà à Gomorrah, sur le point de faire ce que je viens de voir dans cette vision.

Je suis peut-être perturbée par son départ, mais je suis aussi soulagée. Il est en sécurité jusqu'à l'avenir proche de ma vision. Et comme il se trouve dans sa propre boîte à Gomorrah et qu'il possède l'épée, il est mieux équipé pour gérer Lilith.

Malgré tout, je retourne dans l'espace mental et me concentre cette fois sur Lilith.

J'EXAMINE ma mère biologique et remarque plus de ressemblances entre nous deux, de la peau pâle à une certaine espièglerie dans les yeux.

Elle se trouve à côté du magasin Apple avec un iPhone flambant neuf contre son oreille.

Intéressant.

Soit elle s'adapte étonnamment bien à la modernité, soit elle est déjà allée dans un monde avec notre niveau de technologie.

Bientôt, la déesse du mal enverra des emojis d'aubergines à ses sbires et postera des photos de ses victimes éviscérées sur Instagram… ou bien sur Pinterest, afin que les autres dieux maléfiques – ou ma nouvelle chatte – puissent les admirer.

— Non, ça prendrait trop de temps, dit Lilith d'un ton irrité au téléphone. Je t'enverrai le chemin à prendre dans les Autremondes par texto. Si tu suis correctement mes instructions, tu devrais arriver dans…

———

Ma vision est interrompue avant que je puisse épier la suite de cette conversation mystérieuse, alors je retourne dans l'espace mental… Mais cette fois, ma vision n'est pas de Lilith en train de parler au téléphone.

Elle sort d'un magasin Giorgio Armani en centre-ville, vêtue comme pour la couverture d'un magazine de mode.

Eh bien, c'est rassurant en ce qui concerne les priorités diaboliques.

Comment a-t-elle pu payer ses vêtements ? L'ensorcellement vampire fonctionne-t-il pour ce genre de sommes ?

— Je n'arrive toujours pas à croire qu'il s'agit de ta mère, murmure Fluffster dans ma tête quand je sors de l'espace mental. Est-ce que ça signifie que tu vas hériter de ses pouvoirs ?

Je fixe mon domovoi chinchilla d'un air hébété.

Je n'avais pas encore envisagé l'aspect génétique de cette histoire.

— C'est peu probable, répond Felix à ma place. Les doubles pouvoirs comme ceux de Lilith sont rares, alors ne parlons même pas des triples pouvoirs.

— Mais j'ai toujours été pâle, dis-je en regardant mes mains.

Mes doigts, qui serrent ma cuillère en tremblant, sont si blancs que j'aurais pu être albinos. En fronçant les sourcils, je lève la tête.

— Est-ce que ça signifie que je suis une prévamp ?

Felix ajoute du sucre brun dans son bol et hausse les épaules.

— C'est impossible à savoir tant que tu n'as pas vécu longtemps sans montrer de signes de vieillissement. Même alors, j'ai cru comprendre que tous les prévamps – ou du moins les gens qui pensent être des prévamps – ne se transforment pas en vampires quand ils meurent.

J'inspire pour me calmer et me concentre sur mon porridge, que je mélange.

— Eh bien, la terminologie est mauvaise. Le suffixe « pré » donne l'impression que c'est certain. D'après ce que tu dis, le terme devrait être « peut-être vamp » ou « avec de la chance vamp ».

Je me souviens alors d'un élément important.

— Attendez, non. Je ne suis pas une prévamp. Je me suis déjà vue mourir dans des visions, et je ne me suis jamais transformée en vampire. Mon cadavre reste juste allongé là.

— Alors, tu n'es sans doute pas une prévamp, acquiesce Felix.

Je pousse un soupir de soulagement et de déception. Ce serait peut-être cool de ne pas mourir et d'avoir tous les pouvoirs des vampires, mais je ne sais pas trop si je veux boire du sang.

— Qu'en est-il de la manipulation des probabilités ? intervient Fluffster. Comment pouvons-nous savoir si Sasha a hérité de *ça* ?

— À ma connaissance, il n'existe pas de caractéristiques physiques comme la pâleur, fait remarquer Felix. Les intrigants n'aiment pas les voyants et Sasha est une voyante – ce qui me fait douter qu'elle puisse être les deux, mais je n'ai aucune base rationnelle pour le prouver.

— N'aurais-je pas plus de chance dans la vie si j'étais une manipulatrice des probabilités ? m'enquiers-je en me souvenant de toutes mes mésaventures récentes.

Felix prend une grosse cuillerée de porridge.

— Je ne crois pas que ça empêche toutes les mauvaises choses qui peuvent t'arriver. L'univers est trop chaotique pour qu'une personne puisse entièrement le manipuler avec son pouvoir.

Il enfonce la cuillère dans sa bouche.

— Tu as sans doute raison. Chester a perdu sa femme et son siège au Conseil... même si ce dernier point ne compte pas vraiment, car Nero pourrait le lui rendre.

— Si j'étais toi, j'en apprendrais davantage sur les intrigants, suggère Fluffster.

— Je vais discuter avec Chester, dis-je. Il me doit quelques cours au sujet de son pouvoir.

— C'est intéressant, il te doit précisément ce dont tu as besoin, constate Felix avec un reste de porridge dans la bouche. Quelle *chance*.

— J'ai l'impression que je vais remettre en question chaque coïncidence heureuse, maintenant. Oh, et si je suis vraiment une manipulatrice des probabilités, je me demande si ma prédiction télévisuelle m'a donné un boost de pouvoir dans ce domaine. Quand la performance a été mise sur YouTube, de nombreux commentaires ont affirmé que j'avais simplement eu de la chance... ce qui signifie que des tonnes de gens *croient* en ma chance.

— C'est possible, songe Felix. À vrai dire, je me demande si certaines des choses que nous avons attribuées à tes capacités de voyante ne seraient pas dues à la chance... ton choix dans les portefeuilles d'actions, par exemple.

Ça me rappelle Nero, et je vérifie mon téléphone.

Rien. Pas de réponse. Si je veux lui parler de ses plans, de Claudia, et de ce qui se passe entre nous, je dois le retrouver dans sa boîte de nuit à Gomorrah... et je ferais mieux de me dépêcher, puisque je ne sais pasquand auront lieu les événements de ma vision.

Je me souviens alors de quelque chose d'important que j'ai voulu demander à Felix.

— Peux-tu cacher ma présence en ligne ? lui dis-je rapidement avant d'oublier encore. Lilith connaît mon nom et elle pourrait me chercher sur Google.

— Je le ferai en partant au travail. En parlant de ça – Felix regarde l'horloge et grimace –, je ferais mieux de me dépêcher.

— Attends, une dernière chose. Tu saurais découvrir à qui parlait Lilith au téléphone ?

Il me regarde sans comprendre, alors je lui raconte la conversation qu'elle a eue sur son portable dans ma vision.

— Je n'ai pas beaucoup d'éléments, dit-il en fronçant les sourcils. Tu connais son numéro, ou le numéro de la personne qu'elle a appelée ?

— Je te le dirais, si c'était le cas.

— D'accord. Pardon. Je vais faire de mon mieux quand j'aurai le temps, mais si j'étais toi, je ne m'attendrais pas à des miracles.

— Je comprends.

Il avale le reste de son petit déjeuner, se lève d'un bond et court vers la porte.

Je suis son exemple, avalant mon porridge sans mâcher, et me lève en vitesse. Il est déjà parti quand j'atteins le couloir et mets mes chaussures.

En sortant, je vois Thalia – ma nonne/entraîneuse

en arts martiaux/garde du corps – et un type que je n'ai encore jamais rencontré.

Un type si attirant que ça détourne mon attention, avec des traits si parfaits qu'ils évoquent un des frères Hemsworth. Il possède une aura du Mandat, ce qui signifie que contrairement à certains des autres gardes que Nero m'a attribués, cet homme est une espèce de Conscient.

— Bonjour, Sasha.

Le sourire du nouveau rivalise de perfection avec celui d'Ariel.

— Je m'appelle Eric. Nero m'a demandé d'aider Thalia à faire en sorte que tu sois à l'aise dans ton appartement.

— À l'aise ?

Je les dévisage tour à tour.

— Avez-vous reçu l'ordre de me garder prisonnière ici ?

CHAPITRE DEUX

THALIA HOCHE LA TÊTE, l'air sombre, puis elle se détourne, sur le point de partir.

— Non, attends. Je dois me rendre quelque part.

Instinctivement, j'attrape son épaule.

La bonne sœur bouge comme elle le ferait sur le tapis d'entraînement. Elle saisit mon poignet, fait un pas derrière moi et me tord douloureusement le bras dans le dos.

Je suis surprise de voir Eric attraper le poignet de la nonne.

— Personne n'a le droit de lui faire de mal. Nero a été très clair. Ça te concerne également.

Thalia lève les yeux au ciel, mais me relâche sans se débattre. Elle sort alors son téléphone et tape :

Désolée, mais tu vas devoir prendre quelques vacances chez toi.

Là-dessus, elle part appeler l'ascenseur.

— Je peux récupérer tout ce dont tu as besoin,

m'indique Eric d'un ton apaisant en me guidant vers ma porte. De la nourriture, des films, des livres sur la magie... tout ce que tu veux. Quelqu'un ira les chercher.

— J'ai une affaire urgente dont je dois parler avec Nero, dis-je en campant sur mes positions à une trentaine de centimètres de mon appartement. Vous avez un moyen de le joindre ?

Thalia hausse les épaules avant de monter dans l'ascenseur et Eric annonce :

— Il m'a prévenu qu'il serait injoignable et m'a demandé de m'excuser auprès de toi par avance.

— Je trouve cette dernière partie très difficile à croire, dis-je en cherchant désespérément un moyen de contourner Eric.

L'ascenseur se referme, emportant Thalia.

— Ne t'inquiète pas. Il n'y a pas que Thalia et moi pour te garder. Nous avons des gens qui entourent le bâtiment – y compris la porte de derrière. Personne ne peut entrer sans que je le sache.

Ce qui implique également que personne ne peut *sortir* sans qu'Eric le sache.

Eh bien, vérifions s'il est doué dans son travail.

Je me convaincs que je vais m'enfuir... ce qui n'est pas difficile, car j'en ai très envie. Ensuite, j'inspire profondément et saute dans l'espace mental.

Les formes autour de moi semblent désagréables, mais pas mortelles.

Je choisis à l'instinct et m'étire vers l'une d'entre elles.

— D'accord, dis-je à Eric avant de me retourner vers la porte, mes muscles se préparant à sprinter.

— Crie si tu as besoin de quoi que ce soit, dit-il.

Sans répondre, je bondis sur le côté et pique un sprint vers la cage d'escalier... mais je me heurte au corps dur d'Eric.

Waouh.

Il doit avoir un pouvoir de vitesse supersonique, pour me barrer la route si vite.

— S'il te plaît, Sasha, lâche Eric en me tenant par les bras. Rentre chez toi.

En soufflant, je me détourne et je repars dans l'appartement.

De retour dans la réalité, je saute dans l'espace mental et je tente quelques visions supplémentaires dans lesquelles je m'échappe. Chaque fois, Eric m'en empêche, et parfois il me ramène à la maison pendant que je crie ou que je donne des coups de pied.

Je quitte l'espace mental pour la dernière fois, entre dans l'appartement et claque la porte au visage d'Eric.

Dans le couloir, je lutte pour imaginer une sortie de cette situation embarrassante.

Puis-je le menacer avec un pistolet ? Bluffer ?

Le problème est que j'ai laissé mon pistolet au labo près de la plateforme JFK.

Je me rends dans la chambre d'Ariel et cherche un pistolet qu'elle aurait pu y cacher. Elle prend ses droits du deuxième amendement très au sérieux, j'ai donc une chance d'y arriver.

Au bout de longues recherches, je trouve une paire de menottes dans sa table de nuit, deux couteaux dans son placard, et une boîte de balles sous son lit… mais pas de pistolet.

Cependant, je ne veux pas abandonner. Il doit y avoir un autre moyen de sortir de l'appartement.

Je recommence à faire les cent pas jusqu'à apercevoir Fluffster qui me fixe d'un air interrogateur… et c'est alors que j'ai une idée.

J'explique rapidement la situation au chinchilla et me dirige vers la porte. Je souris au garde en l'ouvrant.

— Salut, Eric. Je suis désolée d'avoir été grognon tout à l'heure. Nero m'irrite, mais je ne devrais pas me venger sur toi.

— Aucun souci, répond-il avec un grand sourire. Je n'aime pas ça non plus. Je croyais que j'allais être garde du corps, pas gardien de prison. Mais je dois un service à Nero, et il a expliqué que c'était pour te protéger, alors…

— Tu veux du café ou du thé ? lui dis-je avec autant de nonchalance que possible. Peut-être une chaise, afin que tu ne sois pas obligé de rester debout dans le couloir ?

Son sourire s'élargit.

— Un café serait merveilleux, merci.

— Super.

Je retourne dans la cuisine.

Eric entre dans mon appartement sans y avoir été invité, ce n'est donc pas un vampire… même si je n'en doutais pas, car il a une peau parfaitement bronzée.

Quand il me suit dans la cuisine, je lui tends un expresso et je lance :

— Oh, zut. J'ai oublié d'enlever mes chaussures.

Quand je commence à partir, Eric avale la boisson d'une seule traite et tente de me suivre… jusqu'à ce que Fluffster lui barre la route. Je laisse tomber mon ton amical :

— À vrai dire, je pense qu'il vaudrait mieux que tu restes dans la cuisine.

Là-dessus, Fluffster prend sa forme monstrueuse.

Il ne semble pas aussi terrifiant que lorsqu'il a tué Harper le succube, mais ça suffit à faire monter ma pression sanguine, et ce n'est pas moi qui suis en danger.

— Nero m'a prévenu que tu pourrais essayer ça, soupire Eric. J'espérais qu'il avait tort.

Je le fixe du regard, perplexe. De quelle puissance dispose-t-il pour ne pas avoir peur d'un domovoi protégeant sa propre maison ?

D'un autre côté, Nero a demandé à ce type de me garder. Étant donné mon penchant pour me créer des ennemis puissants, il doit être assez redoutable.

Avec un autre soupir exagéré, Eric disparaît devant mes yeux, comme s'il n'avait jamais été là.

Je me frotte les yeux.

Non. Il est parti.

Je regarde Fluffster. Il reprend sa forme de chinchilla mignon et semble perplexe, lui aussi.

— Tu es invisible ?

Les bras tendus, je parcours la cuisine comme une aliénée, mais je ne trouve aucun signe d'Eric.

Quelqu'un frappe à la porte d'entrée.

Je vais ouvrir… et découvre Eric sur le seuil, l'air satisfait.

— Comment ? Tu étais dans la cuisine.

Eric bombe le torse, ce qui lui donne un air de pingouin.

— Je peux me téléporter. Si les gardes en bas me préviennent d'un danger, je suis censé te téléporter en lieu sûr.

Il regarde Fluffster.

— J'espère que ton domovoi ne m'empêchera pas de faire mon devoir ?

— Bien sûr que non, souffle Fluffster en agitant sa queue touffue.

Un téléporteur, hein ? Hekima a effectivement mentionné un pouvoir de téléportation lors d'une des Orientations. Il a dit que c'était rare… mais je ne suis pas étonnée que Nero en connaisse un.

Je suis sur le point d'assaillir Eric de questions sur son pouvoir quand l'ascenseur sonne et que ses portes s'ouvrent.

Avec un air de sombre détermination, Eric saisit mon poignet et se raidit… apparemment prêt à me téléporter loin du danger.

À ma grande surprise, ma mère sort de l'ascenseur.

CHAPITRE TROIS

MA VRAIE MÈRE, je veux dire, pas Lilith.

Son expression me fait penser qu'elle est effectivement entrée dans une nouvelle phase d'inquiétude à mon sujet qui dépasse de loin son « mode panique » habituel.

Mince. J'aurais dû l'appeler dès que j'ai découvert les appels manqués.

Quand elle me voit sur le seuil, un air de soulagement passe sur son visage, vite remplacé par de l'indignation. Mais avant qu'elle puisse dire quoi que ce soit, son regard atterrit sur Eric, et elle semble à la fois perplexe et impressionnée.

— Non, dis-je à Eric dans un sifflement en essayant de m'écarter.

S'il me téléporte maintenant, il enfreindra le Mandat et donnera sans doute une crise cardiaque à ma mère par-dessus le marché.

On dirait que je n'ai pas besoin de l'avertir. Quelque

chose chez ma mère – sans doute son absence d'aura – lui fait lâcher mon poignet comme s'il venait d'apprendre que j'avais une maladie contagieuse.

— Madame Ballard.

Il adresse à ma mère un sourire si charmant que l'on s'attendrait presque à ce qu'il sauve une princesse Disney d'un instant à l'autre.

— J'ai beaucoup entendu parler de vous.

Waouh. Nero a vraiment préparé ce type pour son travail. À moins qu'il n'ait toujours été aussi minutieux avec mes gardes, sans que je le sache ?

Au lieu de répondre, maman rougit comme une demoiselle médiévale qui n'a jamais vu d'homme attirant de sa vie.

— Donc, comme je le disais, Eric, fais-je remarquer en m'éclaircissant la gorge. Ariel n'est pas à la maison, mais elle reviendra très vite.

— D'accord, dit-il en me faisant un clin d'œil de façon à ce que ma mère ne puisse pas le voir. J'attendrai Ariel ici afin de pouvoir la surprendre quand elle sortira de l'ascenseur. Merci.

Je lutte pour dissimuler mon sarcasme.

— Oui. Bonne idée.

Je salue ma mère, qui fixe Eric, bouche bée, et j'ajoute :

— Allez, viens, maman, je vais te préparer ton thé préféré.

Elle détache le regard de mon garde et me suit dans l'appartement.

Une fois à l'intérieur, elle me jette un regard déçu.

— Cet homme sort donc avec Ariel, et pas avec toi ?

Est-ce un prélude à la conversation « je veux des petits-enfants » ? Si c'est le cas, je dois faire attention, car ce sujet-là peut prendre toute la journée… et je n'ai pas le luxe de perdre « accidentellement » toute réception pendant un appel ou d'avoir une « coupure » de Skype.

— Ariel et lui sont ensemble, dis-je en la conduisant dans la cuisine. Et de toute façon, je fréquente déjà quelqu'un d'autre.

En parlant, je me demande si je mens. Je regrette presque de ne pas être Pinocchio, car ainsi je pourrais voir ce qu'il se passe avec mon nez.

Maman s'assied à la table, les yeux brillants d'excitation.

— Qui ? Comment ? Raconte-moi tous les détails.

Si seulement je pouvais manipuler mes ennemis aussi facilement. J'ai appâté maman, maintenant, elle a bien mordu à l'hameçon.

— Il est encore tôt, alors je ne veux pas me porter la poisse en parlant de lui.

Je pose mon téléphone sur la table au cas où Nero appelle, puis je mets de l'eau à chauffer.

— Te connaissant, il te plairait, j'en suis sûre.

Évidemment. Nero est la personne la plus riche que je connaisse, et ça a beaucoup d'importance aux yeux de ma mère. Quand elle apprendra ça et qu'elle verra comme il est attirant, elle n'arrêtera plus de faire des allusions aux bébés. Peu importe que ce soit mon patron ou un dragon… même si elle ne serait pas au courant de ce dernier élément.

— C'est plus sage, en effet, lance ma mère en hochant la tête. Tu pourras m'en parler quand ce sera plus officiel.

Oui, tout fonctionne comme prévu. Elle croit au mauvais œil et à ce genre de superstitions, alors l'idée de porter malchance à une nouvelle relation lui paraît tout à fait logique… et cette histoire détourne son attention de ma disparition. Je décide de tenter quelque chose :

— Je viens de rentrer. Il m'a emmenée pour une escapade romantique et nous avons laissé nos téléphones à la maison. Quand j'ai vu tes appels il y a quelques minutes, j'ai compris que j'aurais dû te parler du voyage avant de partir, mais c'était très soudain, et je pensais que tu étais toujours à Paris, alors…

— Oh, ma chérie, dit-elle, les yeux brillants. Je comprends tout à fait. En fait, ce doit être le destin, parce que moi aussi, j'ai rencontré quelqu'un à Paris. Il était là-bas pour affaires, et je suis rentrée afin que nous puissions passer plus de temps ensemble… mais je ne veux pas non plus me porter malchance en parlant trop de lui.

Waouh.

Maman a rencontré quelqu'un ?

C'est énorme.

Et malgré ce qu'elle dit, il est évident qu'elle a très envie de m'en parler.

— Il est de New York ?

Je place plusieurs sachets de thés différents dans la tasse de ma mère et verse l'eau bouillante.

— Il est grand ? Je suis sûre que tu peux me le révéler sans crainte.

— Je te raconterai tout quand les choses seront plus sérieuses, insiste maman avec une autodiscipline que même Thalia lui envierait.

— Je comprends. Sinon, quoi de…

Mon téléphone sonne.

Nous le regardons toutes les deux.

C'est mon père. C'est-à-dire l'homme qui m'a élevée, et l'ancien mari de maman.

Le visage de ma mère est difficile à déchiffrer, mais je devine qu'elle n'apprécie pas.

— Je vous aime tous les deux, maman, je précise en attrapant mon téléphone. Je ne le choisirais jamais avant toi, je le jure.

— C'est gentil, dit-elle platement. Mais tu devrais prendre l'appel. Je pense savoir pourquoi il te contacte.

Perplexe, je décroche.

— Sasha ?

Mon père semble paniqué… ce qui n'arrive jamais.

— Que se passe-t-il ?

— Il y a un homme ici qui ne me laisse pas appuyer sur la sonnette, répond-il. Tout va bien ? Ta mère…

— Attends, quoi ? Tu es à la porte ? Ici, à New York ?

— Oui. Et…

— Une seconde.

Je me précipite vers l'entrée et ouvre.

Eric, qui bloque le chemin de mon père, me jette un regard interrogateur.

Je suppose que Nero lui a laissé un dossier comprenant ma mère, qui vit dans le coin, mais pas mon père habitant plus loin.

— Laisse passer mon père, s'il te plaît, dis-je. Ariel devrait rentrer d'une minute à l'autre.

— Très bien.

Eric se racle la gorge et se décale en expliquant :

— Pardon. Ariel – ma petite amie – m'a dit que quelqu'un appuyait tout le temps sur sa sonnette pour l'embêter, alors je…

— Aucun problème, répond papa. Je suis simplement heureux que Sasha soit en vie.

En vie ?

Stupéfaite, je fais entrer mon père dans l'appartement.

— Pourquoi ne serais-je pas en vie ?

— Mackenzie, lâche papa avec une politesse exagérée lorsque ma mère s'avance vers nous.

— Braxton.

Elle hoche la tête, le ton froid mais pas aussi méchant que je l'aurais prédit.

— Que se passe-t-il ?

Je regarde tour à tour chaque unité parentale.

— C'est peut-être de ma faute, avoue ma mère en baissant le regard vers ses chaussures Louis Vuitton impeccables. Je n'arrivais pas à te joindre, et comme je savais que vous aviez commencé à vous parler, je l'ai appelé pour voir s'il savait où tu étais.

Oh. J'avais oublié l'hystérie, au-delà du mode panique. Apparemment, quand elle est assez inquiète à mon sujet, elle est prête à appeler le diable en personne.

Je suppose que c'est touchant, d'une façon un peu malsaine.

— J'ai sauté dans un avion pour venir te trouver, ajoute papa. Mais je suppose que tu n'étais pas vraiment perdue.

— Elle avait une bonne raison de disparaître, dit ma mère, sur la défensive, même si mon père ne semble pas du tout accusateur, seulement soulagé. C'était simplement une affaire de femme.

Elle le regarde d'un air de défi.

— Tu ne peux pas comprendre.

Mon père pâlit.

Je parie qu'il vient de m'imaginer faire un avortement clandestin ou opérer un cancer utérin.

— La bonne nouvelle est que je vais entièrement et totalement bien, dis-je avant que cette conversation étrange ne se transforme en dispute.

Et je n'ai pas besoin de mes pouvoirs de voyance pour savoir que ce futur est proche.

Est-ce pour cette raison que j'ai un mauvais pressentiment, qui m'évoque les avertissements habituels de mon pouvoir sans être aussi précis ?

Je suis un aimant à problèmes ; c'est peut-être pour cette raison que mes pouvoirs me préviennent alors que mes parents humains sont si proches de moi ? Après tout, si Lilith débarquait soudain ici, Eric me téléporterait sans doute, mais sans eux.

C'est décidé. Je ne peux pas me permettre d'ignorer mes intuitions, mes parents doivent donc partir.

— La bonne nouvelle est que je vous ai vus tous les deux, dis-je en cherchant fébrilement une stratégie de sortie. Il faut vraiment que l'on se prévoie un moment ensemble bientôt… mais pas maintenant, parce que mon travail s'est accumulé de façon catastrophique.

— Oh, disent-ils tous les deux d'un air déçu.

C'est admirable de voir qu'ils avaient pensé pouvoir tolérer la présence de l'autre et passer du temps avec moi comme deux adultes civilisés.

Et ils en auraient peut-être été capables. Je veux dire, ils sont encore polis, ce qui est un progrès monumental.

— Appelez-moi si vous êtes libres ce week-end, leur dis-je. Et papa, si tu dois rentrer, ne t'inquiète pas. Je prendrai un avion dès que mon emploi du temps le permettra.

Je suis surprise de voir ma mère sourire d'un air approbateur.

A-t-elle réussi à passer à autre chose depuis qu'elle a rencontré un nouvel amant ? Ou bien l'idée de me « perdre » resserre-t-elle les liens entre eux ?

— Très bien, me dit mon père avant de se tourner vers maman. Nous devrions laisser Sasha travailler.

— Tu as un chat, maintenant ? me demande maman en apercevant Lucifer… qui fixe tout le monde avec un air malveillant sur sa tête toute plate.

— Qu'est-il arrivé à l'espèce de rat poilu ?

— Oui. C'est Luci, dis-je en guidant mes deux

parents vers la porte. Fluffster va très bien, maman, ne t'inquiète pas. La chatte et lui s'entendent parfaitement.

À la mention de son nom, Fluffster apparaît dans le salon.

— Un chinchilla ? s'exclame papa.

Je me sens coupable en comprenant qu'il n'est jamais venu chez moi et qu'il n'a pas entendu parler de l'existence de Fluffster.

— Il faudra que tu me parles de tout ça, et de la chatte, quand nous passerons du temps ensemble, ajoute-t-il.

— Et à moi du chat, ajoute ma mère avec jalousie.

J'ouvre la porte et je leur promets :

— Je le ferai.

Ils sortent à contrecœur.

— Rebonjour, dit Eric à mes parents. Laissez-moi vous appeler l'ascenseur.

Avant qu'ils répondent, il s'exécute et l'ascenseur s'ouvre tout de suite : il n'a pas dû partir depuis l'arrivée de papa.

Mes parents entrent, et lorsque les portes se referment, je comprends un peu tard que le fait qu'ils descendent *ensemble* n'est peut-être pas une très bonne idée. D'un autre côté, si une chatte et une espèce de rongeur peuvent partager un appartement, ces deux-là peuvent survivre à un trajet en ascenseur. Malgré tout, je note qu'il me faudra utiliser une vision plus tard pour vérifier qu'ils ont pu sortir avec toute leur santé mentale.

— Zut, dis-je à Eric lorsqu'une idée improvisée me

passe par la tête. J'ai oublié de donner quelque chose à maman. Je vais descendre et le lui passer.

— Bien sûr. Allons-y ensemble.

C'est malin. Mais il ne comprend peut-être toujours pas ce que j'essaie de faire. Nous verrons bien.

— En fait, dis-je d'un air nonchalant, tu peux peut-être la rattraper pour moi et lui donner ça ?

Sans le laisser répondre, je cours dans l'appartement, verse le thé de ma mère dans un gobelet en papier, et ressors pour le tendre à Eric.

— Aucun souci.

Eric attrape le gobelet et disparaît d'un seul coup.

Je cours vers les escaliers, mais avant même d'atteindre la moitié de l'étage suivant, j'aperçois Eric en bas, qui m'attend avec un sourire.

Qu'il aille au diable avec sa foutue téléportation.

Comment vais-je bien pouvoir m'échapper ?

CHAPITRE QUATRE

J'ANTICIPE et fais semblant de ne pas remarquer Eric.
Je continue à courir jusqu'à le heurter violemment.

Le gobelet de thé tombe sur le sol, et le choc de
l'impact m'accorde un moment pour prendre une
petite vengeance sur Eric.

Avant qu'il comprenne ce que je fabrique, je
m'exclame :

— Hé ! Ça fait mal !

— Tu devrais regarder où tu cours, lâche-t-il,
stupéfait, en ramassant le gobelet maintenant vide. En
règle générale, j'apprécierais que tu évites tout
contact inutile avec moi à partir de maintenant. Je ne
veux pas enfreindre les ordres de Nero, même par
accident.

Nero lui a demandé de ne pas me toucher ? Qu'en
est-il de mon opinion ? J'ai peut-être *envie* qu'Eric me
touche. Ce n'est absolument pas le cas, mais beaucoup
de femmes aimeraient, et cette limite est irritante, à

tout le moins. Je suis la seule à pouvoir décider qui peut ou ne peut pas me toucher.

— Allons-y.

Eric me fait signe de passer devant.

— Nous sommes peut-être partis du mauvais pied, dis-je à mi-chemin de notre destination. Ce n'est pas toi, mon problème.

— Ne t'inquiète pas. Si tu arrêtes de rendre mon travail si difficile, nous sommes quittes.

Je lui mens :

— D'accord. Au fait, je me demandais si tu pouvais te passer de quelques gardes de ton entourage pour veiller sur mes parents ?

Eric s'éclaircit la gorge.

— Nero a déjà des gens pour veiller sur eux, dit-il après une petite pause. Ils étaient ici tout à l'heure, mais tes parents ne le savaient pas.

Je me souviens que Nero avait déjà laissé entendre quelque chose de ce genre, mais je n'avais pas compris qu'il avait continué à veiller sur mes parents même après l'élimination de la menace de Baba Yaga. Quand je lui aurai dit ce que je pense de mon incarcération, il faudra aussi que je le remercie de les avoir protégés. Je suppose que son habitude irritante d'engager des gardes pour surveiller les gens est à double tranchant.

Quand nous atteignons la porte, je lui fais des yeux de chiot et dis d'un ton tout mignon :

— Écoute. Je veux seulement rejoindre Nero à Gomorrah. Tu peux me conduire personnellement jusqu'à lui, et si nous voyons le moindre danger, tu pourras me téléporter à l'écart. Une fois que je serai avec Nero, je serai plus en sécurité que…

— Le scénario que tu décris a été explicitement interdit par Nero, répond-il, non sans gentillesse. Il se rend dans un endroit trop dangereux.

— Oh, allez. J'ai sauvé sa vie non pas *une*, mais *deux* fois, maintenant.

Ce que dit Eric confirme ma théorie selon laquelle Nero veut sauver Claudia, et ça ne me plaît pas du tout.

Le garde me jette un regard qui semble indiquer : *Je ne dicte pas les règles, je me contente de les suivre.*

Je décide d'essayer une autre tactique.

— Et mon travail ? Nero voudrait que je…

— Vos bureaux sont en cours de réparation, alors tu vas travailler à la maison. D'un autre côté, je doute qu'on exige beaucoup de toi à ce niveau pour le moment.

Pas de travail ? Nero doit être *vraiment* préoccupé par sa quête.

En serrant les dents, j'entre dans l'appartement et claque la porte au visage d'Eric.

Ce faisant, je me rends compte que je n'ai même pas pensé à parler à mes parents de mes récentes découvertes au sujet de mes origines biologiques. Cela dit, je ne crois pas le faire un jour. Non seulement ça bouleverserait maman, mais c'est lié à toutes ces histoires de Conscience, et si j'en parlais, je risquerais bien plus que saigner par tous les orifices.

Je pousse un soupir pour me calmer et sors le

portefeuille que j'ai subtilisé à Eric quand je lui ai foncé dessus dans les escaliers.

Avec un peu de chance, j'y trouverai de quoi le faire chanter.

Malheureusement, je ne trouve qu'une douzaine de tickets de cinéma utilisés pour des films de super-héros récents, la photo d'une belle dame âgée qui est sans doute sa mère, des espèces et toute une série de cartes de crédit et de papiers d'identité.

Tant pis pour cette idée. À moins qu'il ne soit vraiment gêné d'être adhérent à Costco, je n'ai rien pour le faire chanter.

Puis-je utiliser mes talents d'illusionniste à la place ?

En m'approchant de ma réserve d'attirail magique, j'envisage toutes les options qui s'offrent à moi.

La fausse lévitation et la manipulation de pièces sont assez inutiles, tout comme ce qui implique des cartes à jouer.

La seule illusion pouvant m'aider est celle où je donne l'impression d'avoir perdu une main dans un accident de couteau. Une fois que les secours seraient venus pour me transporter à l'hôpital, j'aurais largement l'occasion de m'échapper... en supposant que les professionnels de santé se fassent berner par cette illusion.

Cependant, l'effet est assez réaliste. Quand j'ai montré ça à Felix pour Halloween, il y a quelques années, il est tombé dans les pommes... ou peut-être a-t-il fait semblant de s'évanouir pour que je me sente coupable de lui faire cette blague.

Je renifle le faux sang et examine le reste des accessoires, avant de décider que cela pourrait fonctionner… et je me prépare en enfilant le veston qui gratte auquel j'ai fixé le système secret de cette illusion.

Même si ça ne marche pas, le visage d'Eric pourrait être drôle. Nero lui a dit de me protéger et il m'a laissée perdre un membre.

Oui, il est certain qu'il va paniquer.

Je cache déjà le couteau spécial dans ma poche secrète quand je constate un gros problème avec mon plan.

C'est la téléportation d'Eric.

Même s'il gobe « le terrible accident » qu'il est sur le point de voir, il pourra me téléporter directement dans la salle d'opération d'un hôpital au lieu d'impliquer les secours.

Pas génial.

La magie des spectacles ne va pas fonctionner, cette fois.

Ce qu'il me faut, c'est de la magie véritable… comme une cape d'invisibilité, par exemple. Pourquoi mon professeur d'Orientation n'est-il pas davantage comme Dumbledore ?

Minute, papillon.

Penser à l'invisibilité me rappelle hier… et plus spécifiquement la façon dont Chester a pu cacher son lion, Bert, à la vue des humains de l'aéroport en diminuant la probabilité que quelqu'un regarde la bête. Même s'il n'a pas joué avec les propriétés de la lumière, le lion était comme invisible.

La question est : Chester est-il capable de faire ça depuis là où il est ?

Au bout d'un moment, je décide que oui, sans doute. Après tout, il a su perturber les pouvoirs de Darian à distance, alors pourquoi pas ça ?

Oui. Il faut que je parle à Chester. Et tant que nous y sommes, il pourra m'expliquer comment déterminer si moi aussi, j'ai des pouvoirs de manipulation des probabilités.

Je m'empresse de sortir mon portable et de composer son numéro.

Le téléphone sonne un moment avant que quelqu'un décroche.

— Toi.

Chester ne semble pas du tout aussi joyeux que d'habitude.

— Tu as du culot de m'appeler.

— Bonjour à toi aussi, dis-je, perplexe. Qu'est-ce qui t'arrive, aujourd'hui ?

— Ne joue pas les innocentes, réplique Chester d'un ton glacial. J'ai demandé à ma fille comment elle a fini par se soumettre à toi et elle m'a *tout* raconté.

Oh-oh. Je pense savoir où…

— Tu l'as menacée avec une arme à feu ? grogne Chester. Tu lui as tiré dessus ?

À proprement parler, j'ai joué à la roulette russe avec elle, et c'est elle qui a commencé les hostilités, mais je ne crois pas que cela plaide en ma faveur.

— Je n'ai pas mis de balles dans ce pistolet, je le jure. J'étais juste…

— Tu lui as donné un coup de pied quand elle était à terre ! Puis tu as demandé à ton garde du corps de la menacer encore une fois avec une arme à feu.

Présenté de cette façon, je me sens assez mal… particulièrement au vu de ce que j'ai ensuite appris concernant leur situation familiale tragique. Pour ma défense, l'adolescente avait dit quelque chose de méchant sur Rose juste après l'assassinat de mon amie, alors je n'étais pas vraiment moi-même quand j'ai réagi si violemment.

Malgré tout, je ne sais pas si une telle excuse serait reçue à la cour, et encore moins suffisante pour apaiser un parent contrarié.

— Tu as beaucoup de chance de bénéficier de la protection de Nero, dit Chester d'un ton qui me fait frémir. Mais même avec ça, si tu refais un jour du mal à mon bébé, tu es morte.

— Je suis désolée. Je ne voulais vraiment pas…

Chester raccroche avant que je puisse terminer.

Je résiste à l'envie de le rappeler et de lui dire qu'il me doit encore des leçons de manipulation des probabilités. Quelque chose m'indique que ça pourrait ne pas être malin… sauf si je veux qu'une brique me tombe sur la tête par malchance.

J'espère simplement que Chester est vraiment effrayé par Nero et qu'il ne me causera pas de problèmes… ni ne fera en sorte que les chances de mes problèmes augmentent.

Sauf s'il l'a déjà fait et que c'est pour cette raison que je dois supporter Eric et compagnie.

En fait, peu importe la cause de ma situation pénible, je dois trouver un autre moyen d'être invisible. Quelque chose que je peux faire moi-même.

Et j'ai soudain une idée.

Je connais un autre moyen.

La façon des voyants.

Je peux faire comme le bannik quand il m'a aidée à m'échapper du banya où Baba Yaga voulait nous obliger à nous reproduire comme du bétail. Il avait utilisé ses pouvoirs pour apprendre à quel endroit se trouvait tout le monde à certains moments précis, puis il m'avait expliqué comment partir sans être vue.

Ce n'est pas tout à fait aussi efficace que ce que fait Chester, mais ça pourrait fonctionner.

Et si le bannik peut le faire, je dois également en être capable.

J'inspire pour me calmer et passe dans l'espace mental.

NE TENANT PAS COMPTE des formes qui m'entourent par défaut, je me concentre sur l'essence d'Eric... ou du moins ce qui me semble s'en approcher le plus d'après son apparence, le contenu de son portefeuille et ce que j'ai appris après nos brefs échanges. Quand ça ne fonctionne pas, je rajoute mes sentiments pour ce type... essentiellement de l'irritation.

Cela semble faire l'affaire. Un gros nuage de formes inoffensives apparaît autour de moi, et parmi elles, une qui est subtilement différente des autres. Je devine que les formes correspondent à Eric debout dans le couloir, mais celle qui sort du lot le montre peut-être faisant quelque chose de différent. Quelque chose dont je peux me servir.

Ainsi décidée, je m'étire vers la forme.

———

DÉSINCARNÉE, j'observe Eric qui fait les cent pas dans le couloir.

Mon point de vue le suit quelques minutes, et je détecte une légère irrégularité dans ses pas.

Il s'arrête près du vide-ordures et jette un coup d'œil vers la porte de mon appartement.

Elle est fermée.

Eric semble momentanément tiraillé, puis il se téléporte.

Mon point de vue désincarné le rejoint dans le nouveau lieu... ce qui semble logique, puisque ma vision le ciblait *lui*, pas le couloir.

Étant donné les rangées d'urinoirs chics et les lavabos plaqués or, il doit s'agir de toilettes pour hommes dans un hôtel ou un restaurant de luxe ou un restaurant.

Gagné.

À vrai dire, j'espérais un peu ça en lui offrant du café : c'est un diurétique connu.

Confirmant ce que j'ai deviné, Eric s'avance vers l'urinoir le plus proche et défait sa fermeture éclair.

C'est alors que ma vision se termine.

———

De retour de l'espace mental, je digère ce que je viens d'apprendre.

Dans un futur que j'espère proche, Eric entendra l'appel de sa vessie et abandonnera temporairement son poste pour faire pleurer le colosse.

Cela me donne l'occasion de lui échapper, à lui qui est sans doute la sentinelle la plus difficile à éviter sur mon chemin vers la liberté.

Sauf qu'il me manque une information clé.

À quel moment exactement Eric va-t-il succomber à son envie pressante ?

Il n'y avait pas d'indice dans la vision elle-même, mais il existe un moyen de le découvrir.

J'avance vers la porte, sors mon téléphone et me convaincs de faire la chose suivante : attendre jusqu'à ce que le moment me semble « approprié », puis sortir et regarder mon portable pour voir l'heure.

Quand je suis sur le point d'ouvrir la porte, je bondis dans l'espace mental à la place.

———

C'est un cas de déjà-vu. Un grand nuage de formes presque identiques m'entoure, et l'une d'entre elles se distingue légèrement.

Je parie que la plupart sont des visions dans

lesquelles je sors et regarde l'heure devant Eric, mais que la forme inhabituelle est celle où il n'est pas là quand je sors.

Si j'ai raison, cela prouvera que je deviens plus douée pour ces histoires d'espace mental.

Trépignant d'impatience, je touche la forme en question.

J'OUVRE la porte et je sors.

Oui !

Eric n'est pas là.

Je regarde l'heure.

L'écran affiche 10 h 31 min 11 s.

Je me précipite vers la cage d'escalier...

DE RETOUR À L'APPARTEMENT, je regarde l'heure actuelle.

Il reste encore pas mal de temps avant le moment de partir.

Bon, je peux utiliser cet intervalle pour voir comment vont mes proches dans des visions.

J'avance vers le canapé, règle l'alarme de mon téléphone sur 10 h 29 et allume la télévision en montant le son autant que possible. Cela devrait me servir plus tard.

The Bachelor s'affiche à l'écran pendant que je me

prépare à passer dans l'espace mental. Et même si, avec la téléréalité, j'ai autant de mal à me concentrer que quand je me bats pour survivre, je réussis tout de suite.

Une fois sur place, j'essaie encore d'appeler mon père.

Ça ne marche pas.

Je décide ensuite de voir ce que fait Ariel.

Les formes liées à Ariel ne semblent rien annoncer de mal, mais j'en touche une au cas où.

———

ARIEL EST ASSISE sur un canapé confortable dans une pièce illuminée de façon apaisante. Elle vapote et exhale un nuage blanc, puis elle pose sa cigarette électronique et attrape des aiguilles à tricoter.

Au bout d'une minute de tricot, quelqu'un frappe à la porte.

— Entrez, dit Ariel, dont les doigts continuent à danser autour des fils épais.

Je suis surprise de voir entrer mon père biologique, vêtu d'une tenue argentée considérée comme élégante pour Gomorrah et qui donne l'impression qu'il est figurant dans un film de science-fiction.

Ariel arrête de tricoter.

— Grisha ? Que fais-tu ici ?

Raspoutine hausse les épaules et pointe un doigt vers sa bouche, puis ses oreilles.

— Oh, c'est vrai, lâche Ariel. Tu ne me comprends pas.

Raspoutine lève le doigt pour lui indiquer d'attendre, puis il sort un petit appareil de sa poche. En russe, il dit :

— La technologie de ce monde est incroyable.

L'engin s'anime et traduit son affirmation en anglais, bien qu'avec une voix masculine robotique.

— Joli, dit Ariel, traduite en russe par l'appareil. Je pense que nous sommes assez proches de ce genre de technologie sur Terre également.

— C'est une merveille.

Raspoutine s'avance vers la chaise près de lui et s'assied avec précaution.

— Nous n'avons pas eu l'occasion de nous parler l'autre jour, commence-t-il en souriant d'un air gêné. Comme nous sommes actuellement coincés sur le même monde, je me suis dit que j'allais te rendre visite.

— C'est très gentil. Sauf si tu as un objectif lié à Sasha.

Il baisse les yeux vers le dessin de fractales sur le tapis à ses pieds.

— Eh bien, j'espérais que tu pouvais me dire quelque chose au sujet de ma fille.

Ariel fronce les sourcils.

— Rien qu'elle ne veuille pas que tu me révèles, bien sûr. Juste des trivialités : comment elle s'en sortait à l'école, le tour de magie que tu préfères, ce qu'elle aime manger… Tout ce qui ne serait pas une trahison de sa confiance.

Ariel pose une de ses aiguilles et vapote à nouveau.

— Hmm. Ça me gênerait de t'apprendre autre chose que ce que tu peux voir sur les réseaux sociaux.

— N'importe quoi fera l'affaire, insiste-t-il.

— Ne serait-ce pas mieux si tu parlais toi-même à Sasha ?

Elle lui tend la cigarette électronique et il secoue la tête.

— Je suis certaine qu'elle est impatiente de te parler, continue Ariel.

— J'aimerais beaucoup, dit mon père. Malheureusement, je ne peux pas me rendre sur Terre pour discuter avec elle en personne, et j'ai utilisé tous mes pouvoirs en rendant service à Nero.

C'est donc pour cela qu'il ne répond pas à mes appels dans l'espace mental. C'est bon de savoir qu'il ne me snobe pas… et une raison de plus de m'échapper de ma prison improvisée.

— Un service pour Nero ?

Ariel récupère les aiguilles.

— Je suis curieuse. Que dirais-tu d'un compromis ?

La machine à traduire charcute le sens de ses mots et elle doit réaffirmer qu'elle veut échanger des anecdotes sur moi contre une information sur Nero.

— Tout ce que j'ai le droit de dire, c'est que Nero est sur le point de partir en mission suicide, soupire Raspoutine. Il m'a fallu tous mes pouvoirs pour découvrir une voie qui lui donnerait une petite chance de survie.

Il se frotte les tempes avant de continuer :

— Même si les alliés que j'ai recommandés le rejoignent, ses chances de succès sont minuscules.

Ariel fronce encore davantage les sourcils.

— Je ne comprends pas. Je croyais qu'un voyant pouvait découvrir exactement ce qu'il fallait faire.

— Ce qu'il prévoit de faire est si dangereux et il va faire face à tant de façons potentielles de mourir qu'il m'a fallu regarder dans de nombreux avenirs… et j'ai ainsi utilisé tout mon pouvoir sans lui trouver un chemin certain vers la victoire. Je ne suis toujours pas au meilleur de ma forme, mais j'ai au moins pu le prévenir concernant les impasses évidentes.

— Une minute. Sasha l'accompagne-t-elle pour cette mission suicide ?

Elle semble prête à se lever d'un bond et à partir en courant.

— Non, affirme Raspoutine avec véhémence. Elle ne se joindra pas à lui. Nous nous sommes mis d'accord là-dessus.

Si j'avais une bouche, je crierais à Ariel de lui poser plus de questions, mais je ne le peux pas, et quelques secondes après, cela n'a plus d'importance.

Ma vision prend fin.

CHAPITRE CINQ

JE ME TROUVE sur un canapé. Tout est calme de l'autre côté de la fenêtre.

Il n'y a presque plus aucun doute, maintenant. Nero va chercher Claudia. Je ne peux pas imaginer quelque chose de plus dangereux qu'un voyage dans le monde des dragons.

Comme si j'avais besoin de plus de raisons pour partir à Gomorrah, il me faut maintenant empêcher Nero de faire ce qui le conduira presque certainement à sa mort.

Si quelqu'un doit tuer Nero, ce sera moi parce qu'il n'a pas voulu que je l'accompagne et qu'il se comporte comme un idiot.

Je me lève et je fais les cent pas dans l'appartement, souhaitant que l'horloge avance plus vite.

Quand je manque marcher sur la queue de la chatte – un outrage puni par la mort, d'après le regard que me jette Lucifer –, je retourne vers le canapé.

Au lieu de me rendre folle, je peux au moins jeter un coup d'œil au futur de Nero.

Je ferme les yeux et invoque la concentration nécessaire pour passer dans l'espace mental.

———

Je combine l'essence de Nero avec mon envie de l'étrangler et j'obtiens immédiatement un résultat.

À mon grand soulagement, les formes cubiques autour de moi émettent une mélodie inoffensive.

Bien.

Il est en sécurité dans cet avenir.

Tant qu'à faire, je décide de regarder ce qu'il fabrique, m'étirant vers la forme la plus proche.

———

Nero et Isis entrent dans une pièce qui ressemble étrangement à celle dans laquelle Ariel était assise et se tournent vers *moi*.

Sauf que ça ne peut pas être moi. Je suis désincarnée, ce qui implique que je ne suis pas vraiment là. Et les seules fois où je me suis vue ainsi dans une vision, c'était quand j'avais perdu connaissance.

Oh, et je ne porterais jamais volontairement ce genre de tenue légère, sauf si je décidais de faire carrière dans un bordel.

— La vraie Sasha est mieux que ça, grogne Nero en croisant les bras. Ta pommette gauche ne va pas et…

— Impossible, réplique la fausse Sasha avec la voix de Kit avant de redevenir elle-même. C'est simplement que je ne suis pas elle, alors tu ne vois pas tout en rose.

Nero pousse un soupir impatient.

— Je suis venu discuter d'une proposition importante, mais si…

———

Ma vision s'interrompt. Comme c'est pénible.

Je veux savoir quelle proposition il est venu faire à la Conseillère changeforme.

D'un autre côté, je peux le deviner.

Raspoutine a mentionné que la réussite de Nero dépendait de ses alliés. Dans ce cas, je ne peux pas imaginer de meilleure candidate que Kit.

Pressée de découvrir s'il dira à Kit qui est Claudia, je retourne dans l'espace mental et essaie d'invoquer la suite de la même vision.

———

Nero, Kit et Isis entrent dans une pièce sombre et se retrouvent au milieu d'appareils futuristes.

Soit il s'agit d'un repaire masculin typique de Gomorrah, soit c'est un vaisseau spatial.

Un bruit de musique au loin me fait penser qu'il

s'agit d'une salle de la boîte de nuit de Nero, ce qui m'indique que cette vision n'est pas seulement au mauvais moment, mais aussi au mauvais endroit. Cela se passe hors du centre de désintoxication et *après* le recrutement de Kit.

— Pourquoi on ne pouvait pas simplement lui parler en personne ? demande Kit à Nero pendant que celui-ci triture les lumières clignotantes d'un engin qui donne l'impression de se préparer à le téléporter vers l'Enterprise.

— Si elle nous voit en personne, toi ou moi, et qu'elle entend le mot « service », elle s'enfuira ou bien elle tirera sur nous avec ses pouvoirs, explique Nero. Cette méthode est meilleure pour sa psyché nerveuse. Fais-moi confiance, je suis plus doué avec les gens que...

Itzel apparaît au milieu de la pièce.

Enfin, pas vraiment.

C'est un hologramme d'Itzel.

Elle porte quelque chose qui ressemble à une blouse de laboratoire, et son appareil respiratoire est bien plus élégant que dans mon souvenir.

Waouh.

Cet hologramme est incroyablement précis. Quelque chose de ce genre serait impossible avec la technologie terrestre.

Oh, et je suis stupéfaite d'avoir une vision d'Itzel, puisque, comme c'est une gnomide, elle est résistante à mes pouvoirs.

Je suppose que c'est logique, cependant. On dirait que seule la présence physique des gnomes est immunisée contre les visions, mais pas un avenir dans lequel Nero s'adresse à une gnomide par hologramme, téléphone ou Skype.

Intéressant.

Cela peut être utile si je dois un jour jeter un coup d'œil dans l'avenir d'un gnome. Je pourrais demander à Felix de construire un drone pour espionner ledit gnome en permanence et voir le futur de quelqu'un via la vidéo du drone. Et voilà : l'avenir d'un gnome.

— Que voulez-vous, tous les deux ?

Paniquée, Itzel regarde Nero et Kit tour à tour.

— Hors de question que je me joigne à vous pour d'autres aventures. Il n'y a pas assez d'argent…

— J'ai besoin d'une consultante technique, dit Nero d'une voix apaisante. Tu es la gnomide la plus intelligente que j'ai jamais rencontrée.

Immédiatement moins nerveuse, Itzel se tient plus droite, le visage réchauffé par un léger rougissement.

— N'est-elle pas la seule gnomide que tu as rencontrée ? articule Kit discrètement.

Ignorant sa remarque, Nero s'avance vers l'hologramme d'Itzel et annonce :

— J'ai besoin de technologie pour un monde où elle n'est pas censée fonctionner.

— Ça m'a l'air contradictoire ! s'exclame l'hologramme d'Itzel en s'éloignant d'un pas. Tu peux être un peu plus spécifique ?

Nero arrête d'avancer.

— Très bien. Tout d'abord, la poudre ne prend pas feu. Deuxièmement...

———

ENCORE UNE FOIS, la vision se termine sur une partie intéressante.

Enfin, peut-être.

Il y a de grandes chances pour qu'Itzel ait été sur le point de geeker hors de contrôle.

Quoi qu'il en soit, c'était super de voir qu'elle va bien. Il faudra que je lui rende visite un de ces jours. Je parie qu'elle aura une crise cardiaque en me voyant. Elle pensera que moi aussi, je suis venue la recruter pour une nouvelle mésaventure.

En fait, j'ai l'impression qu'il se passe beaucoup de choses intéressantes, et qu'il me faut me rendre sur Gomorrah au plus vite.

Comme pour répondre à ma pensée, l'alarme de mon téléphone se déclenche.

Enfin.

Je me lève d'un bond et me précipite vers la porte.

Quand il est exactement 10 h 31 min 11 s, j'ouvre le battant et pique un sprint vers les escaliers.

Quand j'atteins l'étage au-dessous du mien, j'arrête de courir et me mets à marcher doucement à la place.

Eric est sans doute de retour à son poste, maintenant. La télévision que j'ai laissée à fond dans mon appartement devrait lui faire croire que je la regarde encore. Dans le cas contraire, je serai interceptée bientôt.

Je me faufile d'un étage à l'autre.

Personne ne me suit.

Arrivée au premier étage, je m'arrête.

Eric a mentionné des gardes entourant le bâtiment, alors il me faut une stratégie.

Mais tout d'abord, mission de reconnaissance.

Je me convaincs que je suis sur le point de sortir par l'entrée principale, puis je passe dans l'espace mental pour voir comment finirait ce plan douteux.

━━━━━━━

THALIA et un type que je ne connais pas me fixent avec des degrés d'incrédulité variés quand je sors.

Je cours dans la direction opposée… mais je fonce tout droit dans un autre inconnu, qui attrape l'arrière de ma veste avec ses doigts en forme de saucisses.

Avant que je puisse me débattre, Thalia est déjà sur place, ainsi que l'autre type.

Il leur faut quelques instants pour me maîtriser, mais seulement parce qu'ils essaient de ne pas me faire de mal.

Ensuite, je me fais traîner vers mon appartement…

━━━━━━━

JE SUIS de retour dans les escaliers.

Eh bien, tout s'est passé à peu près aussi bien que

prévu. Et si j'essayais la porte de derrière ? Celle qu'utilise le concierge de l'immeuble pour sortir les poubelles ?

Décidant de partir dans cette direction, je passe dans l'espace mental pour voir comment ça se déroule.

———

UN TYPE dans un costume en train de fumer une cigarette tourne le dos à la porte quand je l'ouvre.

Je suppose que c'est un bon début. Ce serait pire, s'il me fixait directement.

Malgré tout, je ne vois aucun moyen de passer sans qu'il me remarque.

Si j'étais Jason Bourne, j'assommerais ce type avec un coup de karaté à l'arrière de la tête, ou bien je coincerais son cou au creux de mon coude jusqu'à ce qu'il perde connaissance. Mais comme ce n'est pas le cas, je choisis une tactique plus subtile inspirée par l'espionnage.

Je sors un paquet de cartes de ma poche et je le jette vers la droite… en visant la benne à ordures.

Le bruit est encore plus violent que je l'avais espéré, et quand le garde regarde sur sa droite, je cours vers la gauche.

Mais je n'ai même pas encore parcouru un mètre qu'une grande main qui sent le tabac me saisit par les cheveux, me scalpant presque.

— Et où tu crois aller comme ça ? grogne le garde en

me serrant douloureusement l'épaule, y laissant certainement une marque.

BON.

Non seulement ce type est doué pour son travail, mais il est aussi incroyablement grossier.

Puis-je utiliser son comportement de con pour le faire chanter ? Étant donné ce que Nero a fait aux orques quand j'ai eu un hématome, il serait très fâché que ce type m'attrape de cette façon.

D'un autre côté, comment puis-je faire chanter quelqu'un alors que l'acte répréhensible qu'il commet est dans l'avenir ? En outre, ce type ne semble pas assez intelligent pour comprendre les conséquences de ses actions, et tout le concept de cause à effet pourrait lui échapper, alors que c'est très important pour toute menace de chantage.

Tant pis. Au moins, j'ai appris qu'il n'y a qu'un seul garde devant cette sortie, et je sais dans quelle direction il regardera quand il voudra fumer.

J'utilise l'espace mental plusieurs fois de suite avant de développer un plan dont même le bannik aurait pu être fier.

Tout d'abord, je sors mon téléphone et j'appelle un taxi. Ensuite, je prends l'escalier jusqu'au sous-sol, ramassant un tuyau solide en passant. Je pars alors vers la sortie, m'arrêtant à la porte pour vérifier où en est mon taxi.

Comme je l'ai prédit, l'appli m'indique que la voiture attend dehors. J'envoie un texto au chauffeur pour préciser que je suis presque là et que je donnerai un bon pourboire pour un départ rapide.

Afin de vérifier qu'il est temps, j'inspire profondément par le trou de la serrure.

Oui. Ça sent le cendrier. Il fume, comme dans les visions.

Je serre le tuyau avec tant de force que mes articulations blanchissent et j'ouvre la porte.

Le garde me tourne le dos, comme il est censé le faire.

Je réprime une pointe de culpabilité, et, en pensant à Jason Bourne, je le frappe à l'arrière de la tête avec le tuyau.

Il lâche la cigarette, mais il est toujours conscient... comme prévu.

Je le frappe donc deux fois supplémentaires... il me fallait autant de coups dans mes visions.

Voilà quelqu'un qui a le crâne *très* épais.

Il s'effondre, sans connaissance, et j'écrase sa cigarette afin d'éviter de mettre le feu au bâtiment.

Dans la dernière de mes visions, j'avais vérifié les signes vitaux du type et il allait bien, alors je ne le fais pas cette fois.

Jusqu'ici, tout se passe comme prévu. La suite, cependant, est en territoire inconnu, car mes visions n'allaient pas si loin.

J'inspire profondément et me précipite vers le taxi.

Comme je l'espérais, le chauffeur n'a pas vu ce qui

s'est passé. Ça n'a pas d'importance, car j'avais préparé une histoire triste au sujet de violences conjugales, au cas où.

Quand nous démarrons, je fais semblant de faire tomber mon téléphone et le cherche sous les sièges pendant que nous passons devant l'endroit où se trouvent Thalia et les autres gardes.

Quelques pâtés de maisons plus tard, je « retrouve » mon téléphone, j'allume le mode selfie et j'utilise la caméra pour regarder derrière nous sans me retourner.

Pas de poursuivants.

C'est gagné.

Gomorrah, me voilà.

Ariel et Raspoutine vont être ravis de me voir, même si j'imagine que Nero le sera moins.

Je pense soudain à quelque chose : Felix pourrait m'en vouloir de ne pas lui avoir donné l'occasion de lâcher son travail et d'aller voir Ariel.

Eh bien, cela peut se régler facilement.

Je compose le numéro de Felix, mais il ne décroche pas.

Je lui envoie alors un texto, sans résultat.

Pourquoi tout le monde est en silence radio, aujourd'hui ?

Pendant que j'y réfléchis, quelque chose au sujet du manque de réponse de Felix prend mon intuition à rebrousse-poil, et je suis saisie d'une vague d'angoisse.

Mince.

A-t-il des problèmes ?

Je réprime ma respiration accélérée et plonge dans

l'espace mental comme si c'était une piscine d'eau glacée.

Sans surprise, les formes qui me suivent ici émettent une mélodie terrifiante.

Prête à voir un avenir mortel, je m'étire vers la pire d'entre elles.

CHAPITRE SIX

JE SUIS DÉSINCARNÉE… ce qui m'indique que ce n'est pas moi, mais un proche qui est en danger.

Plusieurs hommes inconnus se trouvent sur un trottoir gris de Manhattan. Chacun porte une *kosovorotka*, une chemise en lin blanc avec col asymétrique et broderies rouges… un vêtement russe traditionnel que j'ai vu lors de mes leçons de langue.

Le plus âgé du groupe arbore un bouc et porte un pantalon traditionnel, ainsi que des *lapti*, des chaussures semblables à des baskets en paille.

Les jeunes sont plus décontractés, car ils portent des jeans et des tennis sous leurs *kosovorotka*.

— C'est ici, dit un type au nez crochu en russe, indiquant un grand bâtiment gris.

— Tu en es sûr ? demande le plus âgé. Je ne veux pas t'offenser, bien sûr, mais…

— C'est au 120 Ouest 24e Rue, répond le plus jeune en montrant l'écran de son smartphone à tout le monde. Allez-vous un jour faire confiance à la technologie moderne, monsieur ?

D'après l'application GPS à l'écran, ils se trouvent en effet à l'endroit indiqué par l'autre homme.

— Et ça, c'est quoi ?

Le type plus âgé remonte sa manche pour révéler une montre à l'ancienne et continue son argumentaire :

— Tout ce que vous appelez la technologie moderne est simplement un moyen de s'éparpiller davantage.

Quand ils pensent que le grincheux ne peut pas les voir, les membres de son équipe lèvent les yeux au ciel. Celui au nez crochu entre dans le bâtiment et tout le monde le suit. Quand ils arrivent à l'ascenseur, ils appuient sur le bouton du septième étage. Une fois sur place, ils vont jusqu'à l'appartement 7J, et l'homme plus âgé frappe poliment à la porte.

— Vous travaillez pour M. Preysler ? demande Felix derrière la porte. Il n'a pas parlé d'une visite.

Évidemment, c'est Felix qui est en danger. Mon malaise venait du fait que je pensais à lui.

Si j'avais une bouche, j'encouragerais Felix à courir, mais je ne peux pas.

— Sasha, je te prie ? demande le plus âgé, ce qui me laisse perplexe jusqu'à ce que je voie qu'il fixe l'homme au nez crochu avec le téléphone.

Ce type s'appelle aussi Sasha ? Je sais que mon prénom est souvent utilisé comme une abréviation d'Alexandre en Russie, mais vivant en Amérique, je n'ai encore jamais rencontré un Sasha masculin.

Mon homonyme hoche solennellement la tête, sort

des crochets de serrure de son jean et ouvre rapidement la porte... prouvant que nous avons d'autres choses en commun que nos prénoms.

— Qui que vous soyez, j'ai appelé la police, crie Felix. Je suis aussi armé...

La porte s'ouvre et mon homonyme entre, suivi par les autres jeunes.

Felix fuit et j'entends du vacarme à l'intérieur.

L'homme plus âgé avance nonchalamment et suit la piste de meubles cassés.

Quand il entre dans le bureau, ses alliés ont déjà maîtrisé Felix, assis de force sur une grande chaise d'ordinateur. Mon homonyme et un type à la tête de fouine l'encadrent, menaçants.

— C'est très malheureux, dit l'homme plus âgé avec un fort accent avant de secouer la tête en voyant les nombreux écrans cassés sur le sol.

Son regard se fixe alors sur l'air terrifié de Felix.

— Il était inutile d'être désagréable. Nous sommes ici pour vous poser quelques questions, c'est tout.

— Qui êtes-vous ? demande Felix en anglais, la voix tremblante.

C'est alors qu'il doit soudain remarquer leur tenue, car il reprend en russe :

— Qu'êtes-vous ?

— Appelez-moi Woland, dit le type plus âgé. Voilà Sasha – il hoche la tête vers mon homonyme –, et ça, c'est Boris.

Il pointe du doigt le type à tête de fouine.

— Très bien, marmonne Felix en regardant tour à

tour Woland, Sasha, puis Boris. Ça explique tout. Merci.

— Donnez-nous simplement l'information dont nous avons besoin. S'il vous plaît, dit gentiment Woland. L'alternative serait très douloureuse.

Felix se ratatine sur sa chaise.

— Que voulez-vous savoir ?

— Grigori Yefimovich Raspoutine, répond Woland. Veuillez nous dire où nous pouvons le trouver.

Mon colocataire pâlit visiblement.

— Raspoutine ? Vous voulez parler du mystique historique ?

— Je préfère ne pas jouer à ces petits jeux, soupire Woland avec lassitude. Je peux presque sentir ce *mraz'* sur vous.

Woland approche tant son visage de Felix que son bouc touche la joue de mon ami.

— Veuillez me dire où il se trouve, ou je serai forcé de vous livrer à Sasha et Boris.

La voix de Felix tremble quand il répond :

— Je suis désolé. Je ne sais vraiment pas de quoi vous parlez.

— Montrez-lui vos pouvoirs, ordonne Woland à ses jeunes associés.

En fermant les yeux, mon homonyme touche le poignet exposé de Felix avec un air de profonde concentration.

— Chacun de nous possède une affinité avec un organe du corps, explique Woland. Pour Sasha, c'est le cerveau.

Il le regarde comme un parent très fier.

— Quand il maîtrisera complètement son pouvoir, il pourra vous forcer à dire ce dont nous avons besoin. Pour l'instant, cependant, nous devons utiliser une approche moins directe.

Son ton devient presque navré.

— Même si la douleur est un phénomène neurologique complexe, Sasha a trouvé un raccourci en sur-stimulant une zone appelée l'insula postérieure du cortex. Cela conduit à une augmentation de l'expérience de la douleur.

Il hoche la tête vers Boris, qui sourit méchamment et donne une pichenette au front de Felix.

Felix retient son souffle comme s'il venait d'être frappé avec une batte de base-ball, ses narines se dilatent et ses yeux se mettent à larmoyer.

Il ne crie pas, mais je vois qu'il en a envie.

— On se comprend, maintenant ? demande Woland. S'il vous plaît, dites-moi ce que j'aimerais savoir.

— Je ne peux pas vous dire ce que je ne sais pas, articule Felix.

Woland secoue la tête avec déception et fait un léger signe à Boris, qui ricane et gifle Felix.

Cette fois, ce dernier ne peut réprimer un cri.

À vrai dire, on aurait plutôt dit le hurlement d'un animal blessé.

Quand les cris s'arrêtent, la respiration de Felix est irrégulière, comme s'il était sur le point de suffoquer.

Woland regarde tout cela d'un air désapprobateur.

Il sort un mouchoir et essuie une des gouttes de sueur qui coulent le long du visage de Felix.

— S'il vous plaît, recommence Woland. Il ne souffrirait pas pour vous si vos rôles étaient inversés.

En haletant, Felix parvient malgré tout à secouer la tête.

Boris regarde Woland avec impatience, et celui-ci hoche la tête.

En serrant le poing, Boris frappe Felix sur le nez avec tant de force qu'il y a un bruit d'os cassé.

Cette fois, Felix ne crie même pas. À la place, ses yeux roulent en arrière et son corps convulse comme s'il avait une attaque.

Sa respiration s'arrête.

Boris regarde son patron, perplexe, puis le visage blême de Felix.

Woland s'avance vers Felix et prend son pouls au niveau du cou.

— Le cœur s'est arrêté, dit-il en jetant un regard noir à Boris. Tu étais censé faire monter la douleur lentement, pas le tuer.

— Eh bien, c'est vous, l'expert du cœur, réplique Boris, sur la défensive. Vous ne pouvez rien faire ?

— Ma spécialité est d'arrêter les cœurs, pas de les relancer.

Woland retire la main du cou de Felix et fait mine de vouloir toucher Boris avec son index… ce qui pousse ce dernier à s'écarter comme face à un serpent venimeux. En baissant le doigt comme un cow-boy remettrait son arme à feu dans l'étui, Woland demande :

— Sasha, peux-tu faire une étincelle dans une partie de son cerveau pour le sortir de cet état ?

Mon homonyme fronce les sourcils, puis il ouvre les yeux et secoue la tête.

— Essayons de résoudre ceci comme des humains, suggère Woland. Posez-le ici.

Il désigne le plancher.

Ils suivent ses ordres, et quand Felix se trouve sur le dos, Woland force Boris à lui faire un massage cardiaque pendant que Sasha souffle de l'air dans ses poumons.

Quelques compressions – et sans doute quelques côtes brisées – plus tard, Woland touche à nouveau le cou de Felix et semble content.

— Il va survivre, dit-il en regardant Boris. Et donc, toi aussi.

— J'effacerai la douleur de ses blessures quand il reviendra à lui, annonce mon homonyme. Puis je pourrai retirer mon aide ou intensifier la douleur afin de reprendre l'interrogatoire.

Et sur cette note sinistre, la vision s'interrompt.

CHAPITRE SEPT

— ON DOIT CHANGER DE DESTINATION !

Je crie cela au chauffeur dès que je me retrouve dans le taxi. Je débite l'adresse de ma vision et cherche désespérément à trouver un moyen d'empêcher le cauchemar que je viens de prédire.

Pour commencer, j'appelle encore Felix et lui envoie des textos, mais je ne parviens toujours pas à le joindre. Il a dû éteindre son téléphone pour se concentrer sur son travail.

Ensuite, je me montre une vision de ce qu'il se passerait si j'appelais la police.

Malheureusement, le sort de Felix demeure inchangé… les policiers n'arrivent simplement pas à temps sur place.

Je pourrais demander à Eric et Thalia de m'aider ?

Je bondis dans l'espace mental et j'apprends qu'un tel futur n'est pas non plus fabuleux. Mes gardes perdent du temps à m'enfermer dans l'appartement, et quand ils arrivent jusqu'à Felix, il est trop tard.

En retournant dans l'espace mental, j'essaie environ un millier de variations de l'option Eric et Thalia au cas où quelque chose que je dirais pourrait les convaincre de ne pas m'enfermer.

Non.

Je ne parviens jamais à trouver les bons arguments.

Très bien.

Il est temps de voir ce qu'il se passe quand j'arrive moi-même.

Nous sommes deux contre douze… Ça va forcément bien se passer…

Juste au moment où je commence à me concentrer pour repasser dans l'espace mental, le taxi s'arrête brusquement en me faisant le coup du lapin.

Je me frotte la nuque et lève la tête pour voir la cause.

Waouh.

Nous avons presque écrasé un aveugle… Du moins, je suppose que c'est pour cette raison que l'homme en question possède une canne spéciale, des lunettes sombres et le plus révélateur : un énorme chien portant un attirail de chien-guide.

Avant que je puisse me remettre de cette première surprise, la portière à côté de moi s'ouvre et une femme entre avec une vitesse surnaturelle.

Une femme très familière.

Une femme que je ne suis pas prête à affronter… et je ne le serai peut-être jamais.

Ma mère biologique, Lilith.

CHAPITRE HUIT

PARALYSÉE, je fixe Lilith, qui tapote l'épaule du chauffeur.

Celui-ci se retourne lorsque les yeux de Lilith se transforment en miroirs. D'une voix mielleuse, elle ordonne :

— Tu vas suivre mes ordres et tu ne te souviendras de rien de ce qui a été dit dans cette voiture à partir de maintenant. Compris ?

Mince alors.

Lilith m'a trouvée.

Pendant que le chauffeur répète les instructions comme un robot, le chien-guide conduit le type aveugle jusqu'au siège passager à l'avant du taxi.

L'homme monte et cherche la ceinture de sécurité en tâtonnant, puis il tripote la boucle jusqu'à ce qu'elle clique en se refermant.

Ce n'est que maintenant que j'enregistre le fait qu'il possède une aura du Mandat, tout comme son «

chien », qui n'est sans doute pas un chien, mais un loup-garou ou quelque chose de similaire.

La créature continue vers l'arrière et saute à l'intérieur. On dirait un husky de Sibérie nourri aux hormones de croissance jusqu'à avoir atteint la taille d'un poney, et il a une odeur de parc pour chiens.

— Sérieusement ?

Lilith regarde la bête, qui la fixe à son tour avec des yeux bleus intelligents et adresse un sourire de chien à la maîtresse du mal.

Lilith lève les yeux au ciel et s'écarte autant que possible de la créature. Elle envahit mon espace personnel au point que je peux nommer son parfum : *Sexy Little Things Noir* de Victoria's Secret.

Je continue à observer la scène, mon cerveau peinant à assimiler ce que je vois.

— Roule, ordonne Lilith au chauffeur de taxi ensorcelé. Va aussi vite que possible.

Le chauffeur appuie sur l'accélérateur et la voiture bondit en avant.

Mince. Je ne pourrai plus m'enfuir. De toute façon, je ne peux pas courir plus vite que la super vampire qu'est Lilith.

Au moins, le chauffeur suit toujours les instructions du GPS pour rejoindre Felix.

— Attention à ce taxi jaune ! crie l'homme peut-être pas aveugle au chauffeur en pointant le doigt vers la gauche.

Il a un accent français.

Nous faisons une embardée juste avant la collision,

et l'adrénaline m'éclaircit suffisamment la tête pour que je lâche :

— Tu es Lilith.

Ce n'est pas mon observation la plus perspicace, mais bon, au moins, j'ai réussi à faire une phrase complète et à exprimer une pensée presque cohérente.

Lilith m'examine avec une fierté maternelle, puis elle secoue son étrange compagnon par l'épaule et dit en russe :

— Tu vois, Michel, c'est *vraiment* une voyante. Elle a déjà dû me rencontrer dans une de ses visions. N'est-ce pas merveilleux ?

— Et toi qui ne me croyais pas, lui dit l'homme – Michel – en russe avec un ton sarcastique, son accent français toujours présent. Je t'avais bien dit que ton enfant avec Raspoutine serait une voyante, et c'est le cas. Tu peux être…

— Chut, Michel. Tu gâches la surprise.

En se tournant vers moi, elle augmente son sourire de quelques gigawatts et annonce triomphalement :

— Sasha, je suis ta maman.

CHAPITRE NEUF

JE M'ATTENDS PRESQUE à ce qu'elle ajoute : « Lis dans ton cœur, tu sauras que c'est vrai. »

Bien sûr, j'étais déjà à peu près certaine qu'elle était ma mère, mais l'entendre l'admettre dissipe le peu de doutes que j'avais encore... et me donne le tournis en même temps, car cela n'explique pas du tout ce qu'il se passe.

Absolument pas.

Je force mon cerveau à fonctionner.

— Que fais-tu ici ? Qui est cet homme ?

J'indique son compagnon aveugle.

— Je te sauve la vie, bien sûr, annonce Lilith. D'après mes sources – elle jette un coup d'œil vers Michel –, tu es en route pour affronter un groupe de chorts toute seule. Ce sont des créatures horribles... et extrêmement dangereuses. Même pour quelqu'un d'aussi puissant que moi.

Vient-elle de dire « chorts » ? C'est-à-dire, le pluriel de « chort », une espèce de démon du folklore russe ?

Aujourd'hui encore, les Russes jurent en utilisant ce mot. Il existe des expressions telles que « mille chorts » que l'on utiliserait en se cognant le pied contre une table basse et « va voir le chort », une réponse courante quand un type qui ne vous plaît pas fait une proposition indécente.

Si les chorts sont une sorte de Conscients, ils doivent être assez impressionnants, avec toute l'adoration humaine qui les alimente.

— Elle se précipite pour aller affronter les chorts, grommelle Michel en secouant la tête. On se demande d'où elle tire son côté impulsif.

— Hé, rétorque Lilith. Je pense que tu veux parler de son courage… et ça, effectivement, ça vient de moi.

J'observe leur échange, incrédule. Cette femme est-elle vraiment la diabolique déesse vampire régnant sur le monde dont nous nous sommes échappés de justesse ?

— Que veux-tu dire en parlant de me sauver la vie ? Et les chorts sont-ils une sorte de…

En jetant un coup d'œil vers le chauffeur ensorcelé, je baisse la voix juste au cas où.

— Les chorts sont-ils comme nous ?

— Oui, dit-elle. Ce sont de viles créatures, capables de complètement perturber tes organes.

Je me tourne vers Michel.

— Super. Et lui, c'est qui, ou quoi ?

L'homme s'offusque.

— Comme quelqu'un a grossièrement oublié de me présenter, permets-moi de le faire.

En se retournant, il tend la main légèrement vers la droite.

— On m'appelle Nostradamus. Je suis un voyant assez renommé et…

— « Assez ». D'accord.

Je lui serre la main en luttant pour ne pas glousser de façon hystérique.

— J'ai peut-être entendu ce nom une fois ou deux, oui.

Il retire sa main.

— Bien. Dans ce cas, tu dois me croire quand j'affirme avoir vu des avenirs où Lilith et moi ne t'aidons pas à sauver ton ami. Dans certains, les chorts *te* torturent pour faire parler ton ami, et dans d'autres, ils le torturent et *tu* craches le morceau.

Il secoue la tête, faisant bouger ses lunettes de soleil… ce qui me permet d'apercevoir quelques vieilles cicatrices au-dessous.

— Une fois qu'ils apprendront où se trouve Raspoutine – et ils l'apprennent dans presque tous les avenirs –, ils vous tueront tous les deux pour être certains que vous ne pourrez pas le prévenir de leur venue.

Il s'arrête de parler et me laisse digérer cette information.

Je n'aurais jamais envisagé l'idée que quelqu'un fasse du mal à Felix pour me faire parler, mais maintenant qu'il le mentionne, ça aurait facilement pu être le résultat de mon sauvetage.

Et si ce qu'il dit est vrai, m'épargner cette situation est une énorme faveur.

Que cherche Lilith ? Veut-elle me faire bonne impression ?

En supposant que tout ceci soit vrai, bien sûr.

Je devrais passer dans l'espace mental et vérifier…

— Ne regarde pas l'avenir, s'empresse de dire Nostradamus, comme s'il lisait dans mes pensées. J'ai soigneusement sélectionné le résultat que je veux, mais si tu sais ce qu'il se passe, tu vas probablement le modifier, et dans ce cas…

— Très bien, dis-je alors que ma tentation de vérifier l'avenir est encore plus forte. Si ça signifie que nous pouvons sauver Felix, je ne vais pas prendre le risque de tout faire rater.

Mais s'ils étaient là pour m'enlever ? S'ils n'avaient aucune intention d'aider Felix ?

Eh bien, pour commencer, il leur faudrait changer le GPS, ce qu'ils n'ont pas fait. En outre, s'ils m'enlèvent, la vérité sera très bientôt évidente, alors…

— Même avec nous, l'affrontement est risqué, prévient Lilith avec sérieux. Es-tu certaine que ton ami vaille la peine d'être sauvé ? Ou ton père, d'ailleurs ?

Je lui jette un regard noir.

— Oui, évidemment. Ils valent plus qu'une centaine de toi, *maman*.

Comme pour ponctuer mes paroles, le chauffeur tourne brusquement à droite, faisant gémir le chien.

Lilith regarde Nostradamus.

— Waouh. Je sais que tu m'as avertie qu'elle allait prononcer ces mots exacts si j'insistais, mais waouh.

Elle me fait des yeux de chien battu et prend une voix d'enfant de cinq ans :

— Ça me fait de la peine.

— Bou-hou, dis-je en imitant son ton. Que fais-tu réellement ici ? Et s'il te plaît, ne me dis pas que tu m'aides par instinct maternel ou que tu essaies de sauver Raspoutine… l'homme que tu as torturé et gardé prisonnier dans tes oubliettes.

Elle lève les sourcils.

— C'est ce qu'il t'a dit ? Et mes visites conjugales, alors ? Et…

— Je vais vomir.

D'un ton sarcastique, j'ajoute

— Mais je t'en prie, continue à expliquer que tu es ce qu'il y a de mieux pour Raspoutine.

— Eh bien, que penses-tu du fait que c'est grâce à moi seule que le Conseil de Saint-Pétersbourg n'a jamais su où il fallait chercher ce cher Grisha ? commence Lilith. Quand je veillais sur lui, il était abrité par ma chance formidable. Cependant, une fois que ton gigolo de Nero l'a fait sortir, tout s'est effondré.

Elle touche le tatouage sur sa tempe.

— J'imagine que le nom de ton ami est soudain venu en tête de l'un de leurs manipulateurs des probabilités afin de le localiser, ou que l'un de leurs voyants l'a aperçu afin de…

Je croise les bras.

— Incroyable. Et je parle au sens propre : c'est-à-dire que je ne te crois pas.

— C'est ton droit, bien sûr, répond Lilith. Mais dis-moi, pourquoi aurais-je besoin de mentir ?

Notre chauffeur freine brusquement, coupant court à la longue tirade que j'étais sur le point de déverser.

— Nous sommes arrivés, annonce Nostradamus en sortant quelque chose de sa veste. Mettez ça.

En se retournant, il nous tend une paire de gants chirurgicaux et deux masques en caoutchouc assez effrayants.

— Pourquoi ? m'enquiers-je sans toucher les objets.

— Parce que les chorts ont besoin du contact avec ta peau pour perturber tes organes, explique Lilith d'un ton moqueur en enfilant ses accessoires. Tu ne veux surtout pas ça… même s'il s'agit de tes organes sexuels.

Si je survis, il me faudra peut-être apprendre à Lilith ce qu'est le concept de trop d'informations.

Et la conscience du bien et du mal.

Elle en aurait grand besoin.

Nostradamus agite toujours les gants et le masque devant ma tête, alors je les prends. Et comme je n'aime pas l'idée d'une défaillance de mes organes, et que je ne vois pas comment le fait de porter ça pourrait bénéficier à Lilith d'une façon sinistre, je les mets.

Le chien sort de la voiture, s'avance vers la portière de Nostradamus et l'attend.

Le voyant descend et attrape le guidon du harnais.

Ils avancent ensuite vers l'immeuble, Lilith sur les talons.

Je me pince pour m'assurer qu'il ne s'agit pas d'un rêve étrange, puis je les suis.

Quand le chien et le voyant atteignent l'ascenseur, Nostradamus appuie sur le bouton comme s'il pouvait le voir.

— Es-tu malvoyant ? ne puis-je m'empêcher de demander.

— Je n'ai pas d'yeux, si c'est ce que tu veux dire, répond Nostradamus. Mais j'ai des visions de mon futur proche tout le temps, ce qui me permet de savoir où se trouvent certaines choses et...

— Attends, dis-je. Il n'est pas nécessaire de *voir* pour avoir des visions ?

— Pas dans mon cas, répond-il quand s'ouvre l'ascenseur. Pour être honnête, je ne suis pas né ainsi, et je ne sais pas du tout si un voyant né aveugle serait capable de prédire l'avenir. J'imagine que oui, mais je l'ignore.

Comme pour illustrer ce qu'il dit, il tend la main et appuie sur le bouton du septième étage au premier essai et sans tâtonner.

Je jette encore un coup d'œil discret à ses cicatrices et le regrette immédiatement. Je ne veux surtout pas me sentir mal pour l'allié de Lilith... ce dont je ne peux m'empêcher. Il a dû arriver quelque chose de terrible à ses yeux.

— C'est Tartarus qui a fait ça, commente Lilith en suivant mon regard.

Elle pose alors une main rassurante sur l'épaule de Nostradamus.

Les traits de celui-ci se tordent en une grimace haineuse qui semble étrangère à son visage.

— Ce *monstre* a beaucoup de choses à se reprocher.

Le chien gémit et je détourne les yeux des cicatrices. En m'éclaircissant la gorge, je décide de changer de sujet.

— Et qui est ce grand bonhomme ? m'enquiers-je en indiquant le chien.

— Marius, répond Nostradamus.

— Frotti-frottius, lance Lilith en même temps.

Le chien lève la tête et montre les dents à Lilith.

— Et qu'est-ce qu'il est ? dis-je en examinant son aura.

— Techniquement, un loup-garou, explique Lilith. Sauf que personne ne l'a vu autrement que sous cette forme. Encore une autre victime de qui tu sais...

L'ascenseur sonne, interrompant mes questions.

— Bon, annonce Lilith. Je pense que je vais passer la première. Vous autres, vous n'avez qu'à couvrir mes arrières.

Je hoche la tête vers Nostradamus... qui enfile son propre masque et des gants pendant que nous parlons.

— Ne devrait-il pas être aux commandes ?

— Non, ma chère. C'est toujours moi qui commande.

Elle me fait un clin d'œil et ajoute :

— Michel m'a dit de faire ce que je voulais quand

nous arriverions à ce moment, alors j'en ai bien l'intention.

Sans plus attendre, elle fonce dans le couloir, et je lui cours après. Je ne veux pas lui confier la vie de Felix. Après tout, cette femme est censée être vindicative. Et s'il s'agissait d'une ruse très élaborée pour lui faire du mal ?

Heureusement, je n'ai aucune difficulté à la rattraper. Quand Lilith atteint la porte déjà ouverte, elle ralentit et avance tout doucement.

Je la suis en me déplaçant aussi silencieusement que possible, même si mes pas sont loin d'être aussi discrets que les siens. Elle ne fait aucun bruit… comme si elle planait juste au-dessus du sol.

Et en y repensant, c'est peut-être le cas. Elle défiait la gravité sans le moindre effort dans son propre monde.

Je regarde en arrière. Nostradamus contourne une table basse que même une personne voyante aurait pu heurter, et Marius se faufile devant lui comme un loup.

— Il va survivre, dit Woland quand nous nous approchons du bureau où se déroule la scène. Et donc, toi aussi.

Zut.

Cela veut dire que nous n'avons pas empêché Felix d'être gravement blessé. Ils l'ont déjà torturé et ont procédé au massage cardiaque briseur de côtes comme dans ma vision.

Tout comme dans cette vision, le chort Sasha dit :

— J'effacerai la douleur de ses blessures quand il reviendra à lui. Puis je pourrai retirer mon aide ou…

En se déplaçant comme le fantôme d'un ninja, Lilith se glisse dans le bureau, et un cri de douleur résonne dans l'appartement.

CHAPITRE DIX

WOLAND – le chort poli et plus âgé avec un bouc – file hors du bureau, laissant ses collègues hurler derrière lui.

Il semble contrarié… du moins jusqu'à apercevoir la personne qui se tient sur son chemin.

Moi.

Mon entraînement en arts martiaux faisant soudain effet, je donne un coup de poing en direction de son visage.

Au lieu de le toucher, mon poing traverse sa joue comme si c'était un nuage de vapeur. En fait, on dirait que Woland tout entier est un nuage de vapeur, ou un hologramme.

Est-ce qu'il vient de devenir incorporel ?

Je lutte contre une montée de jalousie face au potentiel scénogénique de son pouvoir, je retire brusquement la main.

La tête de Woland redevient solide, rendant son regard mauvais plus visible.

Je dois être sous le choc ou perplexe, car je le rate quand il s'éloigne d'un bond et court le long du couloir.

Marius s'élance.

Woland évite les énormes mâchoires du loup-garou et plonge sous le bras tendu de Nostradamus, se dirigeant tout droit vers la sortie.

Avant même que je puisse penser au mot « poursuite », un autre chort sort du bureau en courant.

C'est Boris, l'enfoiré qui a frappé Felix.

D'habitude, c'est par nécessité que je me bats, mais là, j'ai très envie de faire mal à ce type.

J'envoie donc un coup vicieux vers son visage agaçant.

Au lieu d'utiliser la même combine que Woland, Boris évite simplement mon coup, puis il me frappe au buste.

Je ne veux même pas penser à la douleur que j'aurais subie si j'avais été sous l'influence du chort, comme Felix. Là, mon plexus est déjà à l'agonie. Je me penche en cherchant à reprendre mon souffle.

À travers les larmes qui me sont montées aux yeux, je vois Boris se diriger vers la porte… et c'est alors que Marius bondit vers lui, découvrant ses canines géantes.

Sauf que ses dents traversent le mirage d'un membre au lieu du bras de Boris.

Apparemment, il peut lui aussi avoir recours à ce tour-là quand il le souhaite.

Ce doit être un truc de chort. Pas étonnant que Lilith les trouve puissants.

En parlant de ma chère mère, une nouvelle vague de bruits venant du bureau m'évoque un abattoir des enfers.

En entendant les cris horribles, Boris solidifie son bras et saute vers la porte.

Un autre chort s'échappe du bureau, filant devant moi, car je suis toujours en train de reprendre mon souffle.

Nostradamus, qui se trouve encore à côté de la table basse, tend le pied et fait tomber le salopard.

Le chort fait un vol plané… tout droit dans la gueule de Marius. Les dents du loup-garou se referment sur sa gorge avant qu'il comprenne ce qui lui arrive, et surtout, avant qu'il fasse le coup du fantôme.

Avec un gargouillis, le chort essaie d'éloigner la bête, mais les mâchoires de Marius sont trop serrées autour de son cou.

Au bout de quelques secondes, le corps du chort se détend, puis son cadavre devient fantomatique et disparaît, ne laissant rien derrière lui… pas même ses vêtements.

Je fixe l'endroit vide, puis Marius.

Même le sang autour de la bouche du loup-garou s'est envolée sans laisser de traces.

— C'est typique des chorts, précise Nostradamus avant que je puisse poser la question. Ils disparaissent une dernière fois en mourant.

Je parviens enfin à avaler assez d'air et me précipite vers le bureau.

Felix est allongé sans connaissance sur le sol et il y a des morceaux de chorts éparpillés partout, particulièrement sur les éclats de fenêtres brisées.

Les propriétaires de ces morceaux sont allongés là avec les blessures caractéristiques des vampires dans le cou, mais ils ne sont clairement pas morts… sinon, ils auraient disparu.

Lilith se tient au-dessus du chort Sasha dans une position classique de vampire en plein repas. Quand elle entend ma respiration haletante, elle lève la tête et me fait un sourire sanguinolent.

— Quand tu commences à boire, ils ne peuvent pas disparaître pendant un moment, explique-t-elle en zozotant un peu à cause de ses dents de vampire. C'est pour cette raison qu'ils ont si peur de nous.

Elle baisse les yeux vers Sasha, qui est horrifié, et lui ébouriffe malicieusement les cheveux.

Je l'ignore et m'agenouille près de Felix pour vérifier ses signes vitaux.

Je perçois un battement de cœur, mais il est très faible.

Je ne suis pas médecin, mais mon colocataire semble mal en point.

Vraiment mal.

— Je peux le soigner pour toi, affirme Lilith, dont la voix est redevenue normale. Il te suffit de le demander.

Je lève la tête en fronçant les sourcils.

— Comment ?

— Avec mon sang, dit-elle. Évidemment.

Hors de question. J'ai déjà vécu ça avec Ariel.

— Tu veux donc le rendre accro ? C'est ça, ton plan ? Utiliser Felix pour…

— Ne sois pas ridicule.

Elle s'avance vers le bureau et ramasse une bouteille d'eau couverte d'éclaboussures de sang.

En enlevant le bouchon, elle ouvre la bouche et allonge sa canine droite. Elle pose le petit doigt sur sa dent, perce sa peau, puis fait tomber une minuscule goutte de sang dans la bouteille d'eau, referme le bouchon et secoue bien.

— S'il boit une seule goutte de cette eau, il guérira et ne sera pas du tout accro, explique-t-elle en me tendant la bouteille. C'est ton choix, bien sûr. Et si tu n'as pas confiance en moi, tu peux tenter le coup avec les médecins humains.

— Ce qui conduirait à sa mort, fait remarquer Nostradamus d'un air solennel en entrant dans la pièce.

Mais bien sûr.

Je vais les croire sur parole.

Non.

J'inspire pour me calmer, me concentre sur le sort de Felix, et passe dans l'espace mental.

———

Deux nuages de formes apparaissent.

L'un fait un bruit effrayant, pas l'autre.

Jusqu'ici, cela semble confirmer les dires de Nostradamus, mais je veux en être certaine.

Je fais pousser deux volutes éthérées et je touche les deux formes au hasard, une volute dans chaque nuage.

———

SUBMERGÉE PAR LE CHAGRIN, je fixe d'un air hébété le type des secours au visage rond.

— Encore une fois, je suis vraiment désolé, dit-il en regardant le corps refroidi de Felix. J'aurais aimé…

———

JE SUIS DÉSINCARNÉE.

Felix et Maya sont assis dans la cuisine de notre appartement ; il mange une salade de pommes de terre, et elle le regarde d'un air inquiet.

— Non, Maya, dit-il. Je ne ressens toujours aucune envie de boire du sang de vampire, surtout pas celui de la mère de Sasha.

— Ça ne fait qu'une semaine, dit-elle. Et si le manque commençait plus tard ?

Il pose la main sur la sienne.

— Ça ne fonctionne pas ainsi. Le besoin commence tout de suite ou pas du tout. Crois-moi, j'ai posé beaucoup de q…

Je suis de retour dans le bureau couvert de sang. Lilith, Nostradamus et Marius me regardent, dans l'expectative.

Je commence à retirer mes gants et mon masque.

— Donne-lui le sang. Et sortons-le d'ici afin qu'il ne s'évanouisse pas en voyant cette boucherie.

Lilith s'avance vers Felix et fait tomber une goutte de l'eau infusée de sang dans sa bouche.

Il semble instantanément aller mieux.

Son nez cassé se remet en place et sa respiration redevient normale.

En le soulevant avec précaution, Lilith le porte jusqu'à la salle de bains et le dépose dans la baignoire.

Ensuite, Marius et moi le fixons intensément pendant que Lilith et Nostradamus retirent leurs propres gants et masques.

Felix ouvre de grands yeux et regarde autour de lui avant de me voir.

— Sasha, souffle-t-il en s'asseyant. Que se passe-t-il ?

— Michel, peux-tu lui expliquer la situation, s'il te plaît ? lance Lilith.

Avant que je puisse émettre une objection, elle saisit mon bras avec une poigne d'acier et me conduit dans le bureau couvert de sang.

— Nostradamus affirme que la police humaine est en route.

Elle fronce le nez et ajoute :

— Nous devrions nettoyer tout ce bazar et partir avant qu'elle arrive.

Comme pour faire la démonstration, elle donne un vicieux coup de pied dans la tête de l'un des chorts blessés.

J'entends le fracas d'un crâne qui se brise, suivi par le bruit d'une chaussure qui écrabouille un cerveau.

J'ai beau avoir l'estomac mieux accroché que Felix, je sens monter la bile.

Sans surprise, le chort se dématérialise, tout comme une partie du sang et des morceaux dans le bureau.

On peut compter sur ma génitrice psychopathe pour appeler ça « nettoyer ».

Les autres chorts doivent comprendre ce qui les attend, car ils se mettent à gémir et à nous supplier de les épargner.

Lilith leur fait un sourire glacial en réponse, puis arrache la tête de l'un d'entre eux… ce qui rend paradoxalement la pièce encore un peu plus propre.

— Celui-là est à toi, dit-elle en désignant le chort appelé Sasha du menton. C'est lui qui a fait vivre l'enfer à Felix, alors je suggère que tu lui rendes la pareille.

— Je ne faisais que suivre les ordres, souffle le chort. Je…

Je ne saurai jamais comment il allait essayer de se justifier, car Lilith s'agenouille à côté de lui, lui ouvre la bouche et lui arrache la langue.

C'est officiel.

Je viens de vomir dans ma bouche.

Les autres chorts poussent des cris d'horreur, et les yeux de mon homonyme se révulsent. Il se met à convulser comme s'il était électrocuté.

En me regardant, Lilith soulève la langue et avale le sang qui en coule avec délectation.

— Je sais ce que tu penses. Comment va-t-il pouvoir manger des glaces, maintenant ?

Je la regarde d'un air ahuri, puis je contemple le malheureux tortionnaire à mes pieds.

— Vas-y, dit Lilith. Achève-le.

Mon pouls accélère lorsqu'un souvenir de Raspoutine tourne dans ma tête. J'en ai été témoin grâce à notre conversation dans l'espace mental, et là-dedans, il avait eu une vision d'un avenir où ma version enfantine assassinait des gens.

Évidemment, c'était ma chère mère qui poussait cette version de moi à agir ainsi, et je me demande maintenant pourquoi.

Essayait-elle de me rendre davantage comme elle ? Ou de m'endurcir de cette façon macabre ?

Quelles que soient les raisons de Lilith dans la vision de Raspoutine, la situation actuelle est similaire. En fait, c'est peut-être même la raison pour laquelle elle m'a aidée. Sauf que je ne vois pas comment elle pourrait tirer profit de ma transformation en tueuse de sang-froid. S'agit-il d'une espèce d'héritage familial psychotique ? Certains médecins veulent que leurs enfants deviennent médecins, et elle veut que les siens deviennent tueurs en série ?

Dommage pour elle, mais je ne suis pas d'humeur à suivre son exemple.

— Tu peux l'achever, dis-je en me tournant pour partir. Je vais tenir compagnie à Felix.

— Mais il a fait du mal à ton ami.

Elle semble sincèrement perplexe devant mon manque de férocité.

— Comment peux-tu ne pas vouloir lui arracher le foie ?

— Tu as raison. Je dois avoir un problème, dis-je platement. Je devrais sans doute consulter un professionnel.

Essayant d'ignorer les bruits de chair déchiquetée qui reprennent derrière moi, je me dirige vers la salle de bains et claque la porte afin que Felix n'entende rien.

Nostradamus et Marius m'interceptent à mon entrée.

— Je lui ai dit que tu ne tuerais personne, dit le voyant à voix basse. Mais elle espérait que sa chance passerait outre ma prédiction, car cela arrive, parfois.

— D'accord. Oui.

Je préfère analyser tout ça plus tard. Pour l'instant, je contourne le voyant et j'examine Felix… avant de pousser un soupir de soulagement. Même si mon ami est toujours assis dans la baignoire, il semble beaucoup plus en forme, et tout le sang de chort a disparu de son corps, sans doute parce que Lilith a déjà massacré tout le monde.

— Comment vas-tu ? lui dis-je en m'agenouillant près de lui.

Felix frotte son nez, qui n'est plus cassé.

— Très bien. J'ai juste du mal avec tout ça.

Il hoche la tête en direction du chien géant et du vieux voyant.

— Je sais. Je n'ai pas tout digéré non plus.

Comme si mon affirmation était son signal, Lilith entre dans la pièce… et il ne reste pas une seule goutte de sang sur sa tenue élégante.

— Bonjour. Je m'appelle Lilith.

Elle tend sa main délicate vers Felix.

Je m'attends presque à ce qu'il lui fasse un baisemain comme s'il était un chevalier et elle Madame la Comtesse, mais il la secoue mollement, marmonnant quelque chose qui ressemble à :

— Ravi de vous rencontrer.

— La police sera là dans quelques minutes, annonce Nostradamus avant de regarder Felix. Souviens-toi de ce que je t'ai dit.

— D'accord. J'ai dû aider un autre client et je n'étais pas là quand le cambriolage a eu lieu.

Mon colocataire fronce les sourcils en regardant le voyant.

—Vous êtes certain que ça fonctionnera ?

— Je l'ai vu, confirme Nostradamus. Mais même si ce n'était pas le cas, réfléchis. Aucun objet de valeur n'a été volé. Il n'y a pas de corps, pas…

— Allons-y, Felix.

Je me lève et lui tends la main pour l'aider à s'extraire de la baignoire.

Il se lève en tremblant et sort prudemment.

À mesure qu'il quitte la salle de bains, son pas et son attitude deviennent de plus en plus normaux.

Le sang de Lilith est puissant.

Une voisine nous espionne derrière sa porte lorsque nous entrons dans le couloir. Lilith croise son regard et fait son espèce d'ensorcellement pour que la dame se souvienne de grands hommes à l'air criminel pénétrant dans l'appartement plutôt que de notre sortie.

Pendant que nous descendons dans l'ascenseur, je regarde Felix et je m'éclaircis la gorge.

— Il faudra que tu restes à l'appartement pendant un moment.

— Ah bon ? demande-t-il. Pourquoi ?

— Woland et Boris se sont échappés. Ils pourraient te retrouver.

Mon colocataire pâlit.

— Il n'y a pas que ces deux-là, ajoute Lilith. Quelques chorts ont sauté par la fenêtre. S'ils ont bien calculé leur dématérialisation, ils ont pu survivre à leur chute.

— D'accord, répond faiblement Felix. On dirait que je vais rester à la maison.

Je lui tapote l'épaule.

— Je t'ai vu en vie dans une semaine dans une vision. Et tu n'avais pas d'addiction.

Je hoche la tête en direction de Lilith.

Un peu de couleur revient sur le visage de Felix, mais il regarde alors Lilith… qui lui adresse ce qu'elle doit considérer comme un sourire séducteur. En réalité, c'est assez effrayant.

Il redevient blanc comme un linge.

Ne se rendant compte de rien, elle dit avec enthousiasme :

— Nous devrions tous passer un moment ensemble avant que tu te confines officiellement. Tu sais, faire un musée, nous balader à Central Park, visiter le…

— On aimerait beaucoup jouer aux touristes avec toi, mais Felix a son travail et j'ai un engagement, dis-je en dissimulant mon sarcasme de mon mieux.

Lilith fait la moue.

— Quel dommage. Je veux apprendre à te connaître. Et si nous traînions ensemble quand tu auras fini ce que tu dois faire ?

— Laisse-moi y réfléchir, dis-je prudemment. Pour l'instant, je dois ramener Felix à la maison.

— Je comprends.

Elle me fait un sourire pendant que les portes de l'ascenseur s'ouvrent.

Je laisse tout le monde passer devant et j'utilise mon téléphone pour appeler un taxi et marquer deux arrêts sur l'application : notre appartement pour y déposer Felix, et JFK pour enfin rejoindre Nero.

— Je n'arrive toujours pas à croire que j'ai été attaqué par des chorts, parmi toutes les créatures possibles, murmure Felix une fois que nous sommes à l'extérieur. Bien sûr, j'en ai déjà entendu parler, mais je ne m'attendais pas à en rencontrer en chair et en os. Pas en Amérique, du moins.

Nostradamus remonte ses lunettes de soleil sur son nez et concède :

— Tu avais raison de le penser. Ce groupe-là

travaille pour le Conseil de Saint-Pétersbourg. Woland est le Chef des Exécuteurs, là-bas.

— Ce sont des Exécuteurs ?

Je me tourne instinctivement pour regarder Nostradamus dans les yeux, mais j'aperçois alors les cicatrices et comprends mon faux pas.

— Ne doit-il pas s'agir de vampires ?

— Pas toujours, explique-t-il. Il n'y a pas de vampires dans ou autour de Saint-Pétersbourg. Woland et ses sbires ont tué les plus entêtés, et les autres ont trouvé qu'il serait plus sage de déménager.

Intéressant. Je me demande si c'est pour cette raison que Vlad a quitté son pays natal. D'un autre côté, je le classerais plutôt dans la catégorie des vampires entêtés.

— Baba Yaga ne faisait-elle pas partie du Conseil de Saint-Pétersbourg ? chuchote Felix, comme si la sorcière décédée pouvait l'entendre.

— Oui, elle y était, il y a longtemps, confirme Nostradamus. Elle était une des gentilles.

— Baba Yaga faisait partie des gentils ?

Je le regarde à la recherche d'un signe montrant qu'il s'agit d'une plaisanterie de mauvais goût.

— Mais alors, à quoi ressemble le reste du Conseil ?

— L'histoire de la Russie devrait te donner un indice là-dessus. Bien que les Conseils ne se mêlent généralement pas des affaires humaines, ce n'est pas le cas de ceux de Moscou et Saint-Pétersbourg.

J'écarquille les yeux.

— Tu veux dire que les choses comme la révolution, puis Staline et…

— Oui.

Nostradamus se baisse et gratte Marius derrière l'oreille avant de continuer :

— Récemment, ils ont décidé d'arrêter de s'en mêler autant, alors avec un peu de chance, les choses vont s'améliorer avec le temps.

— Waouh, intervient Felix. Et ce sont eux qui cherchent Raspoutine ? Le Conseil de Saint-Pétersbourg ?

Nostradamus se tourne vers Felix.

— J'en doute. Ils ont certainement oublié la mauvaise conduite de Raspoutine depuis longtemps, mais pas annulé l'ordre officiel d'exécution. Ce n'est pas la raison pour laquelle Woland agit ainsi. C'est personnel, pour lui.

— Vois-tu, ajoute Lilith avec enthousiasme, avant qu'il me rencontre et tombe désespérément amoureux, ton père avait un petit béguin pour ton homonyme, la tsarine. C'est ce qui a conduit à sa dénonciation et à son statut de paria… mais surtout, pour Woland, il y avait le problème de la supposée hémophilie du prince.

Elle passe la main dans ses cheveux d'une façon familière… Exactement comme moi.

— Pour faire court, c'était la fille de Woland qui empêchait le sang du garçon de se coaguler. Beaucoup de chorts ont ce pouvoir particulier. Dans ses efforts pour la retirer de la maison royale, Grigori l'a retirée de façon plus permanente… de l'existence. Il prétend que c'était un accident, mais je doute que Woland s'attarde sur ce genre de détail.

Mon téléphone émet un bruit signifiant que notre taxi est arrivé.

Je n'ai presque pas envie de partir. Je suis curieuse d'en apprendre davantage sur le passé de mon père… même si cela fait partie du plan diabolique de Lilith.

Ce qui est bien sûr le cas.

Je le vois au sourire satisfait sur son visage.

Le même genre de sourire que j'afficherais si j'avais réussi à appâter quelqu'un.

— Nous ferions mieux de partir, dis-je à Felix.

— D'accord.

Il se tourne alors vers Lilith.

— Merci, déclare-t-il.

— Oui, dis-je à contrecœur. Merci de m'avoir aidée. J'aurais sûrement eu du mal à gérer les chorts par moi-même.

— Et si tu me faisais un câlin ? Nous serions quittes, dit-elle avec un grand sourire.

Mince. Je suis tombée droit dans le piège.

Je m'approche de ma mère aussi prudemment que je m'approcherais d'un cactus toxique, et la serre dans mes bras à contrecœur.

Pour une vampire, elle n'est pas vraiment froide et elle sent bon… et pas seulement grâce à *Sexy Little Things Noir* de Victoria's Secret.

Je la lâche et je chancelle maladroitement vers le taxi.

— Au revoir, Nostradamus, dit Felix. Au revoir, Lilith.

— Au revoir, l'ami de Sasha, répond Lilith d'un ton moqueur. Fais attention à toi.

Était-ce une menace ?

Marius gémit comme un chien. Je suppose que c'est sa façon de dire au revoir.

Avant que Lilith ne change d'avis et décide finalement de m'enlever, je saisis Felix par l'épaule et le guide jusque dans le taxi.

CHAPITRE ONZE

— WAOUH ! s'exclame Felix dès que la voiture démarre.

— Waouh, je réponds sur le même ton.

— C'était…

— Oui, dis-je.

— Mais elle…

— *Je sais.*

N'ayant apparemment plus rien à dire, nous restons assis là, digérant chacun de notre côté les événements récents.

— Et si tu me racontais tout ? finit par lâcher Felix en se frottant les tempes d'un mouvement circulaire.

Je lui explique donc le peu qu'il y a à dire : j'étais en chemin pour le sauver quand Nostradamus et Lilith m'ont interceptée. En passant au russe afin que le chauffeur n'entende pas ce qui concerne les Conscients, je le renseigne sur l'altercation avec les chorts.

— Mais qu'est-ce que ça signifie ? s'étonne Felix

quand j'ai terminé. Lilith n'est-elle pas aussi diabolique que nous le pensions ?

— J'aimerais beaucoup le savoir.

Je me rends compte que je n'ai pas encore mis ma ceinture et m'exécute.

— La cynique en moi affirme qu'il n'y avait rien de maternel dans cette rencontre. Elle a besoin de moi pour quelque chose et l'avenir dans lequel je mourais en essayant de te sauver ne l'arrangeait pas. Mais bien sûr, la partie plus naïve de mon cerveau ne peut s'empêcher d'espérer qu'il y ait autre chose. Elle a peut-être un cœur qui bat, après tout. D'ailleurs, les vampires en sont-ils physiquement dotés ?

— Je crois que oui. Qu'en est-il de Nostradamus ? C'est quoi, son histoire ?

— Je n'arrive pas très bien à le jauger, lui dis-je en me demandant si Nostradamus a déjà entendu cette conversation dans l'une de ses visions. Depuis le bazar avec Darian, je fais en sorte de ne pas trop me fier aux voyants… mon père compris.

— J'ai la même politique.

Il me fait un clin d'œil et ajoute :

— Même toi, je te fais à peine confiance.

Je souris.

— Je n'aurais pas confiance en moi non plus. J'ai déjà sincèrement pensé que mon nom à la télé serait Sasha Sournoise.

Felix s'esclaffe.

— Ton nom de magicienne, ou si tu finis dans

l'industrie du porno ? Parce que ça semble plus adapté dans ce cas. Ou le strip-tease.

Je fronce les sourcils pour rire.

— Dans tes rêves. Et c'est bien parce que tu as récemment frôlé la mort que je ne te frappe pas.

Quand je lui rappelle, il se tapote partout avant de secouer la tête, émerveillé.

— Je n'arrive pas à croire que je vais bien.

— En es-tu certain ?

— Oui. C'est comme la fois où j'ai été guéri par Isis, mais même mieux, d'une certaine façon.

Je plisse les yeux.

— Ne t'attarde pas sur les sensations agréables que sa guérison peut t'avoir données. L'addiction n'est pas loin.

Il grimace.

— Tu n'as pas tort. Je pense que je vais replonger dans la programmation… détourner mon attention pendant que je me remets.

— Bonne idée. Joue à des jeux vidéo, aussi, ou regarde la télé.

Felix hoche la tête et nous roulons en silence pendant quelques instants jusqu'à ce que je pense à quelque chose. En me tournant vers Felix, je dis :

— Merci.

Son monosourcil se hausse d'étonnement.

— Pour quoi ?

— Pour ne pas avoir dit à Woland et compagnie où se trouvait Raspoutine. Je ne sais pas si j'aurais été aussi forte que toi, s'ils m'avaient fait aussi mal.

Un frisson visible ondule sur la peau de Felix.

— Je pense que j'étais simplement trop effrayé pour parler. S'il y avait eu un deuxième round, je ne suis pas sûr…

— Je ne t'en aurais pas voulu si tu leur avais dit.

Je serre sa main.

— Je suis désolée de t'avoir encore attiré dans mon bazar. Je suis comme une malédiction. La pire a…

— Oh, la ferme ! m'interrompt-il en levant les yeux au ciel. Tu as vu de quoi sont capables les chorts et tu t'es précipitée pour me sauver… sans renfort et sans plan, même. Je ne sais pas si j'en aurais été capable, à ta place.

— Je suis sûre que oui. Tu es plus courageux et plus fort que tu le crois.

Il commence à répondre, mais la voiture s'arrête et je comprends que nous nous trouvons à côté de notre immeuble.

— Zut.

Je me baisse aussi vite que possible.

— Que fais-tu ? demande Felix en fronçant les sourcils.

— Je ne retourne pas à la maison, dis-je en chuchotant depuis le fond de mon siège. Si Thalia et ses sbires me voient, elle pourrait essayer de m'y forcer.

— Attends. Si tu ne rentres pas, où vas-tu ?

— Je veux trouver Nero. Et avant que tu poses la question, tu ne m'accompagnes pas. Pas après ce qui vient de se passer.

— Mais…

— S'il te plaît, va-t'en. S'ils te voient traîner ici, ils pourraient se méfier.

Il me regarde, puis il fixe l'immeuble avec envie.

— Mon vieux, je t'en supplie.

Je lui fais mes célèbres yeux de chien battu, me disant qu'il n'y a jamais eu de meilleur moment pour agir de façon déloyale.

— Très bien, grommelle-t-il en ouvrant la portière. Mais pour ce que ça vaut, ça ne me plaît pas.

— C'est noté. Je t'en dois une.

Felix s'en va et le taxi poursuit sa route jusqu'à la deuxième destination : l'aéroport JFK.

J'attends quelques pâtés de maisons avant de m'asseoir.

Mince.

Nous sommes coincés dans les embouteillages.

Je détache le regard des millions de voitures et me repasse mentalement la rencontre avec Lilith.

Était-elle sincère en disant vouloir apprendre à me connaître ?

Difficile à dire.

Je ne sais pas trop à quoi je m'attendais pour ma première rencontre avec ma mère biologique, mais ça ne ressemblait pas du tout à ce qui est arrivé.

Une fois à Gomorrah, il me faudra interroger Raspoutine pour obtenir davantage de détails concernant Lilith. S'il est vrai qu'il l'a aimée autrefois, peut-être n'est-elle pas entièrement mauvaise ?

Elle est plus probablement très bonne actrice... ou douée au lit.

Je secoue la tête pour chasser les images destructrices de libido de la vie sexuelle de mes parents et pense à Nero à la place. Je me demande si je peux toujours le rattraper à Gomorrah.

En fermant les yeux, je saute dans l'espace mental pour le découvrir.

———

SANS TENIR compte des formes par défaut devant moi, je commence à me focaliser sur l'essence de Nero, mais je m'arrête rapidement.

Il ne me faut pas n'importe quelle vision sur Nero. J'ai spécifiquement besoin d'en trouver une du futur proche… sinon, je le verrais dans sa quête après son départ de Gomorrah. Ce serait intéressant, mais ce n'est pas mon objectif actuel.

Je comprends alors que j'ai d'énormes lacunes concernant mon pouvoir de voyante.

Je ne sais absolument pas comment contrôler jusqu'où vont mes visions dans l'avenir.

Waouh.

Je n'arrive pas à croire que je n'y ai encore jamais pensé.

Jusqu'ici, mes visions me montraient des événements se produisant quelques instants à quelques jours plus tard, mais je n'ai jamais maîtrisé cette durée.

Je n'ai jamais non plus vu plus loin que quelques jours dans le futur.

C'est vraiment un sujet que je devrais aborder avec

mon père, car il doit bien y avoir un moyen d'y parvenir. Si je prends un exemple au hasard, Darian a vu ce que je suppose être un avenir potentiel assez lointain dans lequel lui et moi sommes devenus amants… un avenir qui ne s'est jamais réalisé.

Le souvenir de Darian jette une ombre sur mes plans actuels. Il avait fait toute une histoire parce que je « choisissais Nero ». En fait, il avait même dit que cette décision allait me coûter la vie.

Est-ce que me rendre à Gomorrah maintenant compterait comme « le choisir » ?

Comme s'il me fallait une autre bonne raison de vouloir espionner loin dans mon avenir… Sauf si, bien sûr, je n'ai pas eu de visions loin dans le futur pour la simple raison que je n'en ai pas… étant morte comme Darian l'a prédit.

Eh bien, ce train de pensée a vite déraillé !

Je devrais sans doute m'efforcer d'avoir une vision de Nero dans l'avenir proche, puis fouiller dans mon avenir lointain pour voir si je suis en vie.

— Je veux voir Nero dans quelques minutes, me dis-je au cas où j'aie de la chance et que ce soit aussi simple que ça de déterminer à quel moment la vision se produit.

Il ne se passe rien.

Je pense à l'essence de Nero de façon habituelle… et ça fonctionne mieux. Je suis entourée par des formes qui semblent extrêmement calmes.

Très bien. Au moins, personne ne se fera tuer dans ces visions.

C'est un changement bienvenu... et cela semble indiquer que j'ai trouvé Nero pendant qu'il est toujours sur Gomorrah, comme je l'espérais. Quelque chose me dit que quand il partira, les choses deviendront vite plus compliquées. Sinon, il n'aurait pas besoin d'alliés puissants.

Enthousiasmée par ma réussite, j'attrape une forme et plonge dans une vision.

CHAPITRE DOUZE

JE SUIS DÉSINCARNÉE... Dommage pour mon secret espoir de parler à Nero dans sa boîte de nuit, ou ailleurs sur Gomorrah.

Pire encore, ceci n'est pas Gomorrah.

Je me trouve sur une plage entourée par un océan qui s'étend jusqu'à l'horizon sur les trois côtés. Au-dessus, le ciel est d'un bleu parfait, orné de nuages cotonneux. Plus loin dans les terres, un petit village à l'air idyllique semble tout droit sorti de la Grèce antique.

Dans le même thème, plusieurs hommes délicieusement beaux jouent sur la plage. Ils portent le même genre de tenue légère que les Spartiates dans le film *300*... avec beaucoup de jambes puissantes, des abdos en acier et des pectoraux rebondis.

Pour une raison qui m'échappe, ils me semblent familiers.

Je remarque alors qu'ils ont tous un bronzage

approprié au beau temps… sauf un type, celui qu'ils semblent attaquer.

Il est si pâle que je le soupçonne d'avoir besoin d'un sérieux supplément en vitamine D.

En évitant un coup, le type se tourne vers moi, et je le reconnais.

C'est Vlad… sauf que je ne l'ai jamais vu si peu vêtu.

Ça lui va bien.

Ce qui est étrange également, c'est qu'il ne semble pas aussi sombre que je m'y attendais… sans doute grâce à la concentration féroce sur son visage.

Un autre type bronzé cherche à frapper Vlad au visage, mais le vampire bondit hors de sa portée, puis lui donne un coup de poing dans le ventre.

Le guerrier suivant attaque Vlad, puis un autre et un autre.

Une minute. En quoi cette vision concerne-t-elle Nero ?

C'est alors que je le vois.

Nero se tient sur la rive, à l'écart du combat, Kit et Isis à ses côtés.

Vlad les remarque également. Il aboie quelque chose dans une langue que je ne connais pas, et les combattants féroces mettent fin à leurs attaques.

Soudain, je les reconnais.

En tout cas, je le crois.

La dernière fois que j'ai cherché à savoir comment allait Vlad, il entraînait un groupe de jeunes garçons à manier une épée.

Si l'on prenait ces enfants et que l'on attendait vingt

ans, ce seraient sans doute ces éphèbes qu'on obtiendrait. Mais ça n'a aucun sens… sauf si ces types sont leurs pères ?

Le combat étant terminé, le visage de Vlad redevient sombre. Il s'avance vers Nero et dévisage ses confrères du Conseil.

— Nero. Kit.

Il ignore volontairement Isis.

— Le temps passe bien trop vite, ici sur Atlantis, alors je vais faire aussi bref que possible, grogne Nero. Je suis ici pour te donner l'occasion de rendre la faveur que tu me dois. Je rassemble une armée pour réclamer mon héritage. Je ne vais pas édulcorer les choses : cette mission sera extrêmement dangereuse. Elle va…

— Je suis partant, répond Vlad sans hésiter.

— Bien, dit Nero. Combien de temps te faut-il pour te préparer ?

— Attendez, intervient Kit en prenant l'apparence du plus musclé des guerriers contre lesquels Vlad se battait à l'instant. Ces délicieux adversaires ne semblent pas humains.

Elle prend l'apparence d'un autre.

— Que sont-ils ?

— Des hommes forts ou des colosses, dit Vlad. Ils prétendent être les descendants d'Hercule lui-même, mais je suppose que c'est le cas de la plupart de leur peuple.

Une minute.

Ariel aussi dit être une descendante d'Hercule. Est-ce que ça signifie que ces types à la *300* sont le même genre de Conscients qu'elle ? Si c'est le cas, qui a eu l'idée brillante de les appeler des *hommes* forts ? Ne faudrait-il pas dire quelque chose comme *gens* forts ?

— C'était une belle démonstration de talent, commente Nero en jetant un regard approbateur au peuple d'Ariel.

Je les étudie également, et je me demande si un physique épatant fait partie du lot en même temps que la super vitesse et la force.

— Parfois, ils sont trop doués, dit Vlad avec fierté en montrant sa main.

Waouh.

Le bout de son petit doigt droit a disparu. Il a dû le perdre dans un combat à l'épée, et j'imagine qu'il n'a pas pu le faire repousser, malgré toute sa capacité de guérison de vampire.

Le plus étrange, c'est que ça ne semble pas du tout le déranger.

— Impressionnant, lâche Nero en regardant ce qu'il reste du doigt.

Il regarde alors Isis, mais elle secoue la tête.

— Je ne peux pas guérir son espèce… ni faire repousser des membres.

Vlad laisse tomber le bras, comme si l'idée même le dégoûtait.

— J'entraîne ce groupe depuis qu'ils sont tout petits, affirme-t-il. Comme beaucoup parmi leur peuple, et la majorité du village, ce sont des mercenaires. Si tu mentionnais l'ordre et la gloire, tu pourrais facilement les persuader de se joindre à…

JE ME RETROUVE dans le taxi, alors je repars directement dans l'espace mental.

J'avais raison. Les hommes avec lesquels Vlad se battait/s'entraînait sont les mêmes garçons que j'ai déjà vus auparavant. Mais comment ? Les soi-disant hommes forts vivent-ils plus vite que la normale ?

Ça ne semble pas être le cas d'Ariel.

Je me souviens alors que Nero a mentionné que le temps passait plus vite sur ce monde-là. Est-ce ce qui est arrivé ? Vingt ans se sont-ils écoulés pour Vlad depuis la dernière fois que je l'ai vu ? Cela expliquerait pourquoi il semble un peu plus en forme, un peu moins abattu.

Oui, c'est logique. Ça pouvait même faire partie de son plan : s'échapper sur Atlantis pour se remettre sans que quelqu'un sur Terre remarque son absence. Il l'a sans doute fait parce qu'il prend ses devoirs d'Exécuteur au sérieux, mais qu'il n'était pas en état de les accomplir après l'enterrement.

Quoi qu'il en soit, si je survis au fait de « choisir Nero », il me faudra demander le chemin jusqu'à cet endroit et prendre des vacances bien méritées pendant lesquelles personne ne se rendrait compte de mon départ.

Je prendrais peut-être Nero avec moi et lui demanderais de s'habiller comme Vlad et ses étudiants. Je pourrais même…

Peu importe. Pour l'instant, je dois avoir la vision de

quelque chose qui arrivera à Nero avant son expédition pour recruter Vlad.

Mais comment ?

Je pourrais peut-être demander à un autre voyant de m'aider ?

J'essaie de joindre Raspoutine.

Raté. Apparemment, il ne s'est pas encore remis.

Je cherche le bannik ensuite, mais il n'est pas joignable non plus.

Je pourrais contacter Nostradamus de cette façon, mais étant donné à qui il tient compagnie, mieux vaut éviter.

Ou alors tenter le coup à la Peter Pan, en l'espérant de toutes mes forces ?

C'est donc ce que je fais. Je souhaite voir une vision de Nero avant qu'il quitte Gomorrah. Je le souhaite de tout mon cœur… avec la même intensité que j'ai voulu un poney pour mon septième anniversaire.

Rapidement, avant que le pouvoir du souhait ne se dissipe, je me concentre sur l'essence de Nero.

Je suis entourée par un autre tas de visions aux formes inoffensives.

J'en touche une, souhaitant encore qu'il s'agisse de celle dont j'ai besoin.

JE SUIS DÉSINCARNÉE, et encore une fois, pas sur Gomorrah.

Soit le souhait ne sert à rien, soit il est tout

simplement impossible de voir Nero sur Gomorrah parce qu'il est déjà parti.

Comme Atlantis, ce monde ne possède aucun signe d'avancées technologiques modernes.

En fait, si je me fie aux huttes en terre, cet endroit est à un état de développement encore antérieur.

Je remarque soudain quelque chose d'étrange.

Ces huttes sont immenses.

Nero ressemble à un petit enfant à côté de l'une d'entre elles, tout comme Isis et Kit.

Vlad est avec eux, ainsi que l'équipe des *300*, et un certain nombre de gens qui me semblent vaguement familiers. Ils font peut-être partie du Conseil de New York, mais je ne parierais pas ma vie dessus.

Une seule personne n'est pas éclipsée par les huttes, et c'est un type que j'ai vu lors de mes rencontres avec le Conseil de New York : l'être qui a procédé au Rite et que j'ai deviné être un géant.

Sauf qu'il porte ce qui ressemble à une tenue antiémeute… tout comme bon nombre des alliés de Nero, à vrai dire.

On dirait que j'avais eu raison. Les géants doivent exister.

Il est intéressant de voir que pour quelqu'un qui revient dans son pays natal, ce type ne semble pas heureux d'être là.

Extrêmement *mal*heureux serait une description plus adaptée à l'expression sur son visage massif.

— Je suis désolé, Colton, dit Nero, qui remarque

apparemment l'humeur du géant. Je sais que je te demande beaucoup.

— Mais après ça, nous serons quittes ? tonne Colton. Même s'il te dit d'aller te faire voir ?

— Oui, répond Nero. Présente-nous et nous serons quittes.

Les énormes épaules de Colton s'affaissent. Ensuite, il inspire tant que je m'attends presque à ce qu'il souffle et souffle pour faire tomber les huttes.

— Père ! crie-t-il d'une voix si profonde qu'on s'y noierait. Ton avorton est revenu.

Avorton ? Quelle taille font…

———

Je suis de retour dans le taxi, sous le choc.

Apparemment, quoi que Nero cherche à faire, il fait appel à tous les services qui lui sont dus et il engage une aide sérieuse.

En outre, je suis clairement nulle pour contrôler le timing de mes visions… Vlad était dans celle-ci, ce qui signifie que c'était plus *loin* dans le futur que ma vision précédente.

Dois-je essayer encore ?

À ma tentative suivante, j'obtiens des images encore plus lointaines… car l'équipe de Nero comprend ici une nuée – ou peut-être une horde – de géants.

Vêtus d'armures en bronze, ils sont armés jusqu'aux dents avec un assortiment d'armes pointues et émoussées, et ils sont en effet si grands qu'à côté, Colton est bel est bien l'avorton de la tribu.

Lui pourrait passer pour un humain avec une glande pituitaire trop zélée, mais ses frères de plus de trois mètres en seraient incapables.

Les alliés que Nero recrute dans ce monde ressemblent à des centaures... sauf que leur tête humaine, leurs bras et leur torse ressemblent à ceux de body-builders, tandis que la partie « cheval » est si puissante qu'elle ressemble au corps d'un bœuf.

La vision se termine, j'en tente une autre.

———

— Qu'y a-t-il de si spécial chez ce peuple misérable ? demande Kit à Nero en désignant de la tête des gens mal nourris qui se démènent dans un village géré par des machines géantes fonctionnant à la vapeur.

Sans répondre, Nero s'avance vers un homme ressemblant à un sans-abri, sort une pièce en or de sa poche et dit quelque chose.

En retirant ses vêtements miteux, le type s'avance vers une clairière et inspire profondément.

Dans un éclat de lumière, le clochard se transforme en *quelque chose*.

Il me semble d'abord que c'est un dragon, comme Nero lui-même, mais tout petit.

Mais non. La structure corporelle de cette chose est différente. La queue est plus longue, les pattes sont davantage comme celles d'un lézard, et la tête ressemble à celle d'un coq.

— Un cocatrix ? chuchote Kit, fascinée. Je pensais qu'ils avaient disparu.

— Certains pensent la même chose de mon peuple, fait remarquer Nero. Fais attention. Leur regard tue.

Un cocatrix ? Je pense en avoir tué dans un des jeux vidéo de Felix, un jour.

C'est officiel, maintenant.

Je ne m'enthousiasme plus pour les nouveaux types de Conscients. Après tout ce que j'ai vu, il me faudrait des licornes roses invisibles qui font des cacas arc-en-ciel pour me faire réagir.

Le cocatrix redevient un homme, ce qui doit être le signal de Kit pour se transformer en cocatrix à son tour…

La vision prend fin et je me retrouve dans la voiture.

Je me gratte la tête, déçue.

Peu importe ce que je fais, je n'arrive pas à retrouver Nero sur Gomorrah.

Je suppose qu'il est temps d'abandonner. Je ne sais visiblement pas contrôler quel moment est représenté dans la vision.

Très bien. Au point où j'en suis, je meurs d'envie de savoir ce que vont faire Nero et son armée exotique.

J'inspire profondément et saute dans l'espace mental pour le découvrir.

CHAPITRE TREIZE

NERO SE TIENT TOUT NU sur une grande colline dans un monde familier. La crête montagneuse argentée évoquant le Grand Canyon au loin, les formations d'étoiles inconnues dans le ciel, les sept lunes et les magnifiques aurores boréales appartiennent toutes à l'endroit que Nero a dépeint sur un tableau accroché dans son bureau.

Le monde d'où il vient.

Le monde des dragons.

Comme pour confirmer ma pensée, un puissant rugissement fait trembler la colline sur laquelle se trouve Nero.

Il fronce les sourcils et regarde au loin.

Oui.

Deux dragons volent dans sa direction.

Il jette un coup d'œil à la plateforme où son armée se déverse par le portail, puis se retourne vers les dragons.

— Tu n'as pas intérêt à t'amuser sans moi ! crie Kit en bas de la colline en faisant disparaître ses vêtements.

— Tu peux me rejoindre si tu insistes, rétorque Nero. Mais fais attention au feu des dragons.

Kit agite la main avec dédain, et, un instant plus tard, un dragon géant apparaît à l'endroit où elle se trouvait : une bête verte avec des écailles de la taille de grandes assiettes.

Suivant le mouvement, Nero adopte sa propre forme de dragon en un éclair d'énergie et bondit en l'air.

Au loin, le rugissement des dragons se fait plus furieux.

Comme avant, il semble y avoir des moments incrustés dans le rugissement, mais ils sont difficiles à distinguer.

Kit saute dans les airs, et mon point de vue suit Nero et elle comme si mon corps absent avait aussi réussi à se faire pousser des ailes.

De cette hauteur, je vois au loin une armée qui s'avance vers la plate-forme. Elle semble être composée de gens normaux, mais si ça se trouve, il s'agit uniquement de dragons sous forme humaine.

Et en parlant de dragons, les deux qui s'approchent doivent être en train de reconnaître le terrain. Un autre groupe – une nuée – de dragons plane au-dessus de l'armée pour la protéger.

Nero et Kit rugissent, puis plongent vers les deux espions avec la vitesse d'avions de chasse.

Le plus grand des dragons ennemis cherche à

griffer la tête de Nero, mais il rate et le paie d'un membre que Nero lui coupe avec les dents.

Le plus petit s'élève puis plonge vers Kit, mais elle l'évite habilement avant de lui griffer le dos avec ses serres… C'est alors que je me rends compte qu'elle a peint ses griffes avec du vernis à ongles rose.

Bien joué, Kit ! J'imagine que ce doit être plus difficile pour elle de combattre ainsi par rapport à un dragon né comme ça.

Le plus grand dragon frappe avec sa queue et l'enroule autour du poignet de Nero. Le museau de Nero affiche une sorte de sourire, et il crache du feu au visage de son adversaire.

Les écailles, les os et les muscles du dragon fondent, tuant instantanément la bête.

Cependant, l'acte de Nero a donné une idée à l'adversaire de Kit, qui inspire profondément et vise.

Je me souviens de ce que Nero a dit au sujet d'éviter le souffle des dragons.

Mince.

Elle n'en aura pas le temps.

Nero fonce devant elle, et le feu frappe son grand dos à la place de Kit.

Comme je l'ai appris la dernière fois que j'ai observé un combat de dragons, Nero est résistant à leur souffle.

Même après les flammes, il ne semble pas avoir subi de dégâts… mais on ne peut pas en dire autant de leur dernier adversaire. Kit entaille son ventre comme un faucon attaquant un petit lapin.

Quelques secondes plus tard, Kit et Nero s'envolent vers la plateforme, victorieux…

———

ME RETROUVANT ENCORE dans la voiture, je repasse dans l'espace mental.

Je dois savoir quelle taille fait l'armée de Nero, et ce qui se passera quand ils rencontreront la nuée de dragons et leurs troupes au sol.

Et surtout, je veux être certaine que tout ira bien pour Nero.

———

DEUX ARMÉES se font face sur le plateau desséché au pied de la colline où se trouvait Nero auparavant.

Deux énormes armées évoquant des scènes du *Seigneur des anneaux*.

Grâce aux géants et aux centaures, je reconnais l'armée de Nero… et ils sont nettement moins nombreux, environ un pour cinq selon mes estimations.

Nero et un autre homme tout aussi nu que je ne connais pas se tiennent entre les deux armées.

La haine qui irradie de leurs corps serait repérée par un compteur Geiger.

Comme chaque fois qu'il lui manque ses vêtements, Nero me fait baver de désir… Ce qui est impressionnant de sa part, vu que je n'ai pas de bouche en ce moment. D'ailleurs, est-ce mal si j'ai envie de voir Nero lutter avec ce type ? Ils devraient peut-être se couvrir d'huile d'abord, afin de…

— Je n'ai pas l'autorité pour te livrer Claudia, grogne l'inconnu. Mais même si c'était le cas, je ne le ferais pas. Mes forces sont en supériorité numérique et tu n'es qu'un seul dragon contre nous tous.

Il montre le ciel, rempli de ses congénères.

Le visage de Nero est glacial.

— Alors, tu vas mourir. Tout comme tous les autres qui se tiendront entre l'usurpateur et moi.

— Ou alors, je pourrais mettre fin à cette histoire maintenant, suggère l'autre homme en bougeant brusquement.

Nero évite les griffes qui frappent son torse. Soit mon patron s'attendait à une telle trahison, soit il est simplement ultra-rapide.

— Je devrais te remercier, grogne Nero en faisant voler son poing vers le visage de son adversaire. Sans toi, son général, ton armée sera beaucoup plus facile à vaincre.

Quand il se baisse, les yeux du général sont habités par une lueur qui évoque étrangement ceux d'un serpent.

— Et sans toi, la tienne se contentera de partir.

Les mains de Nero bougent trop vite pour être visibles, mais son adversaire bloque chaque coup… puis passe à l'offensive, qui est également trop rapide pour que je puisse la suivre. Cependant, je vois qu'il ne parvient pas à le toucher une seule fois.

Un dragon rugit au loin et commence à voler dans la direction des combattants. Les autres suivent le mouvement.

Du côté de l'armée de Nero, un dragon sort de nulle part… Un dragon vert qui doit être Kit.

Kit s'élance dans les airs en rugissant, et le reste de l'armée de Nero prend cela pour un ordre de marche et commence à avancer.

— Tu l'avais donc prévu, lance le général, presque respectueusement.

— J'espère avoir mieux planifié que toi, dit Nero avant de le frapper puissamment à la mâchoire.

Le général chancelle… et c'est à ce moment-là que Nero laboure son torse avec sa main griffue.

Le général fait un pas en arrière, se met à briller et se transforme en un dragon bleu géant.

Nero se métamorphose également, rugissant quelque chose qui ressemble à « maintenant ! ».

Quel que soit le plan de Nero, j'espère qu'il a anticipé la présence des dragons qui vont bientôt rejoindre le général.

Un groupe de soldats rachitiques dans l'armée de Nero se met à briller. Avec le bruit de leurs vêtements qui se déchirent, une nichée… ou quel que soit le terme… de cocatrix apparaît à l'endroit où il y avait des hommes.

Les étranges créatures s'envolent et passent au-dessus du reste de l'armée de Nero, attrapant quelques-uns des types de *300* dans leurs griffes.

Les hommes forts ont une apparence différente,

maintenant : ils portent des armures lourdes et des harnais complexes qui ont clairement été conçus pour les serres des cocatrix. Dans leurs mains, ils tiennent des lances menaçantes avec des pointes qui évoquent des diamants roses brillants.

Pendant que Kit dirige cet escadron de fortune, je remarque qu'elle porte un cavalier sur son dos.

C'est Vlad.

Ou, pour le dire autrement, Vlad chevauche Kit.

Je parie que c'est elle qui a eu l'idée.

Le général crache du feu sur Nero.

Comme avant, Nero ne se démonte pas face au souffle du dragon… mais cela détourne son attention. Le général profite de ce moment pour frapper le visage de Nero avec la queue. Le coup ne laisse pas de marque, mais il doit être douloureux, car Nero rugit de souffrance.

Se remettant vite, Nero frappe avec sa propre queue.

Le général évite la manœuvre et regarde en arrière.

Les dragons sont plus proches désormais, mais c'est aussi le cas de Kit et des cocatrix.

Utilisant la distraction du général à son avantage, Nero crache une flamme vers le torse de son adversaire.

Le général est rapide et parvient presque à éviter l'attaque, mais la pointe de sa queue est touchée par le feu et instantanément brûlée.

Il rugit comme un tyrannosaure blessé.

Ses alliés accélèrent, leurs ailes battant si vite qu'elles en deviennent floues.

Kit et les cocatrix les imitent, à tel point que je m'attends presque à ce qu'ils perdent tous leurs cavaliers… mais ce n'est pas le cas.

Nero donne un coup de griffe vers le général et manque son coup.

Le général essaie de mordre l'épaule de Nero avec ses dents longues comme des épées, mais n'attrape que de l'air.

Les dragons ennemis sont presque à distance de frappe, tout comme Kit et son escadron.

— Prêt ? crie Vlad à Nero depuis le dos de Kit.

— Go ! semble répondre le rugissement de Nero.

Kit vole au-dessus du général, pendant que Nero descend.

Le général commence à plonger vers Nero comme un faucon… et c'est lorsque Vlad bondit du dos de Kit que je remarque l'épée portail dans sa main.

En l'air, Vlad active l'arme de plasma, et quand il passe à côté de la tête du général, il décrit un grand arc de cercle. L'espèce de sabre laser pénètre facilement dans le crâne du dragon, coupant la tête en deux moitiés.

Vlad appuie sur le bouton pour cacher la lame et atterrit sur le dos de Nero.

Je me rends compte que cette manœuvre est inspirée par quelque chose que j'ai fait la dernière fois que Nero a combattu un dragon, et je note qu'il me faudra taquiner Nero pour ce plagiat. Je constate aussi que Vlad chevauche maintenant Nero… Nero nu.

Ce sera autre chose à évoquer quand j'aurai envie de l'embêter.

En voyant leur chef mort chuter vers le sol, les autres dragons se figent… mais la nichée de cocatrix est encouragée et accélère.

Les espèces d'hommes forts poussent un cri de guerre pendant qu'un bruit émane des gorges des cocatrix : le son que feraient des démons des enfers s'ils essayaient de crier « cocorico ».

Un des plus grands cocatrix vole vers un dragon ennemi, et une lance transperce l'épaisse peau de dragon près de l'épaule.

Bravo ! Le matériau sur la pointe des lances doit être aussi solide que l'adamantium.

Le dragon rugit de douleur et cherche à frapper la lance, mais une énergie foncée de couleur magenta s'échappe des yeux sauvages du cocatrix et se dirige sur la blessure.

Le dragon blessé pousse un cri et commence à tomber.

L'équipe des *300* hurle quelque chose, encourageant sans doute leurs propres cocatrix à les rapprocher des dragons.

Je remarque alors que Nero vole au-dessus des dragons pendant que Kit plonge.

Font-ils le même tour dans l'autre sens ?

Oui.

En sautant du dos de Nero, Vlad décime un autre dragon et atterrit sur Kit.

Pendant ce temps, les autres cocatrix volent vers les dragons hébétés, et les lances pénètrent leur peau pendant que des regards qui tuent finissent le travail, sans relâche.

Au-dessous de nous, les troupes terrestres s'affrontent enfin.

Colton – le plus petit des géants – brandit une épée de presque trois mètres, coupant en morceaux un petit escadron de troupes ennemies, et le reste des géants fait encore plus de dégâts.

Pendant ce temps, les centaures foncent vers la cavalerie adverse, chacun tenant une lance plus grande que l'antenne de l'Empire State Building. Les muscles gonflés comme des tumeurs, le chef des centaures transforme une douzaine de cavaliers ennemis en brochettes, et le reste de son escadron fait de même.

Les alliés de Nero qui ressemblent le plus à des humains aident les géants et les centaures quand ils les rejoignent. Isis vise les guerriers blessés de sa magie guérisseuse, et pendant des pauses dans l'action, une femme en robe blanche dissout les soldats ennemis avec des éclats d'énergie pâle qui m'évoquent ceux de la Conseillère Albina à l'enterrement de Rose.

Ce doit être elle, ce qui signifie que Nero a impliqué certains membres du Conseil de New York.

Un homme se transforme en un loup géant qui fait passer Marius, celui de Nostradamus, pour un chiot mal nourri. Il se déchaîne tout seul contre une vague de soldats, causant autant de ravages qu'une dizaine de géants, pendant qu'un type qui ressemble à un elfe sans les oreilles caractéristiques se la joue Orlando Bloom avec ses arcs et ses flèches, transformant des dizaines de soldats en porcs-épics.

La plus étrange est une femme qui appelle les animaux à elle comme une princesse Disney, sauf qu'elle utilise des éclairs d'énergie au lieu de chanter. Une fois que des oiseaux à l'apparence exotique et d'autres créatures la rejoignent, elle les envoie vers les troupes adverses pour les mordre et les faire trébucher.

Mais les plus gros dégâts contre l'armée ennemie sont causés par leurs propres dragons quand ils tombent du ciel, morts, écrasant…

———

JE SUIS de retour dans la voiture.

Mon cœur bat à toute vitesse dans ma poitrine et mon estomac est noué par l'angoisse.

Au début, je suis sûre que c'est parce que je vois Nero avoir des problèmes, mais je comprends finalement que ce sentiment a un lien avec les chorts.

Mais lequel ?

Se pourrait-il qu'ils me suivent ?

Je regarde derrière moi. Il n'y a que la circulation encombrée du centre-ville, personne qui me suive de façon évidente.

L'espace mental fournira peut-être plus de réponses ?

Je me concentre et y parviens instantanément, trois nuages de visions autour de moi : deux effrayants et un très ordinaire.

Les trois nuages doivent représenter trois lieux et événements différents.

Au moyen de trois volutes éthérées, je m'étire vers chacun d'eux et tombe en tourbillonnant dans les visions.

CHAPITRE QUATORZE

QUATRE CHORTS LONGENT le couloir d'un immeuble.

Un couloir qui me paraît étrangement familier.

Je ne pense pas que ces quatre créatures aient été dans la pièce avec Felix, mais je n'en suis pas certaine. Je suppose qu'il était trop optimiste d'espérer que tous les chorts en dehors de Boris et Woland avaient péri.

Un homme pâle vêtu d'un costume noir se tient à côté de l'une des portes du fond, comme pour garder cet appartement.

Un homme qui porte des lunettes de soleil. En intérieur.

Quand ils le voient, les chorts avancent discrètement.

Le type dont ils s'approchent – un vampire, à en juger par les lunettes de soleil et sa pâleur – ne réagit que lorsqu'ils se trouvent à une dizaine de mètres environ. Il doit alors entendre ou sentir quelque chose, car il se retourne brusquement.

— Qui va là ?

Les chorts se figent, mais c'est trop tard.

— Qui que vous soyez, vous devez savoir que je suis un Exécuteur, dit-il d'un ton calme en les fixant du regard. Partez maintenant, si vous souhaitez survivre.

C'est assurément un vampire… un de ceux de Vlad.

Comme ils sont repérés, les chorts abandonnent toute discrétion et se tiennent un peu plus droits, sans montrer le moindre signe de peur.

Le vampire passe la main dans son veston et en sort un pistolet d'une marque que je ne reconnais pas.

Un pistolet avec un silencieux futuriste.

En visant les chorts, il annonce :

— Je ne le répéterai pas.

— Et si c'était *nous* qui te laissions partir ? dit un chort aux cheveux bruns en brosse avec un accent russe marqué. Vois ça comme une marque de courtoisie entre Exécuteurs.

Sans baisser le pistolet, le vampire passe sa main libre dans la poche de son pantalon et en sort un téléphone portable.

— Ça ne va pas marcher, dit le même chort en montrant une espèce d'appareil étrange.

Il l'agite devant lui.

— Nous bloquons le réseau mobile et nous avons coupé les lignes fixes de cet immeuble. Ce sera donc simplement toi contre nous quatre. Es-tu prêt à abandonner, maintenant ?

Le vampire jette un coup d'œil à son téléphone, sans doute pour vérifier l'absence de barres, puis sans le moindre avertissement, il appuie sur la détente… produisant un coup de feu à peine audible.

Les chorts deviennent transparents.

Le trou d'une balle apparaît dans le torse de celui qui a les cheveux en brosse, pourtant il n'y a pas de sang ni de douleur visible sur son visage.

Le vampire fixe son adversaire toujours debout, bouche bée, puis le trou fait par la balle dans le mur opposé du couloir.

C'est alors que je remarque un grand chort qui s'approche discrètement du vampire depuis l'autre côté.

Il a dû venir de la cage d'escalier sur la gauche de l'appartement, utilisant les quatre premiers chorts pour détourner l'attention.

Le vampire vise encore une fois.

Le nouveau chort sort silencieusement ce qui ressemble à une *shashka*, une espèce de sabre à simple tranchant utilisé par les cosaques.

D'un mouvement d'expert, il coupe la tête du vampire.

Celle-ci tombe sur le sol, et le corps décapité la suit.

— Mettez-le dans le vide-ordures pour l'instant, ordonne le chort aux cheveux en brosse, et deux de ses confrères s'empressent de lui obéir.

Quand le nettoyage est fait, les chorts se regroupent devant la porte où se tenait le vampire.

Une porte que je reconnais, maintenant... Sauf que j'espère de tout cœur avoir tort.

Il en existe d'autres comme celle-ci, non ?

Dans des couloirs similaires ?

C'est possible.

Les chorts sortent des masques noirs de cambrioleurs et les enfilent, couvrant leurs visages.

— Quelle heure est-il ? demande le meneur aux cheveux en brosse à un chort maigre et nerveux qui me fait penser à Boris.

— 12 h 57, répond le sosie de Boris.

— Ça va être juste, annonce le chef.

En montrant la porte, il ordonne :

— Allez-y.

Le chort maigre sort les crochets de serrure et se met au travail. Même si sa technique laisse à désirer, il finit par y arriver en quelques minutes.

Pourvu que j'aie tort.

Ils entrent.

À la vue des innombrables babioles coûteuses, je ne peux plus le nier.

Il s'agit de l'appartement de ma mère... ma mère adoptive, je veux dire.

Si j'avais un cœur dans mes visions, il serait glacé d'angoisse.

Elle n'est peut-être pas à la maison ? Ils veulent peut-être voler quelque chose plutôt que de lui faire du mal ?

Mais bien sûr, elle est à la maison. Sinon, pourquoi ce vampire – qui travaillait sans aucun doute pour

Nero – gardait-il l'appartement ?

Le bruit de la télévision résonne dans le salon, et les chorts s'avancent discrètement dans la pièce.

Maman ne les remarque même pas. Elle a le regard rivé sur *Real Housewives of New York*.

Le chort aux cheveux en brosse se faufile derrière elle et lui saisit brutalement la gorge.

Le visage de ma mère devient blême et elle commence à agiter les bras, un sifflement étranglé s'échappant de ses lèvres au lieu d'un cri.

— L'heure ? demande l'attaquant de ma mère au chort maigrichon.

— Il est déjà une heure, répond l'autre.

Haussant les épaules avec indifférence, le chort aux cheveux en brosse serre plus fort…

———

UN GROUPE différent de chorts s'avance dans un autre couloir, inconnu cette fois.

D'après les verrous à cartes sur les portes et le décor chic, je devine qu'il s'agit d'un hôtel. Quand j'aperçois Central Park depuis une fenêtre du couloir, je sais même duquel il s'agit : le Plaza.

L'endroit préféré de papa quand il visite New York.

Oh, non. S'il vous plaît, faites que ce ne soit pas ce que je pense.

Un vampire Exécuteur se tient devant une des chambres, l'air de s'ennuyer.

Les chorts suivent à la lettre le script de mon autre

vision : ils font diversion jusqu'à ce qu'un chort dégingandé s'approche du vampire par-derrière et utilise une *shashka* pour une autre décapitation.

La seule différence est qu'au lieu de se servir du vide-ordures, ils fourrent le corps dans une chambre vide.

— Quelle heure est-il ? demande un chort au visage rond.

— 12 h 58, dit celui qui a décapité le vampire.

Le chort rondelet hoche la tête et appuie une carte clé contre le verrou.

La lumière de l'appareil devient verte.

Le chort ouvre prudemment la porte… et se retrouve face à papa, qui fixe le nouveau venu avec des yeux exorbités.

C'est bien ce que je craignais.

Les chorts tuent mes parents dans une attaque coordonnée.

Papa agite son téléphone en trébuchant en arrière.

— Je vais appeler la police !

— Et combien de barres avez-vous ? demande le chort au visage rond avec un accent russe.

Papa regarde l'écran et pâlit.

Les chorts s'avancent dans la chambre.

Papa jette son portable inutile sur les attaquants et se précipite vers la ligne fixe.

Le grand chort maniant le sabre évite le projectile, puis s'avance vers papa, tout comme les autres.

— Aucune tonalité, je me trompe ? demande le chort au visage rond d'un ton moqueur quand papa lève le téléphone à son oreille avec des mains tremblantes. Nous avons fait en sorte de ne pas être interrompus.

Il hoche la tête vers le grand chort avec la *shashka*.

Non, par pitié.

L'arme siffle dans les airs et transperce le torse de papa…

———

UNE NOUVELLE VISION COMMENCE.

Je suis désincarnée, dans un entrepôt avec Woland, Boris, quelques chorts de la vision de Felix et d'autres que je ne connais pas.

Ils donnent tous l'impression d'avoir piqué un sprint d'un bout à l'autre de New York et fixent l'horloge murale, qui affiche 12 h 44.

Si c'est le même jour, et je ne vois pas de raison d'en douter, ces enfoirés attendent simplement la mort de mes parents.

Comment puis-je arrêter cette maudite vision pour *faire* quelque chose ?

Non pas que je sache quoi. Étant donné l'endroit où je me trouve et l'encombrement de la circulation, au mieux, je pourrais essayer de rejoindre un de mes parents avant treize heures, mais pas les deux.

Ai-je provoqué le destin en disant à ma mère que je ne choisirais jamais mon père avant elle ?

Car il se pourrait bien que je sois obligée de faire ce choix terrible, ou bien de les voir mourir tous les deux.

— Je pense qu'il est temps, annonce Woland quand l'horloge avance d'une autre minute.

Il s'avance vers une petite table avec une bouteille d'eau, un épais rouleau de chatterton et un morceau de papier plié.

— Ça va vraiment marcher ? demande Boris en regardant le bout de papier, puis son patron.

— C'est une voyante, explique Woland en attrapant le stylo. Si elle a une vision de ces moments, ça fonctionnera.

— Mais ce ne sont pas ses vrais parents, rétorque Boris. De plus, elle verra également ce qui se passera si elle vient ici.

Il jette un regard appuyé au rouleau de chatterton.

Woland hausse les épaules.

— Dans ce cas, c'est bien triste, mais deux personnes vont mourir en vain. C'est un petit prix à payer pour la chance de récupérer Raspoutine.

Boris se frotte les tempes, son visage de fouine révélant sa perplexité.

— Et tu penses qu'il viendra ici la sauver ? Parce que lui aussi, il est capable de voir l'avenir ?

— C'est ça, ou bien elle nous dira où le trouver, dit Woland. Les deux me vont.

Boris grimace.

— Ces histoires de voyants me font mal au crâne.

— Tu n'as pas assez là-dedans pour avoir mal, marmonne Woland en dépliant le bout de papier.

D'une voix plus forte, il ajoute :

— S'il vous plaît, messieurs, j'ai besoin de silence, maintenant.

Les autres chorts arrêtent de chuchoter entre eux lorsque Woland s'éclaircit la gorge. En montrant le papier du doigt, il annonce :

— Chère Sasha. Assiste à ma signature de ce contrat.

Il s'arrête et regarde autour de lui comme s'il cherchait un fantôme, puis signe la feuille sur la ligne en pointillés. L'aura de son Mandat clignote, confirmant sans doute l'engagement qu'il vient de prendre.

Je parcours le contrat.

Si l'on ignore le jargon légal, cela revient à ceci : Si moi, Alexandra (Sasha) Urban, j'arrive à l'adresse donnée de Brooklyn à 12 h 59 ou avant, seule et sans impliquer les autorités humaines ou Conscientes, lui, Woland, s'engage solennellement à rappeler ses hommes et à laisser vivre mes parents adoptifs. En outre, il ne leur fera plus jamais de mal et s'efforcera d'empêcher aussi tous ceux qui travaillent pour lui au Conseil de Saint-Pétersbourg de leur porter atteinte.

Woland regarde l'horloge, puis la porte de l'entrepôt, pendant que je digère ce que je viens d'apprendre.

Woland a conçu un plan aussi diabolique que génial.

Il me donne un moyen de sauver mes *deux* parents.

Il me suffit de me sacrifier.

Mais ce n'est pas que moi que je sacrifierais. Les

chorts espèrent que Raspoutine viendra me sauver, et que je l'attirerais ainsi entre leurs mains.

Sauf que Raspoutine n'a plus de jus de voyant depuis qu'il a aidé Nero. Il ne viendra pas.

La grande question est : leur dirai-je où se trouve Raspoutine une fois qu'ils commenceront à me torturer ? D'un autre côté, n'est-ce pas quelque chose que je peux contrôler ? À cause de ce contrat, Woland ne pourra plus utiliser mes parents adoptifs pour me faire parler, et je pense avoir une tolérance à la douleur plus grande que Felix.

— Je parie qu'elle ne viendra pas, chuchote Boris, qui récolte un regard noir de la part de Woland.

Quand l'horloge affiche 12 h 55, la vision prend fin.

CHAPITRE QUINZE

DÈS QUE JE reviens dans la réalité, je tape sur mon téléphone l'adresse de Brooklyn marquée dans le contrat.

Merde.

Je n'arriverai jamais à temps avec la circulation actuelle.

Je bidouille l'appli pour voir si je peux faire le trajet à pied. Non. J'arriverais encore plus tard.

Je lève la tête du téléphone.

— Arrêtez la voiture !

Le conducteur me regarde comme si j'étais folle, et il a de bonnes raisons : à cause des embouteillages, nous sommes déjà à l'arrêt.

Sans perdre de temps en adieux ou en explications, je saute de la voiture et traverse la marée de véhicules jusqu'à voir une lueur d'espoir garée illégalement à côté du Starbucks de l'autre côté de la route, où les voitures avancent vite.

C'est une Vespa : le clone rose de celle que je possédais autrefois.

Je cours en priant pour que le propriétaire ne sorte pas d'ici les prochaines secondes.

La première chose que j'ai faite en acquérant ma propre Vespa, c'était découvrir comment la démarrer sans clé, afin de prendre des mesures pour empêcher quelqu'un d'autre de le faire. Maintenant, je n'ai plus qu'à espérer que le propriétaire de ce bijou ne soit pas du genre magicien habile de ses mains comme moi.

Me faisant presque écraser deux fois, j'atteins le scooter et regarde furtivement autour de moi.

Personne ne semble regarder dans ma direction, alors je stabilise mes mains tremblantes et je tente la méthode la plus rapide que j'ai conçue pour piquer une Vespa.

Si j'avais su que j'allais un jour devoir faire ça vite, je me serais entraînée.

Quelques secondes d'angoisse plus tard, je suis sur la Vespa et je démarre en trombe.

Malgré l'adrénaline, je me sens coupable de ce vol qualifié. Si je survis, je demanderai à Felix de m'aider à retrouver le propriétaire afin de me faire pardonner.

Si je survis.

Pour le bien de tout le monde, je ferais mieux de me concentrer là-dessus pour l'instant.

Un taxi jaune file à côté de moi pendant que je fais brusquement et très illégalement demi-tour vers le côté embouteillé de la route.

Une fois dans la bonne direction, j'utilise la petite

taille de mon véhicule pour passer devant les voitures presque garées devant moi, accélérant au fur et à mesure.

Une minute plus tard, je roule si vite que si quelqu'un ouvrait une portière ou tendait la main par la vitre, je mourrais instantanément. Surtout que je ne porte pas de casque.

En serrant mon téléphone, je vérifie si je peux atteindre ma destination, maintenant, et découvre que l'application GPS ne possède pas d'option « scooter ». Si j'étais dans une voiture sans circulation, je m'en sortirais... mais même à cette vitesse effrénée, je roule notablement moins vite qu'une voiture.

Si j'étais à vélo – ce qui est un peu plus proche du scooter –, je serais en retard.

En outre, est-ce que je veux vraiment arriver à temps ? En gros, là, je me précipite dans le piège de Woland.

Le problème est que je n'ai pas le temps de trouver un meilleur moyen de sauver mes parents.

Malgré tout, je devrais au moins essayer autre chose.

Et si je faisais ce qui est évident en composant le 911 ? Je pourrais dire à un opérateur que je loge à l'hôtel Plaza et que j'ai entendu des coups de feu venant de la chambre de papa. Je peux ensuite les rappeler et dire à un autre opérateur que je vis à l'adresse de ma mère et que j'en ai entendu dans son appartement.

Ainsi décidée, je saute dans l'espace mental pour

voir si appeler la police pourrait changer le sort de mes parents.

Non.

Soit la police n'arrive pas à temps, soit elle se fait tuer par les chorts.

Ensuite, j'envisage d'envoyer la police à l'adresse de Woland.

Encore une fois, une vision indique que rien ne change… ce qui n'est pas étonnant, étant donné ce que disait le contrat concernant le fait de venir seule. Il a dû ordonner la mort de mes parents en voyant arriver les autorités.

Une autre idée désespérée me vient, et je compose le numéro de Felix.

— Salut, dit-il. Comment ça va ?

Je lui mens :

— Bien. Dis-moi, tu peux me donner le numéro de téléphone du beau type qui garde notre porte ce matin ?

— Tu parles d'Eric ? demande Felix d'une voix amusée.

— Oui, c'est lui, dis-je en haletant.

— Il n'était pas là quand je suis rentré à la maison.

Zut.

Eric doit me chercher quelque part. J'aurais dû m'en douter. J'espérais le recruter pour m'aider avec ce bazar. Avec ses capacités de téléportation, il aurait pu conduire maman et papa en sécurité. Enfin, si j'avais pu le contacter.

— C'est à quel sujet ?

— Je vais passer sous un tunnel, dis-je avant de siffler dans le téléphone. Je te rappelle bientôt.

Felix ne rappelle pas... Ce qui signifie qu'il n'a pas remis en question ma logique bancale quand j'ai affirmé l'appeler au sujet d'Eric juste avant de passer sous un tunnel.

Ou alors, il l'a remarqué et se moquera de moi plus tard.

Je l'espère de tout cœur, car cela signifie que j'aurais un « plus tard ».

Au loin, je vois la fin des bouchons. Apparemment, la cause en était un accident : un fourgon s'est écrasé contre un camion.

Je file à côté des fragments de véhicules, serrant le guidon avec plus de force. Il y a maintenant des voitures sur la route, des voitures mouvantes qui peuvent me toucher.

Je jette un coup d'œil à l'heure sur mon téléphone, et je grimace avant de tirer tout ce que je peux du moteur à quatre temps de la Vespa.

Des voitures qui me paraissent géantes passent à toute vitesse à côté de moi. Au premier impact, c'est la mort.

Woland rappellera-t-il ses chorts si je meurs dans un accident explosif ?

Non, j'en doute. De plus, comment l'apprendrait-il ?

On dirait qu'il ne me reste plus qu'un seul choix.

Laisser Woland m'attraper.

Si seulement Nero était toujours sur Terre... ou Vlad, ou Kit, ou n'importe qui. Presque tous les

Conscients que je connais sont indisponibles. Sauf peut-être Chester… mais il est furieux contre moi.

Comme je suis désespérée, je risque ma vie pour l'appeler quand même. Il ne décroche pas.

Je suppose qu'il y a aussi Lucretia, ma psy, et Pada, le type du nettoyage.

J'utilise la commande vocale pour appeler Pada en premier. Un message de répondeur m'informe qu'il est en vacances.

Super.

Même lui.

Non pas que je m'attendais à ce que Pada m'aide, de toute façon. Choisir un côté est sans doute mauvais pour la sécurité de son emploi. Il a seulement besoin d'attendre et d'aider Woland à nettoyer mon corps ensanglanté après la torture.

J'appelle Lucretia ensuite, mais je tombe sur un répondeur qui m'indique qu'elle est avec un client. Je laisse un message pour lui demander de me rappeler si elle est libre bientôt, mais je n'ai pas grand espoir. Elle n'arriverait pas à temps, de toute façon. De plus, les chorts n'avaient aucun mal à tuer les Exécuteurs dans mes visions, alors quelles chances aurait Lucretia, toute jeune vampire, contre eux ?

Qu'en est-il du bannik, le petit ami de Lucretia ? Pourrait-il m'aider d'une façon ou d'une autre ?

En faisant une embardée vers une voie plus lente, je me concentre très fort pour entrer dans l'espace mental.

LORSQUE JE ME trouve en train de flotter, je constate que je n'ai jamais fait ça en conduisant.

J'aperçois alors les formes horribles qui m'entourent de tous côtés.

Inutile de trop réfléchir pour savoir ce qu'elles me montreront : ma rencontre à venir avec Woland.

Si j'avais un corps, je m'écarterais des formes comme si elles étaient couvertes de pus et de furoncles. J'ai peur de risquer de me dégonfler et de laisser mourir mes parents en voyant ce futur.

Me souvenant de mon objectif d'origine, je contacte le bannik, mais sans résultat.

Eh bien, il y avait peu de chances qu'il m'aide, de toute façon.

Tant qu'à être là, j'essaie d'invoquer Raspoutine ensuite… même si je ne suis pas certaine de lui parler de la situation s'il répond. Il ne se manifeste pas, ce qui m'épargne le besoin de mentir.

Je flotte et me demande si je dois essayer une dernière chose. Enfin, je décide de tenter le coup.

À contrecœur, je fais de mon mieux pour penser à l'essence de Nostradamus.

Il ne se passe rien.

Je n'ai peut-être pas encore appris à le connaître assez bien, ou bien il n'est pas dans l'espace mental.

Ou alors, il snobe mon invocation.

Je jette encore un coup d'œil aux formes

effrayantes, puis je touche ma propre représentation, mettant fin à cette séance futile dans l'espace mental.

———

Je reviens à moi... et je vois une Honda Civic à quelques centimètres seulement de ma roue avant. Elle doit ralentir pour tourner sur la bretelle qui arrive.

Serrant désespérément le guidon, je tourne sur la voie du milieu sans regarder dans le rétroviseur.

Je ne meurs pas, mais mon pouls bondit lorsqu'un klaxon vicieux atteint mes oreilles.

Le type auquel j'ai coupé la route accélère et gesticule des obscénités en passant à côté de moi.

Bon.

Pendant le reste de ce trajet insensé, je vais me concentrer sur la route.

Ainsi décidée, je vide ma tête autant que possible et je roule du mieux que je peux jusqu'à ce que le GPS me fasse quitter l'autoroute.

Je fonce sur la bretelle de sortie et continue à travers les rues à la même vitesse que sur l'autoroute.

Sans mon intuition boostée par mes pouvoirs, je serais morte au moins quatre fois, et j'aurais sans doute emporté quelques piétons avec moi. Le côté positif est qu'il est 12 h 54 quand je me gare à côté de l'entrepôt.

Je débarque en courant dans la pièce familière, poussant plusieurs chorts hors de mon chemin.

— Je suis là ! Annule tout, maintenant !

L'aura de Woland scintille. Je suppose qu'elle

reconnaît que le contrat qu'il a signé prend officiellement effet.

— Dépêche-toi, s'il te plaît, dit Woland en levant le téléphone à son oreille, au moment où Boris fait la même chose.

— C'est annulé, disent-ils tous les deux quand l'autre côté décroche. Le plan a fonctionné. Rejoignez-nous ici.

Je reprends mon souffle et constate que le contrat n'a pas mentionné l'éventualité selon laquelle j'essaierais de m'échapper une fois arrivée ici toute seule.

Là-dessus, je fonce vers la porte, mais les chorts devant lesquels je suis passée plus tôt forment un mur impénétrable devant moi.

Très bien.

Cet endroit a des fenêtres. Je pourrais...

Un poing frappe mon menton et m'assomme net.

CHAPITRE SEIZE

JE ME RÉVEILLE, une douleur lancinante dans la partie inférieure de mon visage, et pousse un gémissement.

Que m'a fait la chatte ? Et pourquoi ?

J'entends alors quelqu'un s'approcher et les souvenirs reviennent.

Je ne suis pas dans mon lit.

J'ai été capturée par les chorts.

Ce gémissement était une grave erreur. Ç'aurait été bien plus avantageux de faire la morte.

— Enfin, tu es de retour, commente Woland à quelques pas de moi. C'est une chance. Je suis pressé de te parler.

Sans ouvrir les yeux, j'examine mon corps.

Quelque chose est accroché à mon cou et mes bras sont coincés contre mes flancs. Si je devais hasarder quelque chose, je dirais que je suis scotchée sur ma chaise avec du chatterton, ce qui n'est pas idéal. C'est un des liens les plus difficiles à défaire.

— S'il te plaît, ne fais pas semblant d'être encore inconsciente.

Woland doit être juste devant mon visage, maintenant, car je peux sentir le poisson fumé de son haleine.

— Je ne veux pas commencer notre conversation en te forçant à ouvrir les yeux.

— D'accord.

Je le regarde en plissant les yeux, puis je vérifie ce qui est accroché à mon cou et je découvre qu'il s'agit d'un bavoir comme ceux qu'on vous donne dans les restaurants de fruits de mer. Comme c'est attentionné. Ils ne veulent pas que tout le sang qu'ils ont l'intention de faire couler gâche ma tenue.

— Avant que nous « parlions » de quoi que ce soit, je voudrais être sûre que vous savez qui est mon mentor.

Quitte à supporter l'autoritarisme de Nero, autant mentionner son nom pour tenter d'effrayer ces enfoirés.

— Je sais que Nero n'est pas ici pour interférer avec cette réunion.

Woland me dévisage.

— Et si tu coopérais, pour te rendre la vie plus facile ?

— Très bien, dis-je, mais au lieu d'écouter sa réponse, je cherche fébrilement une stratégie.

Évidemment, il est hors de question que je leur révèle l'endroit où se trouve Raspoutine. Mais ça ne veut pas dire que je dois courageusement refuser de parler et supporter la torture comme le font les espions dans les films.

Et si j'essayais quelque chose de différent ? Comme envoyer les chorts sur une fausse piste ? Je pourrais refuser de leur parler au début, pour la vraisemblance, puis faire semblant de « craquer » et leur dire que Raspoutine se trouve dans un endroit très lointain. Quand ils partiront le chercher, je réfléchirai à un moyen de m'échapper. Ils seront peut-être très fâchés en apprenant que j'ai menti… mais que pourraient-ils me faire, m'attacher à une chaise et me torturer ?

Quelque chose dans ce plan me met mal à l'aise, alors je décide d'utiliser mes pouvoirs afin de découvrir ce qui se passerait si je l'appliquais. Maintenant que je ne peux plus me dégonfler pour venir ici, les visions sont à nouveau une possibilité, surtout si ça ne me gêne pas de vivre deux fois ma torture.

Bien sûr, ça me gêne, mais dans ce cas précis, les bénéfices surpassent les risques.

— Tu m'écoutes, au moins ? demande Woland d'un ton frustré, mais je l'ignore et saute dans l'espace mental.

———————

Dès que je me trouve parmi les formes, je commence par essayer de joindre Raspoutine, le bannik et Nostradamus.

Une fois de plus, aucun d'eux ne répond.

Très bien. Je reviens à la raison de ma venue ici.

J'observe les quatre nuages de visions à proximité : un mortel et trois plutôt neutres, en comparaison.

Mince.

C'est peut-être suffisant ?

Je vois déjà que mentir est une mauvaise idée.

Mais non.

Il faut que je m'en assure.

M'étirant vers un représentant de chaque groupe de formes, je me prépare à des expériences désagréables.

———

LA DOULEUR EST si atroce qu'il est évident qu'ils me croiront si je fais semblant de craquer maintenant.

Je suis sur le point de craquer pour de vrai.

— Arrête, dis-je d'une voix rauque. Je vais expliquer où il est.

— Je t'en prie, répond Woland d'un ton mielleux.

— Je ne connais pas le nom précis de ce monde, mais des dragons y vivent. Il y a une espèce de grand canyon argenté près des portails.

Je crache du sang.

— Je peux vous dessiner une carte.

Ce que je n'ajoute pas, c'est que cette carte les fera passer par des Autremondes infernaux peuplés de gnomes affamés, d'insectes géants, de radiations, de poisons et d'un tas d'autres choses agréables.

Woland pousse un soupir.

— Je sais de source sûre que Raspoutine se trouve ici, sur Terre, affirme-t-il.

Toute la politesse habituelle de sa voix a disparu quand il ajoute :

— Mens-moi encore une fois, et j'arrêterai ton cœur.

Les chorts autour de moi murmurent pendant que je me demande s'il bluffe.

Il semble pourtant sincère.

De plus, je ne sais pas qui est sa source, mais elle a tort : Raspoutine ne se trouve pas sur Terre en ce moment.

Merde.

Ça signifie que même si je craque et que je leur dis la vérité, ils ne me croiront pas.

D'un autre côté, c'est peut-être une bonne chose.

— Maintenant, reprend Woland, dis-moi, s'il te plaît, où il se trouve *vraiment*…

Je n'entends pas le reste parce que la vision s'interrompt à ce moment-là, laissant la place à une autre.

———

JE ME SENS ENCORE sur le point de craquer réellement, ce qui signifie que je ferais mieux de faire semblant tout de suite.

— Arrête, soufflé-je entre mes lèvres gercées, d'une voix cassée à force de crier. Cette fois, je vais vraiment t'expliquer où il est. Plus de mensonges.

— Je t'en prie, répond Woland d'un ton apaisant.

Mais souviens-toi que si tu me mens encore, tu mourras.

Il doit bluffer.

Comment va-t-il découvrir où est Raspoutine si je suis morte ? Je suppose qu'il y a toujours Felix, mais quand même. Il doit bluffer.

En tous cas, je l'espère.

— Queenstown, Nouvelle-Zélande.

Je crache encore du sang.

— Raspoutine loge dans le Four Seasons là-bas.

Je ne sais pas du tout s'il y a un Four Seasons à Queenstown, mais je croise les doigts. Je viens de nommer l'endroit le plus éloigné auquel je pouvais penser et le premier hôtel célèbre qui m'est venu en tête.

Woland sort son téléphone et fait quelques recherches.

— Tu parles du Motel Four Seasons sur Stanley Street ? demande-t-il.

— Oui. Chambre sept.

Un motel ? Ça ne doit pas être le Four Seasons auquel je pensais, mais bon, je ne vais pas gâcher cette chance.

— Merci, dit-il. Tu peux te détendre, maintenant.

En se détournant de moi, il dit à Boris et à quelques chorts :

— Restez ici pour la surveiller. Les autres m'accompagnent pour trouver Raspoutine.

LA PORTE de l'entrepôt s'ouvre et Woland entre, l'air furieux, suivi par le reste de sa bande.

Quoi ? Ils sont partis bien trop peu de temps pour avoir pu aller en Nouvelle-Zélande et revenir.

Je comprends soudain.

Ils ont dû tricher et utiliser les Autremondes comme raccourci, comme je l'avais fait avec Ariel quand nous sommes parties à Vegas.

On dirait que je vais vite découvrir si Woland bluffait.

Je déglutis bruyamment pendant qu'il s'avance vers moi.

— Je t'ai pourtant dit ce qui se passerait si tu me mentais encore.

Woland attrape mon menton douloureux et me force à le regarder dans les yeux.

Merde. À en juger par ses yeux assassins, il ne bluffait pas.

— Attends ! m'écrié-je fébrilement. Je peux te dire où il est. Vraiment.

Le visage de Woland reste de marbre.

— Non. Tu m'as fait perdre assez de temps.

Et là-dessus, une énergie ignoble s'infiltre de sa main jusque dans mon menton et à travers mon corps.

— Stop ! ai-je envie de crier.

Mais je ne peux pas faire sortir le mot. Ma respiration est trop laborieuse.

Je tremble et je transpire, frappée par des vagues de nausée successives. J'ai l'impression qu'une tour d'éléphants est perchée sur ma poitrine, et mon bras gauche s'engourdit quand une douleur abominable explose dans mon torse.

Ma tête se met à tourner horriblement, des points noirs dansent devant mes yeux, et je meurs dans un dernier souffle étranglé.

JE ME TROUVE dans le même entrepôt, mais désincarnée.

La raison de la perte de mon corps est claire : sur la chaise se trouve mon cadavre fraîchement décédé.

Les visions m'ont montré où me mènent les mensonges, et voici la scène finale.

— C'est un juste retour des choses, dit Woland à mon cadavre en retirant la main de son menton. Raspoutine a pris ma fille, et j'ai maintenant pris la sienne.

Il se redresse, l'air perdu dans ses pensées, jusqu'à ce que Boris se racle la gorge.

Woland dévisage son sbire.

— Oui ?

— On fait quoi, maintenant ? demande Boris. Est-ce que...

JE RETOURNE à la réalité de la chaise et regarde autour de moi, perplexe.

— Aide-la à se concentrer, dit Woland à Boris.

Boris avance en souriant et me gifle avec le dos de la main.

La douleur est vive, mais au moins elle n'est pas amplifiée par le chort –Sasha, récemment décédé, comme c'était le cas pour Felix.

D'un autre côté, Felix était peut-être en meilleure posture. Ils amplifiaient certes la douleur, mais ils causaient aussi moins de dégâts au corps de la victime.

Avant que je puisse avoir d'autres pensées joyeuses comme celle-là, Boris me frappe en plein ventre.

L'air s'échappe de mes poumons et mon plexus hurle de douleur pour la deuxième fois de la journée. Et c'est encore la faute de Boris.

Je cherche à reprendre mon souffle et essaie de retourner dans l'espace mental, mais je découvre qu'il m'est presque impossible de me concentrer.

Qui aurait cru qu'il était tellement plus difficile d'atteindre l'état de concentration requis quand on souffre d'une douleur débilitante ?

Boris gifle mon autre joue.

J'ai envie de crier, mais je n'ai toujours pas assez d'air pour le faire.

Je sens un fort goût de cuivre dans ma bouche et des larmes coulent le long de mes joues.

— Assez, dit Woland au moment où je m'attends à être encore frappée.

Pendant quelques merveilleuses minutes, on me laisse tranquille. J'utilise donc ce répit pour reprendre mon souffle.

Quand je me concentre à nouveau sur Woland, il me jette un regard de pitié.

— Nous ne sommes pas obligés d'être aussi désagréables, me rappelle-t-il. C'est juste une question de temps avant que tu révèles ce que nous avons besoin de savoir. Pourquoi ne pas le faire maintenant, avant que les dégâts soient permanents ?

— S'il vous plaît, dis-je en toussant. Qu'est-ce que vous voulez savoir ? Je dirai tout ce que vous voulez.

Il semble perplexe. Puis il me demande, plein d'espoir :

— Où est Raspoutine ?

— Qui ? dis-je en espérant que si je ne peux pas les envoyer sur une mauvaise piste, je peux au moins feindre l'ignorance pendant un moment.

Woland pousse un soupir et fait signe à Boris.

Cette fois, celui-ci me donne un coup de poing dans le nez.

Je vois des étoiles blanches et m'évanouis presque de douleur.

Presque, mais malheureusement pas tout à fait.

Woland attend que je puisse parler à nouveau, puis annonce :

— Je sais de source sûre que Raspoutine est ton père et que tu sais où il se trouve.

Toute la politesse habituelle disparaissant de sa voix, il ajoute :

— Mens encore une fois et j'arrête ton cœur.

Les chorts autour de nous murmurent nerveusement.

Mince.

Je ne pensais pas qu'il allait compter *ça* comme un mensonge. C'est peut-être encore un cas dans lequel l'avenir aime suivre certains schémas.

Plus qu'un seul mensonge avant qu'il me donne la crise cardiaque dont j'ai fait l'expérience dans ma vision.

De plus, qui est cette source sûre dont il n'arrête pas de parler ?

— Je te repose la question, continue Woland. Où est-il ?

— *Idi k chortu.*

C'est un juron russe que j'ai choisi car il fait référence à son espèce.

Woland secoue la tête avec déception.

— Savais-tu que ce genre d'expression est la raison pour laquelle mon peuple est si puissant ? De la sorte, certains Russes croient toujours en nous aujourd'hui encore.

Au lieu de répondre, je lui jette mon meilleur regard assassin.

— Bon, dit-il en se tournant vers Boris. Utilise ton pouvoir sur elle, cette fois.

Le sourire de Boris s'élargit plus que jamais, et il me fait une clé d'étranglement.

Mais au lieu de serrer avec son bras, il trafique quelque chose, et une énergie comme celle dans ma vision se propage dans mon corps.

Une douleur vive s'épanouit en haut à gauche de mon abdomen.

Quoi ?

Que vient-il de se passer ?

— Boris vient de t'anéantir la rate, annonce Woland.

Je le fixe sans comprendre, mes entrailles se nouant douloureusement.

— La rate est responsable de la filtration des bactéries couvertes d'anticorps, explique Woland en interprétant mon regard de travers. Elle filtre aussi les globules rouges usés et recycle le fer dans ton hémoglobine.

Le pouvoir de réflexion me revient enfin.

— Non.

Ma voix est tremblante.

— Vous ne pouvez pas faire ça.

— Oh, que si, rétorque Woland. Il y a quelqu'un dans cette pièce qui peut faire la même chose avec chacun de tes organes. Tant que tu refuses de parler, tu vas les perdre un par un.

L'horreur que je ressens est indescriptible.

Je viens de perdre ma rate.

Même si je ne suis pas encore très au clair sur sa fonction, je risque maintenant d'être plus sujette à certaines infections. Non pas que les effets précis aient une importance. La simple idée de perdre un organe de cette façon est extrêmement effrayante.

Je pense préférer qu'il continue à me frapper… ce qui est sans doute la raison pour laquelle ils ont choisi cette méthode-là.

— Tu es prête ? Maintenant, c'est au tour de tes amygdales.

Woland hoche la tête vers un chort blond, qui s'avance.

Luttant contre la plus grande de toutes les paniques, j'essaie de me concentrer sur l'espace mental.

J'ai trop mal pour me concentrer, mais il le faut. Ce pourrait bien être ma dernière chance, car la douleur ne va faire qu'empirer à partir de maintenant.

J'inspire profondément et focalise mes pensées.

Je recommence.

Enfin, ça fonctionne.

CHAPITRE DIX-SEPT

JE N'AI ENCORE JAMAIS ACCUEILLI mon existence désincarnée dans l'espace mental avec autant de soulagement.

Maintenant, je peux réfléchir à une solution… même si mes pensées se résument à un simple mantra.

Je ne veux pas perdre d'autres organes.

Vraiment pas.

Mais je ne peux pas non plus leur dire où se trouve Raspoutine.

Je préfère encore vivre sans rate et sans amygdales.

Sans tenir compte des formes autour de moi, je flotte en attendant de me calmer jusqu'à un niveau de panique minimal, puis je m'étire vers Raspoutine.

Il ne répond pas, ce qui est sans doute pour le mieux.

Je suis tellement morte de peur que je serais tentée de lui expliquer ce qu'il se passe. Et il pourrait alors vouloir se sacrifier pour mon bien.

Je flotte un peu plus et je m'efforce de me calmer davantage. Ensuite, j'essaie encore de communiquer avec le bannik.

Ça ne fonctionne pas.

Histoire de tout essayer, je tente de penser une dernière fois à l'essence de Nostradamus. Il semble perspicace, alors j'ajoute ça à mon invocation. Troublé, également… sans doute à cause de la perte de sa vue. Pour couronner le tout, j'ajoute même mon besoin désespéré de parler à *quelqu'un*.

À ma grande surprise, une entité apparaît dans l'espace mental à côté de moi.

Un être qui irradie le pouvoir et la curiosité.

En m'apercevant, il s'étire vers moi.

Avec beaucoup d'impatience, je fais de même… et tombe dans l'union de nos entités.

JE MARCHE DANS LA RUE, une minuscule paume fermement tenue par ma main beaucoup plus grande.

Enfin, pas *ma* main. C'est le souvenir de Nostradamus, alors la plus grande main est la sienne.

C'est un souvenir d'une époque avant qu'il perde la vue… et il aime contempler la verdure tout autour. Il aime particulièrement regarder son fils chéri.

— On peut aller à la boulangerie et acheter une pâtisserie ? demande le jeune garçon en français… et je le comprends, car je suis dans la tête de Nostradamus.

Nostradamus sourit.

— Qu'est-ce que je vais répondre, selon tes prédictions ? Tu crois que je vais être d'accord, ou pas ?

L'amour qu'il ressent pour son fils me submerge. Cela me ferait presque peur d'avoir des enfants un jour… Aimer quelqu'un à ce point me paraît impensable.

— Est-ce que tout doit vraiment être une leçon ? chantonne l'enfant. C'est dimanche. Je veux juste…

———

Un autre souvenir commence et cette fois, Nostradamus se tient dans l'obscurité totale de sa nouvelle existence.

Il ne rumine pas la perte de ses yeux, cependant. C'est la perte de sa famille – assassinée par Tartarus – qui pèse sur lui.

La pluie froide s'abat sur sa tête pendant qu'il tend la main et cherche la petite pierre tombale.

Quand il la trouve, il lit l'inscription en braille.

C'est la tombe de son fils.

Une cavité vide.

Les corps sont dans un autre monde, un monde décimé par Tartarus.

— Je vais faire payer ce monstre pour ce qu'il t'a fait, promet sombrement Nostradamus. Il ne s'en sortira pas comme ça, je le jure. Je vais…

———

Comme chaque fois que la partie des souvenirs d'une union est terminée, je me retrouve dans un vide total, un hologramme de synapses en forme de Nostradamus flottant devant moi.

Il est attaché à l'étrange forme que prend sa représentation dans l'espace mental, et il n'a pas ses lunettes… ce qui me laisse voir les cicatrices à la place de ses yeux.

— Sasha, me salue-t-il calmement. Quelle agréable surprise.

— Comment sais-tu que c'est moi ? dis-je en fixant toujours ses blessures.

— Quand je suis dans cet endroit, j'y vois très bien. Ou plus précisément, ici, inutile d'avoir des yeux pour voir… ni des oreilles pour entendre.

— Effectivement.

Je flotte un peu plus bas.

— Même si j'aimerais beaucoup discuter de métaphysique, en ce moment, j'ai urgemment besoin de ton aide. Je ne peux pas risquer que l'un d'entre nous perde son jus de voyant avant que je raconte ce qu'il se passe.

— Bien sûr. Parle.

Son accent me paraît plus marqué quand il flotte jusqu'à mon niveau.

Débitant des informations aussi vite que possible, j'explique ce qui est arrivé en terminant par :

— J'espérais que Lilith et toi, vous puissiez m'aider comme vous l'avez fait plus tôt dans la journée. Je sais que c'est beaucoup demander, mais…

— Je suis partant, mais je ne peux pas m'avancer pour Lilith. Je suppose cependant qu'elle voudra venir au secours de sa fille.

— Super. Quand pensez-vous pouvoir être ici ?

Son front se plisse d'inquiétude.

— Nous sommes dans un Autremonde. Il nous faudra sans doute un moment pour te rejoindre.

— Merde.

Je tombe d'environ un mètre et demi.

— Je ne suis pas sûre d'avoir assez d'organes pour attendre un *moment*.

— Il te faudra trouver un moyen de les retarder, conseille-t-il. Maintenant, terminons cette conversation afin de garder autant de pouvoir que possible. J'ai l'impression que nous allons en avoir besoin.

— Tu as raison, dis-je en flottant vers ma représentation dans l'espace mental.

— Sois courageuse, lance Nostradamus en m'imitant.

Nous nous touchons nous-mêmes – d'une façon pas cochonne, bien sûr – et l'union prend fin.

Je suis de retour sur ma chaise, mais avec de l'espoir.

Un espoir qui s'évapore lorsqu'un chort s'approche de moi et touche le dos de ma main.

— Dernière chance pour tes amygdales, annonce Woland.

Je secoue la tête en grimaçant.

L'énergie entre à nouveau dans mon corps et ma gorge est prise de spasmes, comme si j'avais le pire cas d'angine de l'histoire de la médecine.

J'ai un haut-le-cœur et des larmes coulent sur mon visage.

J'ai du mal à croire que je viens de perdre mes amygdales. Encore une fois, j'ai seulement une vague idée de leur fonction, mais je crois avoir maintenant plus de risques d'attraper des infections de la gorge.

— Prête à coopérer ?

Woland me regarde et hoche la tête en direction d'un petit chort à sa gauche.

— C'est au tour de ta vésicule biliaire.

— Va te faire, essayé-je de dire, mais à cause de ma gorge gonflée, ça sort davantage comme un sifflement.

Le chort au visage rond s'avance vers moi et touche mon poignet.

Cette fois, la douleur frappe en haut à droite de mon abdomen.

Une douleur brutale, qui pulse.

Quand je me rends compte que je hurle à pleins poumons, je fais de mon mieux pour me calmer, mais c'est difficile, sachant que je ne pourrai plus stocker la bile dans ma vésicule.

En parlant de bile, il y en a plein dans ma gorge.

Woland croise mon regard.

— Parle, s'il te plaît. Nous arrivons à court d'organes non vitaux.

Je ravale une nouvelle montée de bile.

— C'est mon père, parviens-je à articuler d'une voix rauque. Je ne peux pas le trahir.

— Un père dont tu ignorais l'existence, fait remarquer Woland.

Je combats une vague de nausée et secoue la tête.

— Très bien.

Woland fait un signe à un chort mince à sa gauche.

— Quel rein veux-tu garder pour l'instant… le gauche ou le droit ?

Je serre les dents et fais de mon mieux pour ne pas montrer mon horreur.

— Ce sera donc le gauche, annonce Woland.

Le type s'avance et fait son truc.

Cette douleur est la pire jusqu'ici. Je tremble comme si j'étais prise d'une attaque et prie pour tomber dans les pommes… mais ça n'arrive pas. À la place, je n'ai droit qu'à une souffrance interminable. Irradiant depuis mon estomac, elle pulse à travers chaque terminaison nerveuse jusqu'à me donner envie de vomir.

Je ne le fais pas – tout juste –, mais je suis tellement vidée par l'effort que je suis à peine capable de garder la tête levée quand les pires tremblements s'arrêtent.

— En as-tu fini avec cette résistance idiote ? demande Woland.

Je lutte contre la souffrance, raidis le cou et pince les lèvres d'un air appuyé.

En poussant un soupir, Woland fait signe au chort aux cheveux en broussaille qui a tué ma mère adoptive dans la vision.

L'enfoiré s'avance.

— Tu peux vivre sans la glande thyroïde, affirme Woland d'un ton pédant. Mais il te faudra prendre des pilules pour remplacer les hormones pour le restant de ta vie.

J'essaie de lui cracher dessus, mais ma gorge est trop gonflée et ma bouche trop sèche.

— Qu'il en soit ainsi, dit Woland.

L'enfoiré aux cheveux en broussaille s'avance vers moi et touche ma main.

Une poussée d'énergie plus tard, la douleur insoutenable dans ma gorge semble s'étaler plus bas le long de mon cou.

J'ai des sueurs froides. J'ai l'impression d'être sur le point de perdre l'esprit… ou de craquer et de leur dire ce qu'ils veulent savoir.

Mais non. Je ne peux pas.

— Que reste-t-il de non essentiel ?

Woland regarde le chort dégingandé qui a attaqué papa avec un sabre dans ma vision.

— Eh bien, les femmes peuvent très bien vivre sans ovaires.

Il hoche la tête vers le chort au visage rond qui était aussi à l'hôtel de papa.

Un frisson se répand dans mon corps. Quelques minutes plus tôt, dans les souvenirs de Nostradamus, je me suis demandé si je voulais vraiment avoir un enfant, mais c'était simplement une pensée prise sur le vif. En réalité, je tiens à avoir la possibilité d'être mère, et le fait que ça me soit retiré…

— Je pense qu'il est aussi possible de survivre sans pancréas, suggère le type au visage rond en hochant la tête vers un chort squelettique dans la foule.

— Il lui faudrait de l'insuline très vite et nous n'en avons pas, rétorque Woland en m'observant de près. Non, je pense que les ovaires sont une très bonne cible. Il y en a deux, alors Sasha aura deux chances avant de subir des conséquences irréversibles.

— S'il vous plaît, dis-je d'une voix étranglée. Ne faites pas ça.

— Alors, dis-moi ce que je veux savoir, rétorque-t-il d'une voix mielleuse. Ça s'arrête dès que tu le souhaites.

Je tire sur mes liens, en vain.

— Prends celui de droite, ordonne Woland au chort avec le visage rond.

Celui-ci s'avance vers moi et touche ma joue.

— Dis-lui simplement ce qu'il veut savoir, chuchote-t-il. Tu finiras par le faire, de toute façon.

Quand je ne réponds pas, il hausse les épaules et envoie son horrible énergie dans mon corps.

J'ai l'impression que toutes les règles douloureuses que j'ai pu avoir de ma vie se condensent en un seul moment, et la sueur froide qui dégouline petit à petit dans mon dos se change en rivière. Au même moment, j'ai l'impression d'avoir été jetée dans un sauna où quelqu'un aurait monté la chaleur à des niveaux de barbecue humain.

Mon estomac se soulève et ma vue s'obscurcit, mais je ne sais comment, je ne perds pas connaissance… et reste horriblement consciente de la douleur.

Peu importe ma fertilité. Je suis prête à leur dire n'importe quoi pour mettre fin à cette torture.

Une idée assez désespérée apparaît dans ma tête embrumée, et je lutte pour passer dans l'espace mental et voir comment elle finirait. Mais j'ai beau essayer, ces saloperies de douleurs de règles m'en empêchent.

J'essaie encore.

Rien.

L'espace mental et la souffrance refusent de travailler ensemble.

Très bien, alors. Il me faut peut-être tenter mon idée sans la vérifier dans une vision ?

— Tu as deux secondes avant de devenir stérile, fait remarquer Woland.

Non.

Pas ça.

— Stop, gémis-je. Je vais vous dire où il est.

La paume moite du chort au visage rond est retirée de ma main.

— Je t'en prie, lâche Woland d'un ton mielleux. Mais souviens-toi que si tu me mens encore, tu mourras.

C'est vrai.

Ce serait la deuxième fois… et je sais qu'il ne bluffe pas.

— En Nouvelle-Zélande, dis-je comme je l'ai fait dans ma vision. Il loge au Motel Four Seasons à Queenstown.

Le reste de nos interactions se déroule comme dans

ma vision. Il vérifie qu'il existe bien un endroit avec ce nom-là dans cette partie du monde, puis il emmène quelques chorts et s'en va.

En inspirant de l'air dans ma gorge douloureusement gonflée, je m'affaisse sur ma chaise.

Mon gros pari est que Nostradamus et Lilith arrivent avant que je subisse les conséquences de mon mensonge.

J'avais le choix entre risquer ma vie et perdre mon autre ovaire et qui sait quoi d'autre. Super.

— Tu veux faire une partie d'échecs ? demande Boris à un autre chort en sortant une minuscule boîte de sa poche.

— On doit la surveiller, répond son compagnon.

— Pas nécessairement, annonce Boris avant de m'adresser un sourire narquois et de faire craquer les articulations de ses doigts.

— Attends, dis-je d'une voix rauque quand il serre le poing.

Mais il m'ignore et frappe le côté droit de mon visage déjà gonflé.

Quelque chose – sans doute ma pommette – craque, et je perds connaissance.

———

JE REVIENS à moi dans une symphonie de douleur.

Tout mon corps est à l'agonie et mon visage donne l'impression d'être passé dans un hachoir à viande.

Mais il y a un bon côté, cependant.

Grâce à la douleur, je sais où je me trouve… et veille donc à ne montrer à personne que je suis de retour dans le monde des gens conscients.

Je respire simplement comme avant et espère que le martyre s'estompera.

Malheureusement, ce n'est pas le cas.

En fait, c'est si terrible que je suis incapable d'atteindre l'espace mental, quel que soit le nombre de mes tentatives.

Après avoir mariné dans ma souffrance pendant ce qui me semble être des heures, j'entends une porte s'ouvrir.

Espérant de toutes mes forces qu'il s'agit de Lilith et Nostradamus, j'entrouvre les paupières. L'ironie de la situation ne m'échappe pas. Si quelqu'un m'avait dit ce matin que je serais pressée de voir Lilith, je lui aurais ri au nez.

Quand je vois qui est entré, tout espoir me quitte immédiatement.

J'ai terriblement mal calculé.

Ce ne sont pas Lilith et Nostradamus.

C'est Woland… et il semble furieux, tout comme dans ma vision.

Et comme dans cette vision, il est sur le point de me tuer.

Il va arrêter mon cœur, et tout sera fini.

Comme s'il se rebellait contre ce qui va se produire, mon cœur bat follement dans ma cage thoracique.

— Je t'ai dit ce qui se passerait si tu me mentais encore.

Comme dans ma vision, Woland attrape mon menton douloureux et me force à le regarder dans les yeux.

Ça y est.

— Attends, dis-je fébrilement. Je peux t'expliquer.

Le visage de Woland reste impassible.

— Non. Tu m'as fait perdre assez de temps.

CHAPITRE DIX-HUIT

AVANT QUE WOLAND puisse envoyer son énergie tueuse de cœurs en moi, le plafond de l'entrepôt explose.

Woland écarquille les yeux quand un éclat de ciment vole tout droit vers son poignet.

Il devient transparent et saute en arrière. L'éclat atterrit exactement à l'endroit où il se trouvait.

Tout le monde lève la tête.

C'est Lilith.

Elle descend en flottant par un trou dans le plafond, comme une aigrette dans la brise.

On dirait qu'elle est capable de défier la gravité ici sur Terre également… En tout cas, devant un public composé uniquement de Conscients.

Woland est le premier à reprendre ses esprits et il se précipite vers la sortie. Boris file à la suite de son patron, tout comme le chort aux cheveux en épi et quelques autres.

Ceux qui restent fixent Lilith, comme subjugués… et ils le sont peut-être. Ils voient sans doute son visage de déesse, ou bien elle utilise un autre pouvoir sur eux. C'est difficile à dire.

En atteignant sa destination, Woland cogne la porte de l'épaule et court à l'extérieur au moment où Lilith fait un signe vers les chorts hypnotisés restants.

Dans un éclat d'énergie rouge, deux petits trous apparaissent dans les cous de tout le monde, y compris celui de Boris, qui se trouve près de la porte.

— Oui, roucoule Lilith de façon effrayante.

Elle fait un nouveau geste, et une minuscule coulée de sang s'étire depuis chacune des blessures, volant tout droit dans sa bouche en défiant la gravité et la logique.

Les chorts semblent sortir de leur torpeur et fixent Lilith, la bouche ouverte d'horreur.

Je les comprends.

Ils doivent penser la même chose que moi : elle est capable de se nourrir à distance ?

D'un air las, Lilith baisse les bras, et le sang arrête de couler.

Les chorts continuent à la fixer.

Lilith atterrit sur le sol et remue bruyamment le liquide dans sa bouche.

Elle sourit comme un requin.

— Complexe. Velouté avec des tons floraux. Et le mieux, c'est que vous ne pourrez plus vous rendre intouchables.

Détournant son regard d'elle, Boris bondit vers la porte, mais il trébuche immédiatement en arrière.

Avec un grognement bruyant, Marius le loup-garou plonge les dents dans son mollet droit.

Le chort tombe en hurlant de douleur et essaie de donner un coup de poing au loup-garou... avant de voir son bras se faire laminer. Il veut donner un coup de pied, mais cela ne fait que livrer son entrejambe à la mâchoire de Marius.

Voyant que le loup-garou est occupé, le chort aux cheveux en broussaille pique un sprint vers la sortie... et c'est alors que Nostradamus sort de nulle part et lui tranche la gorge à l'aide d'une dague incurvée.

Le chort s'évapore. De façon permanente.

Décidant apparemment que Nostradamus est peut-être une cible facile, quatre autres chorts affrontent le voyant aveugle.

Comme s'il était capable de les voir, Nostradamus abat sa dague avec des mouvements rapides et très précisément calculés... comme ceux d'un soldat des forces spéciales ou d'un robot bien programmé.

Il doit utiliser ses pouvoirs pour se battre.

Se débarrassant rapidement de ses assaillants, Nostradamus tue encore d'autres chorts pour parvenir jusqu'à moi. Il se tient alors à mes côtés, la dague prête à frapper... sans aucun doute pour empêcher les survivants de m'utiliser comme otage.

Pendant ce temps, Lilith sourit avec excitation en atteignant le plus grand chort qu'elle trouve. Elle esquisse un mouvement flou et brandit soudain la tête du chort dont pend la colonne vertébrale arrachée.

Les chorts alentour pâlissent.

Avec un plus grand sourire encore, elle s'envole et plonge en ciblant le chort qui a détruit ma vésicule biliaire.

Presque comme pour jouer, elle lui donne un coup de poing depuis les airs… faisant voler le type sur trois mètres avant qu'il s'écrase contre le mur en ciment avec une telle force que son corps explose littéralement.

Les autres chorts se bousculent pour s'éloigner d'elle, mais tous ceux qui tentent de s'approcher de la sortie rencontrent les mâchoires de Marius.

J'ai la tête qui tourne trop pour suivre le reste du combat et n'enregistre que quelques bribes de ce qu'il se passe.

Lilith atterrit, saisit le type qui a pris mes amygdales et lui donne un coup de pied dans l'entrejambe. Il vole presque jusqu'au plafond troué, puis retombe sur le sol et se dissipe.

Nostradamus évite un coup du chort maigre à la *shashka*, puis enfonce son couteau dans son ventre.

Lilith arrache la jambe de l'expert des ovaires au visage rond et fait le tour de l'entrepôt en volant, frappant d'autres chorts à mort avec son arme improvisée.

Marius grogne et étripe le responsable des reins.

Lilith enfonce les canines dans le type de la rate et

le dessèche d'une seule gorgée géante… avant de roter de façon exagérée.

À ce moment-là, ma vue commence à s'obscurcir, ce qui est une bonne chose, car les meurtres de Lilith se font de plus en plus créatifs.

Du genre à donner des cauchemars pour plusieurs années.

Finalement, les seuls chorts encore en vie sont Boris avec ses membres déchiquetés et quelques autres, trop blessés pour bouger.

C'est alors que Nostradamus libère mes pieds et mes mains, puis retire mon bavoir couvert de sang et le jette à terre. Je ne peux pas me lever pour autant, en partie parce que j'ai trop mal, et en partie parce que le manque de circulation sanguine me donne assez de fourmis dans les jambes pour monter une armée miniature.

Lilith se dirige vers la petite table qui a survécu à la bataille et y prend une bouteille d'eau.

Pendant qu'elle vient vers moi, elle se pique le doigt et fait tomber une minuscule goutte de son sang dans la bouteille.

Elle s'arrête à côté de ma chaise, secoue bien le liquide et examine mon visage.

— Ma pauvre.

Elle pose la bouteille contre mes lèvres.

— Bois ça et tu seras comme neuve.

Puisque Felix ne semble pas être devenu accro et parce que je ferais n'importe quoi pour faire cesser la douleur, j'avale avidement une grande gorgée d'eau mélangée à son sang.

Un soulagement presque orgasmique se répand dans mon corps. C'est comme manger après avoir été affamé ou boire quand on est complètement déshydraté.

Les os de mon visage sont les premiers à guérir, mais mes autres douleurs disparaissent également, tout comme la nausée, le tournis et les fourmis dans mes membres.

Waouh.

Felix avait raison. C'est une guérison du niveau d'Isis, et peut-être mieux encore.

Même si je ne pense pas être accro, je comprends pourquoi goûter plus de sang pourrait s'avérer être un problème.

— Merci, dis-je, émerveillée d'entendre que ma voix est entièrement redevenue normale.

Je me tourne vers Nostradamus et Marius et je les remercie également.

— C'est normal, répond Lilith. Nous sommes une famille. Je suis sûre que tu m'aiderais si j'en avais besoin.

Hmm. Le ferais-je ? Que répondre ? C'est vraiment gênant.

— Ton sang guérit-il les organes internes ? m'enquiers-je en décidant de passer à un sujet bien plus important.

— Bien sûr, affirme Lilith avec fierté.

— Même si ce sont des dégâts causés par des

chorts ? Parce qu'ils ont détruit ma rate et un tas d'autres choses.

— Je ne vois pas pourquoi ça ne marcherait pas, dit Lilith en regardant Nostradamus, qui hausse les épaules. Mais comme je n'ai jamais testé, on devrait sans doute te conduire à un hôpital humain pour vérification.

— Bonne idée.

Je me lève facilement et, avec bonheur, je fais quelques pas sur mes jambes à nouveau stables.

Ma récupération est incroyable.

— Avant de partir, on doit les achever.

Lilith hoche la tête en direction de Boris, qui gémit toujours, et de ce qui subsiste de son équipe.

— Tu veux lequel ?

Pendant un instant, j'y réfléchis vraiment.

J'aimerais beaucoup m'avancer vers Boris et fracasser son crâne stupide avec un objet contondant... ou bien donner un coup de pied dans une de ses blessures et dire quelque chose de méchant comme « L'heure des comptes a sonné, connard ».

Heureusement, mon côté rationnel intervient, et je me souviens des visions de Raspoutine dans lesquelles, enfant, je me transforme en machine à tuer. Il est évident que Lilith a une drôle d'idée derrière la tête à ce sujet, et je n'ai pas l'intention de jouer le jeu.

Je ne la laisserai pas me transformer en monstre.

Sauf si, bien sûr, j'en suis déjà un.

J'ai certainement le patrimoine génétique pour.

Mais non. D'accord, j'ai déjà tué des ennemis dans

le feu de la bataille, mais je n'ai jamais torturé-assassiné quelqu'un, et je n'ai pas l'intention de commencer maintenant.

— Toujours aussi sensible, dit Lilith à Nostradamus d'un air déçu. Tant pis. Ce qu'elle perd, je le gagne.

Là-dessus, elle sautille vers un chort blessé et lui brise le cou.

— Bien sûr, appelons ça « être sensible », je murmure en détournant le regard quand elle en achève un autre.

— Mais c'est celui-ci qui t'a fait le plus de mal, n'est-ce pas ?

Elle pointe le bout de sa chaussure vers Boris.

— Je pense qu'il a bien amoché ton ami aussi.

— C'est lui.

Je ne peux m'empêcher de frotter mon menton et ma joue… Les parties complètement guéries de mon visage que Boris a endommagées.

— Pourtant, tu ne veux pas l'achever ?

Lilith semble sincèrement perplexe.

— Peut-être une autre fois, dis-je aussi poliment que possible. À toi l'honneur, pour l'instant.

— Oh, je m'en occupe, annonce-t-elle d'un ton menaçant. Je pense qu'il a besoin d'une leçon d'étiquette.

Elle s'agenouille à côté de Boris et lui arrache nonchalamment une oreille.

Il hurle.

Elle le force à boire du mélange sang-eau, et ses

blessures commencent à guérir. Dès qu'elles ont disparu, elle en crée de nouvelles.

Je détourne encore les yeux.

Lilith commence à faire quelque chose de nouveau à Boris… Ça fait un bruit qui évoque de la viande hachée… sans outil de cuisine.

Boris hurle comme un porc que l'on égorge et continue à crier jusqu'à ce que je me bouche les oreilles pour préserver ma santé mentale.

Le son étouffé continue pendant très, très longtemps.

Quand il s'arrête, je me retourne et vois que le corps de Boris s'est déjà désintégré, comme ceux du reste de son peuple.

— Je sais, soupire Lilith en regardant l'endroit vide. Il fallait que je me dépêche pour que nous puissions te conduire à l'hôpital.

C'était rapide, ça? Combien de temps aurait-elle torturé ce type si elle avait eu plus de temps?

Elle ne mentait peut-être pas en affirmant qu'elle avait bien traité Raspoutine. Par rapport à ce dont elle est capable, les coups des gardes étaient la gentillesse même.

Nostradamus secoue lentement la tête, puis attrape Marius et se dirige vers la sortie.

J'attends que Lilith passe, et je les suis.

Une belle Ferrari nous attend dehors. Marius et Nostradamus montent à l'arrière pendant que Lilith s'assied au volant.

Super. Laissons conduire la psychotique. Pourquoi pas ?

Je monte prudemment et attache ma ceinture.

Au moins, si nous avons un accident, je pourrais toujours lécher un peu du sang de maman pour me sentir mieux.

Une seconde, est-ce l'addiction qui parle ?

En souriant, Lilith appuie le pied au plancher.

Les rues ordinaires défilent à une vitesse de Formule 1, et quand nous atteignons l'autoroute, Lilith parvient à accélérer davantage. Je me cramponne à mon siège et vérifie que j'ai bien attaché ma ceinture pendant que nous frôlons accident sur accident.

Elle doit encore utiliser ses pouvoirs de chance. Cela ressemble à ce que Chester a fait en conduisant l'autre jour... s'il s'était dopé et qu'il avait besoin de médicaments antipsychotiques.

— Woland s'est échappé ? demandé-je à Nostradamus... essentiellement pour penser à autre chose que l'explosion de la voiture à venir.

Il ébouriffe la fourrure de Marius.

— Aucune idée. Tu l'as vu partir ?

Marius grogne.

— Alors, pourquoi tu ne l'as pas tué ? demande Lilith... en regardant Marius au lieu de la route, à ma grande horreur.

Marius grogne encore.

— Tu as raison, dit Nostradamus. La sécurité de Sasha était la priorité.

Sont-ils en train de me faire une blague, ou bien ses grognements signifient-ils vraiment quelque chose ?

— Woland a perdu tout son peuple, explique Lilith en me regardant, cette fois, au lieu de se concentrer sur le pare-brise. Il est sans doute reparti à Saint-Pétersbourg, la queue entre les jambes.

En regardant la route, elle ajoute :

— Il va sans doute être rétrogradé pour avoir tué autant d'Exécuteurs.

Marius grogne une fois de plus.

Nostradamus gratte l'oreille poilue du loup-garou.

— Non. Tu ne peux pas le pourchasser. Sans Lilith, les chorts sont extrêmement difficiles à tuer.

Je suis sur le point de poser d'autres questions quand nous nous engageons violemment sur une bretelle d'autoroute... et fonçons presque tout droit dans un bâtiment sur lequel est affiché « Centre Médical Luthérien de New York ».

Le personnel médical jette des regards étonnés à Marius quand nous arrivons à l'accueil... du moins jusqu'à ce que Lilith ensorcelle tout le monde. Elle fait aussi en sorte qu'ils m'admettent aussi vite que possible, et je suis bientôt emmenée à toute vitesse pour qu'on me soumette à tous les scans connus de la science.

— Ses organes vont parfaitement bien, annonce le médecin à Lilith d'une voix rendue robotique par l'ensorcellement. En fait, je n'ai jamais vu quelqu'un en aussi bonne santé. C'est extraordinaire.

Je pousse un soupir que je n'avais pas conscience de

retenir. J'étais inquiète pour mes organes... particulièrement les ovaires et le rein.

Il s'avère que j'y étais très attachée.

Lilith me sourit fièrement.

— Mon sang est extraordinaire.

Elle se tourne alors vers le médecin et demande :

— Et ma boisson ?

— C'est vrai.

Le médecin lui tend une poche de sang.

— Groupe O, comme vous l'avez ordonné.

Lilith lui prend la poche et avale son contenu comme une enfant de maternelle mal élevée.

Quand elle a presque terminé, une infirmière accourt et lui en tend une autre.

— Et s'ils reçoivent un patient qui en a besoin pour une transfusion ? lui dis-je en me levant pour partir.

— Tu préfères que je récupère le sang directement dans un de ces réceptacles très pratiques ?

Lilith affiche un sourire carnassier et salue de la main une jolie petite fille à l'autre bout du couloir.

— Non. Je suis certaine qu'ils ont plein de réserves. Profite.

Nous marchons en silence pendant que le personnel médical apporte poche après poche à Lilith. Elle se tait parce qu'elle est occupée à boire et moi parce que je décide de ne pas trop faire de commentaires au cas où je ferais tuer des gens.

Une fois dehors, je jette un coup d'œil à mon téléphone.

Toujours rien de la part de Nero, mais j'ai un

message et deux textos de Lucretia, qui demande pourquoi j'ai appelé tout à l'heure et si je vais bien.

Je suis à des années-lumière d'aller bien. Peut-être même une galaxie différente.

Elle me renvoie immédiatement :

Tu veux que l'on se voie ? Je quitte le banya pour retourner en ville dans quelques minutes.

— Tu envoies des sextos à ton copain ? demande Lilith en remarquant mon téléphone. Tu as peut-être envie d'aller le voir. Il paraît que mon sang rend...

— S'il te plaît, ne termine pas cette phrase, dis-je avant de sauter dans la voiture en réfléchissant toujours à ce que je pourrais répondre à Lucretia.

— ... le sexe bien meilleur, termine joyeusement Lilith en me rejoignant dans la Ferrari.

Faisant semblant de ne pas avoir entendu, Nostradamus caresse Marius, et le loup-garou grogne d'un air satisfait.

— Bon, continue Lilith. On fait quoi, maintenant ?

Bonne question.

Cela fait des heures que j'ai eu mes visions concernant Nero, et je parie que je n'ai plus aucune chance de pouvoir le rattraper sur Gomorrah.

Ai-je toujours envie de m'y rendre pour parler à Raspoutine et Ariel ? Je suppose, oui, mais ce n'est pas une priorité... pas alors que Nero a des problèmes.

Dois-je me rendre dans le monde des dragons pour aider Nero avec ses batailles épiques ? En supposant que je ne les ai pas ratées, bien sûr.

Il sera énervé si j'y vais... ce qui est un bonus. Mais

que faire de mes compagnons actuels ? Dois-je les emmener ? Lilith serait certainement utile dans un combat et elle considérerait sûrement tout le sang versé comme une bonne expérience de rapprochement mère-fille.

Non, une minute.

Demander à Lilith de me sauver dans un moment de désespoir est une chose, lui demander d'aider mon patron/mentor/*crush* en est une autre.

D'ailleurs, ce serait futile : quand Nero l'a attaquée dans son monde, elle a mentionné un contrat avec le roi des dragons qui stipulait qu'elle devait rester hors de son monde s'il restait hors du sien. Le même roi dragon dont le souhait d'épouser Claudia a déclenché la soif de guerre de Nero. Ce qui me rappelle la question à un million de dollars : qui est Cl...

— Est-ce que ça va ? demande Lilith. La scintigraphie du cerveau n'a rien donné ?

Malgré son ton moqueur, elle semble sincèrement inquiète pour moi, du moins pendant une fraction de seconde.

Mais non. Je dois l'avoir imaginé.

Scanner mon cerveau de plus près serait sans doute une bonne idée.

— Je suis juste secouée, lui dis-je sincèrement. Je sais que tu voulais traîner à New York, mais j'aimerais vraiment aller voir ma psy.

J'agite mon téléphone avant de continuer :

— Par un heureux hasard, elle est aussi à Brooklyn en ce moment, alors ce serait top.

— Si c'est ce dont tu as besoin, je suis certaine que sa proximité n'est pas une coïncidence, affirme Lilith d'un air satisfait. Je veux que tu ailles bien, et mes pouvoirs de chance ont très certainement arrangé ça.

— Super, merci à toi... et à tes pouvoirs. Je vais voir où elle veut me rejoindre.

Lucretia et moi échangeons et nous finissons par choisir le restaurant de nourriture ouzbèke où Felix et moi avons un jour déjeuné avec ses parents.

J'explique notre destination à Lilith en prenant soin de souligner que nous ne sommes pas pressés.

En démarrant la voiture, Lilith a un sourire narquois, et met le pied au plancher malgré tout.

Alors que nous fonçons dans la rue, sa conduite me semble particulièrement imprudente... sûrement parce que je ne suis plus occupée à m'inquiéter pour mes organes.

— Je dois dire que je ne rencontre pas souvent d'autres voyants, lâche Nostradamus par-dessus le bruit du moteur. Particulièrement des voyants aussi puissants que toi.

Je détourne volontiers les yeux de la route pour le regarder.

— Moi non plus. C'est frustrant. Apprendre à utiliser mes pouvoirs a été très compliqué.

— C'est dommage.

Il s'éclaircit la gorge et poursuit :

— Tu sais, j'aime enseigner ce genre de choses. S'il y a un élément précis que tu voudrais apprendre, il te suffira de me le demander.

Je suis si enthousiaste que j'en oublie presque l'audition de Lilith pour *Fast and Furious*.

Nostradamus lui-même se propose de m'enseigner à utiliser mes pouvoirs de voyante.

Noël est officiellement en avance.

Sauf s'il a une intention cachée, bien sûr... ce qui n'est pas à exclure, étant donné la personne qu'il fréquente.

Malgré tout, parmi toutes les manigances diaboliques possibles, obtenir des réponses à mes questions est sans doute celle que je préfère.

— Comment fais-tu pour cibler une heure spécifique dans une vision ? m'enquiers-je en me souvenant de mon problème le plus récent dans l'espace mental.

— Ah.

Il caresse le pelage de Marius d'un air absent.

— Tu parles d'une technique extrêmement avancée. Choisir une heure spécifique de l'avenir est coûteux en termes de pouvoir... et c'est aussi assez difficile à expliquer.

— Ah bon

— Laisse-moi essayer.

Il adopte un air pensif.

— D'accord, alors... Avant tout, il faut te concentrer sur l'essence du temps, dit-il en prononçant le mot « essence » à la française.

— Essence ?

— C'est ça.

— Un peu comme on le ferait avec une personne

spécifique, mais pour l'heure ?

— Oui, très bien. Sauf que c'est plus difficile avec un concept abstrait comme le temps.

Lilith jette un coup d'œil en arrière et s'étonne :

— Plus dur ? Quelle est l'essence d'une seconde ? Ou d'une heure ? Ou d'une journée ?

Même si j'aimerais qu'elle se concentre sur la route, elle n'a pas tort : « l'essence d'une seconde » est un concept assez nébuleux.

Nostradamus adopte un ton professoral :

— Bon. La perception du temps est la clé, et cela rend la compétence très personnelle. Il faut cerner ce que la parcelle de temps en question te fait ressentir. Comment elle passe. Ce qu'elle signifie. Des choses comme l'âge d'un voyant et son état jouent un rôle important. Par exemple, un enfant percevra un mois comme un temps très long, cependant, pour quelqu'un de mon âge, un mois, c'est trivial. Ce n'est que le court moment entre deux coupes de cheveux.

Il passe les mains dans ses mèches désordonnées.

— Je crois comprendre, affirme Lilith.

— Tu dois aussi considérer ton état émotionnel, continue Nostradamus. Quand tu t'amuses, le temps s'écoule plus vite, mais quand tu attends la lettre d'un amant, le temps peut ralentir énormément.

Une lettre, genre en papier ? Il est *vraiment* vieux.

— Alors, si je veux connaître ton avenir dans une journée, il faudra que je m'attarde sur ton essence et sur l'essence de l'idée d'une journée ?

— En gros, oui. Mais garde en tête que la journée en

question sera purement de *ton* point de vue, pas du mien.

Lilith fronce ses sourcils parfaits.

— Hein ? Une journée ne fait-elle pas vingt-quatre heures pour tout le monde ?

— Pas si la cible de la vision se trouve dans les Autremondes, explique Nostradamus. Ou hypothétiquement, si la cible vole à la vitesse de la lumière.

— C'est la relativité, je contribue en hésitant.

— Exactement, confirme-t-il.

— Bon, faisons comme si j'étais sur Atlantis… un monde où le temps va si vite qu'une journée ici correspond à dix années là-bas.

— D'accord.

— Et supposons que tu ciblais mon avenir dans une journée pour toi, dis-je.

— Oui.

— Alors, si je comprends bien, tu verrais mon avenir dans dix ans de mon point de vue, mais une journée du tien, n'est-ce pas ?

— Tu n'es pas loin, lance-t-il. Ce que tu dis est presque vrai, mais tout serait beaucoup plus compliqué que ça si je décidais d'aller te rendre visite sur Atlantis.

— J'ai mal à la tête, intervient Lilith. Rappelez-moi de ne plus jamais monter en voiture avec deux voyants.

Je l'ignore et murmure :

— Je pense avoir compris. Mais je devrais sans doute faire des expériences pour comprendre vraiment.

— C'est une excellente idée. Pourquoi ne pas essayer maintenant ?

Pourquoi pas, en effet ?

J'étais impatiente de voir comment allait Nero, et je peux maintenant le faire en testant cette nouvelle compétence… à supposer que j'arrive à la faire fonctionner.

Je calme ma respiration et bondis dans l'espace mental.

CHAPITRE DIX-NEUF

AUCUNE FORME effrayante ne m'entoure cette fois, ce qui signifie que la conduite de Lilith ne va pas nous tuer.

Avec un peu de chance.

Je me mets au travail et me concentre sur l'essence de Nero... ce dont je suis capable même dans mon sommeil.

Sans doute mieux dans mon sommeil, d'ailleurs, étant donné tous les rêves que je fais avec lui.

Maintenant, la partie difficile : l'essence du concept d'une journée.

En général, quand personne n'essayait de me tuer toutes les cinq minutes, une journée, du moins une journée de semaine, était une série d'événements assez ennuyeux et lents dans ma vie. D'accord, peut-être pas dans son intégralité. Ma routine matinale passait à toute vitesse, mais le trajet en Vespa me semblait parfois plus long, sans doute parce que je devais faire attention à la route. Les recherches pour Nero étaient longues, puis le trajet jusqu'à la maison imitait celui du travail, et ma routine du soir passait également très vite… surtout si je faisais quelque chose d'amusant, comme lire un livre sur la magie.

Aujourd'hui, cependant, ma journée a été *très* différente. Avec toute la torture et mes pertes de connaissance répétées, j'ai eu davantage l'impression qu'elle durait un mois.

Une nouvelle série de formes m'entoure.

Avec un peu de chance, ce sont les fruits de mes méditations sur le concept d'une journée.

J'en choisis une et l'attrape avec ma volute éthérée, puis je me laisse tomber dedans.

———

NERO SE TIENT dans une tente, entouré par un groupe de personnes qui semblent être les généraux de son armée. Parmi eux, je vois un homme fort aussi canon qu'un mannequin pour sous-vêtements, un géant, un énorme centaure et un homme qui doit être le chef des cocatrix.

Sur le côté se tiennent Colton (le plus petit géant), Vlad, Isis, Kit et d'autres Conscients venus de la Terre.

Ils fixent tous une magnifique carte dessinée à la main et posée sur le sol.

— Plus qu'une bataille et un voyage d'une journée

avant d'affronter enfin l'usurpateur, annonce Nero. Comme la dernière fois, notre objectif n'est pas seulement de les battre, mais aussi de répandre la nouvelle de mon retour sur tout le continent.

Il indique l'énorme masse terrestre au centre de la carte : un super-continent qui m'évoque le Gondwana, qui était l'Amérique du Sud, l'Afrique, l'Antarctique, l'Australie, le sous-continent indien et l'Arabie serrés les uns contre les autres.

— Dans ce but, tous les humains qui déposeront les armes aujourd'hui ne seront pas tués. Je leur parlerai comme la dernière fois et je révélerai l'usurpateur.

Il serre le poing.

Cet endroit est donc également peuplé d'humains… qui doivent constituer le gros des troupes à terre. Je suppose que ce doit être le cas si les dragons veulent conserver leur pouvoir dans ce monde. On dirait que les humains laissent les dragons régner sur le monde et qu'ils ont également conscience des lignées royales.

— Oui, chef, on ne tue pas d'humains qui se sont rendus, résume Kit d'un ton moqueur avant de se transformer en Winston Churchill, pour une raison qui m'échappe.

Avec sa propre voix, elle demande :

— Et si quelques dragons se rendent, cette fois ?

— Je déciderai personnellement du sort des dragons, répond Nero, dont le visage s'assombrit et les anneaux cornéo-limbiques s'agrandissent.

Tout le monde regarde la carte – ou n'importe où

en dehors du visage de Nero –, et je ne peux pas leur en vouloir. Nero semble assez effrayant… et à mes yeux, assez canon.

Détournant le regard, je scrute la carte.

Tous les points de repère sont écrits dans une forme étrange et à peine lisible de cyrillique, mais je parviens à distinguer certains des noms. La ligne rouge est plus facile à suivre. Elle commence dans un endroit marqué par des symboles circulaires et étiqueté « Ворота », ce qui veut dire « Portails » en russe. De là, elle contourne une crête montagneuse géante dessinée en peinture argentée, et continue en une forme de S jusqu'à une ville marquée comme étant – si je lis correctement – Godiva.

Personne ne fait de commentaire sur la destination au nom délicieux. Leurs visages restent sombres.

— Écoutez, poursuit Nero d'un ton plus doux. Vous avez tous mené un combat acharné. Vous vous êtes bien battus.

Il dévisage tout le monde d'un air approbateur.

— Ceux qui l'ont fait pour s'acquitter d'une dette envers moi – il regarde les membres du Conseil en disant cela –, sachez que non seulement ce ne sera plus le cas après ça, mais aussi que je vous serai à mon tour redevable.

Tout le monde sauf Kit semble stupéfait… même Vlad, habituellement calme. Difficile de dire s'ils trouvent effrayant que Nero leur doive une faveur, ou si c'est un bonus auquel ils ne s'attendaient pas du tout.

— Ceux d'entre vous qui vous battez pour la gloire,

la richesse et le pouvoir – il regarde les généraux –, les humains que vous avez affrontés au combat raconteront des légendes sur vous pendant de nombreux millénaires. Vous serez connus comme étant les tueurs de dragons. Peu importe où vous serez, vos pouvoirs grandiront grâce à cette adoration.

Il se tourne vers l'homme fort.

— Les batailles que nous sommes sur le point de commencer surpasseront les précédents. Ce sera quelque chose que vous pourrez raconter aux enfants de vos petits-enfants.

Il fixe le meneur des cocatrix.

— Les richesses que vous êtes sur le point de gagner dépassent vos rêves les plus fous et votre plus gros problème sera de trouver un moyen de transporter cette obscène fortune.

Pendant que j'écoute le discours passionné de Nero, je ne peux m'empêcher d'envier mon patron et mon mentor pour ses compétences oratoires. Quand il parle aux conférences de Wall Street, il est doué. Ici, cependant, il est exceptionnel. Je parie que s'il s'y attelait, il pourrait devenir l'Alexandre le Grand des Autremondes.

Terminant son discours sur une tirade qui me rappelle celle de « ils ne nous ôteront jamais notre liberté » de *Braveheart*, Nero met fin à la réunion, et tout le monde quitte la tente d'un pas léger.

Tout le monde sauf Kit.

Elle s'avance vers Nero et se transforme en Raspoutine. De sa voix, elle dit :

— Ceci est la dernière bataille que nous sommes certains de gagner, n'est-ce pas ?

— La dernière qu'il a vue, oui. Raspoutine a perdu ses pouvoirs avant de savoir comment allait finir la bataille de Godiva, alors je comprendrais que tu préfères partir. Je te dois néanmoins…

Kit reprend son apparence normale et lui fait un clin d'œil espiègle.

— Partir ? La bataille suivante est celle où ça commencera vraiment à devenir drôle.

— J'espère que tu te rends compte que le fait qu'un voyant m'a vu gagner aujourd'hui ne garantit pas que *tu* vas survivre. Ni qui que ce soit d'autre, d'ailleurs.

Nero avance vers la sortie de la tente avant d'ajouter :

— Alors, si l'incertitude rend les choses plus amusantes pour toi, tu vas aussi t'éclater aujourd'hui.

— Je n'avais pas pensé à ça, lâche Kit avec un sourire encore plus grand.

Quand ils sortent de la tente ensemble, je me demande si Kit a remplacé son addiction au sexe par un désir similaire de violence. Pour certains, cela va de pair.

Juste après, cependant, j'aperçois l'extérieur et la vue me coupe un souffle que je n'ai pourtant pas ici.

Nous nous trouvons dans une clairière de la taille de Manhattan au milieu d'une forêt gargantuesque essentiellement constituée de pins avec des aiguilles qui ne sont pas seulement vertes, mais aussi pourpres et roses.

Le sol est couvert de moisissures aux mêmes couleurs dans des formes qui évoquent des serpents – ou des vers de terre géants – mais constituées d'une espèce de matériau ressemblant à du corail. Les plus longs parmi ces espèces de tentacules se retirent quand quelqu'un marche à proximité, alors que les moisissures naissantes échouent à le faire et craquent simplement sous les pieds et les sabots.

Sur les côtés de la clairière, tout au bord de la forêt, se trouvent deux armées.

La partie humaine de l'armée ennemie correspond presque au triple de celle de ma vision précédente, et le nombre de dragons est à peu près le double.

Du côté de Nero, il y a considérablement moins de forces.

Ils ont subi de sérieuses pertes lors de la dernière bataille.

J'estime qu'il y a maintenant environ vingt soldats ennemis pour un de ceux de Nero… et le ratio de dragons par rapport à Nero, Kit et les cocatrix est encore pire.

Raspoutine a-t-il menti en prédisant que Nero allait gagner cette bataille ? De plus, même s'ils arrivent à gagner par miracle, restera-t-il assez d'alliés pour aider Nero quand il atteindra Godiva ?

Le côté positif est que la différence de taille ne semble pas du tout affecter le moral de l'armée de Nero. Non, les généraux récemment motivés se précipitent joyeusement vers leurs troupes respectives et tentent de faire pour leurs soldats ce que Nero a fait pour eux dans la tente.

De son côté, Nero commence à retirer ses vêtements. Ses abdos, ainsi que d'autres parties de son corps, détournent mon attention de ce qu'il se passe ailleurs.

S'il avait plus de femmes dans son armée, ce moment les motiverait beaucoup.

Avant que je découvre un moyen de baver sans bouche, Nero se transforme en dragon, vole vers une colline proche de là et rugit sans s'arrêter.

Un grand dragon ennemi rugit de façon similaire et s'envole pour rejoindre Nero.

Ce doit être une séance de pourparlers, comme la dernière fois.

Quand ils adoptent leurs formes humaines et commencent à parler, je constate que j'ai raison.

Le nouveau venu exige que Nero s'en aille, sinon…

Nero exige Claudia, sinon…

Comme la dernière fois, le type affirme qu'il n'a pas l'autorité nécessaire pour livrer Claudia à Nero et que quelqu'un avec une armée aussi minuscule ne peut pas exiger quoi que ce soit.

Contrairement à l'autre type, au moins, ce dragon ne rompt pas l'esprit des pourparlers en attaquant. À la place, il conclut, sombre :

— Je te reverrai sur le champ de bataille.

— Ce sera ton enterrement, rétorque Nero avant de reprendre sa forme de dragon et de retourner vers son armée.

Les pourparlers étant terminés, les forces ennemies se mobilisent et commencent à avancer, mais l'armée de Nero ne bouge pas pendant qu'il rejoint leurs rangs et se transforme à nouveau en humain. Tendus, ils restent à la lisière de la forêt, se préparant pour quelque chose.

Si je ne les connaissais pas mieux, je croirais qu'ils ont peur d'attaquer.

Non pas que l'on puisse leur en vouloir : la horde ennemie semble encore plus menaçante maintenant qu'elle avance vers l'armée de Nero, une détermination féroce se lisant sur ce qui semble être des millions de visages.

Les dragons ennemis rugissent et volent légèrement en avant de leur soutien terrestre. Quand ils sont environ à mi-chemin de la clairière, Nero crie :

— Maintenant !

Avec un hourra, ses alliés se précipitent en avant.

En voyant cela, les dragons ennemis accélèrent et commencent à souffler leur feu de napalm, brûlant le sol à l'endroit où se dirigent les troupes de Nero, les décourageant ainsi assez efficacement d'attaquer.

Nero crie un nouvel ordre, et un petit escadron de géants sort du couvert de la forêt de pins.

Intéressant.

Je pensais qu'ils avaient été tués au cours de la dernière bataille, mais apparemment, ils ne faisaient que se cacher.

Gonflant leurs muscles énormes, les géants portent des engins en bois de la taille de petits fourgons. Fonctionnant à la vapeur et aussi grinçantes qu'un grand huit en bois, les machines ressemblent à des cousins éloignés de canons à harpons, mais fabriqués pour, eh bien, des géants. De chaque canon de l'arme émerge une lance qui me semble familière… Elle possède une pointe en diamant/adamantium, capable de transpercer la peau des dragons.

Ah, oui. Ces armes ont dû être conçues par Itzel. Après la fin de ma vision, elle a sûrement découvert un moyen de faire fonctionner *quelque chose* dans ce monde en retard technologique, et Nero a fait construire les machines par ses troupes sur le chemin de cette bataille.

L'escadron de dragons remarque également le problème, et leurs anneaux cornéo-limbiques s'élargissent… mais c'est trop tard.

— Feu ! rugit Nero.

Les géants visent et tirent sur des cordes qui sortent de leurs armes.

Les canons retentissent et un nuage de lances s'envole en cachant le soleil.

Je suis ravie de ne pas avoir d'oreilles, car le rugissement des dragons blessés est si bruyant que cela aurait causé des dégâts permanents.

Ressemblant à des coussins à épingles, les dragons essaient de s'éparpiller, mais les géants chargent et tirent à nouveau, puis jettent les engins sur le côté et se précipitent en avant pour rejoindre le reste de l'armée.

Les lances atteignent leurs cibles déjà blessées, et le

nouveau rugissement est tout aussi assourdissant que le précédent.

Comme s'ils attendaient ce moment exact, les cocatrix prennent leur forme de lézard et s'envolent, mais sans les hommes forts, cette fois… Ce qui n'est pas bon signe pour les troupes terrestres ennemies, car les hommes forts susmentionnés guident l'armée à la place.

Ce qui n'est pas terrible non plus pour les troupes ennemies, c'est le nouveau rôle de Vlad dans ce combat. Au lieu de chevaucher Kit ou Nero, le vampire court à côté de ses anciens étudiants, l'épée-portail mortelle dans la main.

Les cris de bataille s'intensifient lorsque l'armée de Nero fonce sur les forces ennemies, les exterminant comme une cuillère chaude traverse la crème glacée.

Même s'ils sont en forte infériorité numérique, la férocité des alliés de Nero me donne de l'espoir.

Pendant que les hommes forts et les géants éliminent les troupes ennemies grâce à leur force supérieure, les hommes forts semblent s'amuser. Ils doivent davantage aimer se battre sur le plancher des vaches que se faire emporter par des cocatrix. Leurs visages affichent une excitation presque malsaine pendant qu'ils découpent les ennemis en petits morceaux.

Malgré tout, Vlad n'a rien à leur envier, car il est la mort personnifiée pour les soldats ennemis. Chaque coup de son épée mortelle emporte deux, trois ou quatre vies à la fois, alors que même les soldats les plus compétents ne parviennent pas à le toucher. Comme une armée à lui tout seul, il se faufile parmi les ennemis, laissant ses alliés loin derrière lui. À mesure qu'il avance, il fait couler tellement de sang qu'une quantité non négligeable finit par atterir dans sa bouche... et quand c'est le cas, il l'avale goulûment, sortant entièrement ses canines.

Les autres alliés de Nero s'occupent également. La Conseillère Albina incinère des escadrons entiers avec son pouvoir, et le type qui est peut-être un elfe tire autant de flèches qu'une centaine d'archers normaux. Pendant ce temps, les cocatrix chassent les dragons blessés dans le ciel, utilisant leur regard mortel pour les achever, et les centaures déciment la cavalerie ennemie, leurs lances massacrant tout ce qui se trouve sur leur chemin.

Avec un rugissement, Nero et Kit s'élèvent dans le ciel. Elle rejoint les cocatrix, mais Nero vole au-dessus de l'armée ennemie.

Les bras tremblants, les archers ennemis lui tirent dessus, mais leurs flèches n'égratignent même pas ses écailles.

Nero rugit son mépris et crache du feu à l'arrière des troupes ennemies... faisant fondre des gens et leur armure en petites flaques et démoralisant une armée déjà secouée.

Pendant ce temps, Kit laisse les cocatrix et vole vers un dragon ennemi qui n'est actuellement entouré par personne.

C'est un grand dragon vert avec au moins une dizaine de lances enfoncées dans le corps.

— Tu n'es même pas un véritable dragon, semble-t-il dire en rugissant lorsqu'il crache du feu vers elle.

Kit plonge sous les flammes, puis cherche à le frapper de ses griffes.

C'est une erreur, cependant. Le dragon vert évite son coup et, avant qu'elle puisse se remettre, il griffe l'épaule de Kit.

Elle rugit de douleur.

Voyant une occasion, un dragon rouge blessé rejoint l'ennemi de Kit.

Oh, non.

Si j'avais une bouche – et un haut-parleur –, je crierais aux cocatrix ou à Nero d'aller l'aider, mais ce n'est pas le cas et ils sont tous trop occupés par leurs propres combats pour remarquer le danger.

Sans se démonter face à ce combat sur deux fronts, Kit utilise sa queue pour frapper le nouveau venu rouge pendant qu'elle mord le poignet couvert d'écailles du dragon vert.

Son adversaire rugit si bruyamment que certains des cocatrix – et surtout, Nero – regardent dans cette direction et voient que Kit est en difficulté.

En très grande difficulté, car le dragon vert déchiquette la seconde épaule de Kit avec sa patte griffue non mordue.

Nero et les autres se précipitent pour aider la Conseillère, mais ils arrivent trop tard.

Utilisant la distraction créée par son allié vert, le

dragon rouge frappe la tête de Kit avec sa queue de manière répétée, la laissant hébétée. Ensuite, il fait une manœuvre aérienne qui se termine par de profondes entailles dans le dos de Kit.

Lâchant le poignet du dragon vert, Kit tombe vers le sol en spirale, comme un avion abattu.

Avec un bruit horrible, elle atterrit sur un petit escadron de soldats ennemis, les écrasant à mort, et reste allongée là sans bouger.

CHAPITRE VINGT

NON.

C'est impossible.

Kit ne peut pas être blessée… ou pire.

Je refuse de l'accepter.

Malgré ce que Nero a dit plus tôt, je ne peux pas croire que Raspoutine parlerait de « victoire » si cela impliquait la mort d'une de mes amies.

L'énorme loup-garou et Colton, le petit géant, se joignent aux autres troupes afin d'éloigner les soldats ennemis du corps de Kit. Vlad commence également à revenir vers elle, mais il est trop loin, pour l'instant.

Kit-le-dragon semble soudain disparaître. Je panique pendant une seconde, mais je vois alors qu'elle a repris sa forme habituelle.

Est-ce un bon ou un mauvais signe ?

Elle a toujours les blessures qu'elle a reçues en tant que dragon, et elle est toujours allongée là sans donner signe de vie.

Un escadron de cocatrix fixent leurs regards mortels sur les blessures du dragon vert qui a fait du mal à Kit, pendant que Nero rugit violemment et crache un feu puissant qui incinère le dragon rouge sur-le-champ.

Sa vengeance terminée, Nero plonge comme un faucon.

En atteignant le sol, il se transforme en humain et soulève Kit pour la prendre dans ses bras comme une jeune mariée, une manœuvre qu'il a déjà exercée sur moi.

— Accroche-toi, lui dit-il avec douceur avant que la vitesse de sa course vers la tente le rende flou.

L'armée s'écarte pour Nero comme la mer Rouge pour Moïse.

Une fois que leur chef est passé parmi les rangs, tout le monde se met à se battre encore plus férocement.

Les cocatrix soutiennent les troupes au sol en attaquant les dragons restants avec une fureur renouvelée, leurs regards mortels s'entrecroisant dans le ciel comme des lasers dans un concert surnaturel.

En s'approchant de la tente avec Kit dans les bras, Nero crie :

— Phase deux !

Des sourires satisfaits apparaissent sur les visages des alliés de Nero lorsqu'une nouvelle surprise émerge de la forêt.

C'est une armée de soldats humains qui ressemblent étonnamment aux adversaires – avec la même armure et tout –, sauf qu'ils sont menés par les hommes forts et regardent les dragons blessés qui restent dans le ciel d'un air furieux.

Il semblerait que certains soldats n'aient pas seulement déposé leurs armes après la dernière bataille, mais qu'ils aient carrément changé d'allégeance.

Je parie que la capacité de Nero à discerner la vérité lui a été utile. Il se sera assuré qu'ils n'avaient pas d'intentions cachées avant de les laisser rejoindre son armée.

Voyant encore une mauvaise nouvelle débarquer, les dragons ennemis les plus éloignés de l'action se mettent à fuir.

Nero entre dans la tente et se tourne vers Isis.

Tiens. Elle, je ne l'ai pas vue sur le champ de bataille.

Se cachait-elle ici ? Pourquoi ?

— Tu crois que ça a marché ? demande Isis.

— Guéris-la, ordonne Nero au lieu de répondre en déposant doucement Kit sur la carte. Pas le temps de parler.

Isis hoche la tête et envoie son énergie sur Kit, dont les blessures terribles commencent immédiatement à se résorber.

J'aimerais pouvoir sauter de joie.

Kit va s'en sortir... enfin, on dirait bien, vu ses gémissements de plaisir assez perturbants.

— Maintenant, fais-leur croire, indique Isis avec un mouvement du menton vers l'entrée de la tente. Sois la fureur.

Nero hoche la tête, l'air sombre, et fonce hors de la tente, le visage plein de chagrin.

Hein ?

Que fait-il ?

Je n'ai pas le temps de réfléchir davantage à ce mystère, car je vois Nero se transformer en dragon et rugir quelque chose qui ressemble à :

— Vous allez payer pour ça !

Les rares dragons ennemis qui restent dans le ciel s'envolent littéralement la queue entre les jambes.

Au lieu de se lancer à leur poursuite, les cocatrix descendent pour utiliser leurs regards et leurs serres sur les troupes ennemies.

Nero ne pourchasse personne non plus. À la place, il fait diminuer les troupes au sol avec son souffle.

Pourtant, peu importe les pertes qu'ils subissent, il reste encore trop de soldats humains.

Comprenant cela également, Nero rugit quelque chose, et la femme qui contrôlait les animaux la dernière fois émerge de la forêt, suivie par toute une armée de créatures avec des griffes acérées et des dents qui le sont encore plus. D'un geste, la femme envoie ses bêtes vers l'armée ennemie, puis touche l'espèce de corail qui serpente sur le sol et se concentre.

Soudain, les espèces de tentacules arrêtent d'éviter les soldats ennemis et commencent à les saisir par les chevilles... ce qui donne encore un autre énorme avantage à l'armée de Nero.

L'armée humaine subit des pertes inimaginables et

le cours de la bataille commence à tourner, mais tout juste.

— Phase trois ! rugit Nero.

Des soldats humains apparaissent de tous les côtés de la clairière, entourant l'armée ennemie.

— Capitulez ! hurlent les géants avec leurs gorges massives.

— Capitulez ! crient Vlad et les hommes forts en assénant leurs coups mortels.

— Capitulez ! semble aussi rugir le dragon de Nero juste avant qu'il crache encore un feu infernal.

— Capitulez ! grognent les centaures.

— Capitulez ! crie la partie humaine de l'armée. Joignez-vous au véritable héritier de notre monde !

Et cela semble fonctionner.

Un par un, les soldats ennemis baissent leurs armes et s'agenouillent, les mains derrière la tête…

———

DE RETOUR dans le monde réel, il me faut quelques instants pour me réorienter. Je suis dans une voiture avec Nostradamus et Lilith, en route pour voir Lucretia… et toute cette adrénaline dans mon sang est causée par la façon de conduire de Lilith.

Je dois dire que voir Nero gagner cette bataille était merveilleux. Mais ce qui m'inquiète, c'est qu'il s'agissait de la dernière bataille « sans danger » dans les visions de Raspoutine. Et si…

— Alors, ton petit test de voyance a réussi ? demande Lilith quand elle me voit ouvrir les yeux…

Parce que c'est moi qu'elle regarde, et non l'intersection qu'elle traverse à toute vitesse, tuant presque sur le coup une gentille vieille dame et un caniche. Je m'empresse de répondre afin qu'elle se concentre sur les piétons :

— Je crois. D'un autre côté, je n'ai vu aucune preuve que les événements de ma vision auront lieu exactement dans un jour à partir de maintenant.

— Tu as réussi à cibler un jour dans l'avenir ? s'extasie Nostradamus. La plupart des voyants n'ont que quelques secondes de pouvoir quand ils essaient la première fois.

Super. J'aurais aimé le savoir *avant* de faire mon test.

Tant pis. Espérons simplement que je n'ai pas utilisé trop de mon pouvoir avec cette vision ciblée. Il reste encore beaucoup de choses que j'aimerais prévoir, à commencer par l'issue de la dernière bataille de Nero.

Avant que je puisse retourner dans l'espace mental, nous faisons un virage serré qui me soulève le cœur et prenons la direction de Brighton Beach. Les devantures de magasins filent sous mes yeux. Même si je suis capable de lire les noms russes, maintenant, ils passent trop vite pour que je les enregistre.

Deux secondes et dix cheveux gris plus tard, la Ferrari s'arrête dans un crissement de pneus.

Stupéfaite d'être en vie, je défais ma ceinture de sécurité.

— Merci, Nostradamus, dis-je en me retournant pour le regarder. Toi aussi, Marius.

Je souris à la bête poilue.

— Et toi particulièrement, dis-je en regardant Lilith, qui sourit comme le Grinch.

J'ouvre la portière et tombe de la voiture à cause de mes jambes instables.

Lilith descend également.

— J'ai peut-être oublié de mentionner le fait que cette réunion est avec ma psy. Elle est donc privée. Ce qui signifie que tu ne peux pas te joindre à nous.

— Oh, boude Lilith. Mais j'aimerais passer plus de temps avec toi.

— Que dirais-tu de faire ça plus tard ?

Le visage impassible, je lui tends la main.

— On pourrait échanger nos numéros et organiser quelque chose ?

Elle s'empresse de sortir son tout nouvel iPhone, le déverrouille, et le pose sur ma paume.

Quand je prends l'appareil, des dizaines d'astuces de mentaliste tourbillonnent dans ma tête. Elles impliquent toutes un secret sournois : fouiller dans le téléphone de quelqu'un. J'utilisais souvent cette méthode pendant mes spectacles au restaurant. Seulement, là-bas, je faisais semblant d'avoir besoin de l'application de calculatrice d'une personne, ou de voir une photo qui la « représente vraiment » ou une image de son animal domestique afin que je « devine son nom ».

Tout comme je le ferais pendant un spectacle, je

donne l'impression de m'ennuyer et de ne pas être intéressée pendant que je navigue discrètement parmi les appels récents avec une habileté que j'ai répétée. Une fois que j'y suis, je mémorise les quelques numéros que je vois. Malheureusement, aucun ne possède un nom de contact. Ça ne fait rien, cependant. Felix devrait maintenant être mieux placé pour découvrir qui Lilith a appelé dans cette vision que j'ai eue plus tôt. En outre, si nous avons de la chance, il pourrait découvrir ce qui a été dit.

Ayant accompli mon sale boulot, je quitte les appels récents avec des gestes bien répétés et j'affiche l'application des contacts. Je tourne l'écran afin que Lilith puisse le voir – et plus tard jurer qu'elle ne l'a jamais quitté des yeux –, je clique ostensiblement sur le bouton « nouveau contact » et je complète mes coordonnées, puis je passe un coup de fil à moi-même.

En lui rendant son téléphone, j'attends que le mien se mette à sonner, puis j'ajoute Lilith en tant que contact, tout en réprimant un autre sourire satisfait.

Maintenant, je peux également donner son numéro à Felix.

— Tu veux que je mette quelque chose pour ton nom de famille ? dis-je à Lilith avant de cliquer sur « sauvegarder le contact ». Est-ce Raspoutina… la variation féminine du nom de famille de mon père ?

— Non. Même si Grisha et moi avons eu une cérémonie, je n'étais pas officiellement divorcée de mon mari précédent.

Faisant semblant d'avoir honte, elle pose la main sur sa gorge.

— Tu n'es pas une enfant légitime, j'en ai peur. Quel scandale.

— Ça m'est complètement égal.

Pendant que je parle, j'écris « la méchante » au lieu d'un nom de famille.

— Et si tu mettais Rossi ? suggère Lilith. C'était le nom de mon mari. Ça, c'était un homme qui savait ce que je voulais... souvent avant que je le sache moi-même.

Elle agite lascivement les sourcils.

Berk. Elle a vraiment besoin d'une leçon de bonnes manières.

Une seconde.

Pourquoi ce nom de famille de Rossi me paraît-il si familier ?

— Sasha ! crie la voix habituellement calme de Lucretia. Pourquoi parles-tu à *cette femme* ?

Je me retourne et je vois Lucretia devant le restaurant, ses yeux bleus sortant presque de leurs orbites.

Je comprends alors.

Sauf que c'est impossible.

Mais c'est bien là que j'ai entendu ce nom.

Je me tourne vers Lilith, puis je regarde mon amie et psy, puis à nouveau l'incarnation du mal.

Oui.

Si les gens au travail trouvent que Lucretia et moi

nous ressemblons, ils n'ont pas encore comparé ses traits à ceux de Lilith.

Maintenant que je la cherche, la ressemblance est extraordinaire.

Et, bien sûr, le nom de famille de Lucretia est Rossi.

Un nom qu'elle a dû recevoir de son père… un père qui était certainement un empathe, comme sa fille.

Lilith regarde également Lucretia, puis moi, et un sourire diabolique s'étale sur son visage.

— Je croyais que c'était un déjeuner avec ta psy, dit-elle. Tu n'as pas précisé que c'était une réunion de famille.

CHAPITRE VINGT-ET-UN

JE REGARDE LUCRETIA, bouche bée.

— Tu es ma sœur ? Pourquoi ne me l'as-tu jamais dit ?

Lucretia m'observe avec des yeux ronds.

— Tu es sa fille aussi ? Attends, non, c'est impossible. Tu es née dans ce monde et elle en est partie il y a cent...

Elle arrête de parler, se souvenant sans doute que mon acte de naissance date d'un siècle.

En se tournant vers Lilith, elle la toise avec un mépris non dissimulé.

— Tu en as donc engendré encore plus pour les abandonner ? J'ai combien de frères et sœurs, maintenant ?

— Des frères et sœurs ? je m'exclame, stupéfaite. Au *pluriel* ?

— Nous ferions mieux de partir, ma chère, indique

Nostradamus à Lilith depuis la voiture. Quelque chose d'important vient d'arriver.

— Sauvée par la vision, dit Lilith en poussant un soupir théâtral.

Elle fait le tour de la voiture jusqu'au siège conducteur.

— Profitez bien de vos ragots, lâche-t-elle. Et n'oublie pas que Lucretia est celle qui a introduit tout le concept de « faire porter le blâme à la mère » dans le domaine de la psychologie sur ce monde. Son préjugé contre moi est aussi injuste qu'il est marqué.

Elle nous salue de la main comme une miss à la télévision, puis s'installe au volant et s'en va à toute vitesse.

Lucretia continue à me fixer.

— Comment est-ce possible ? me demande-t-elle d'une voix mal assurée. Comment la connais-tu ? Pourquoi est-elle revenue ?

Je hoche la tête, perplexe.

— Tu es ma sœur ? Ma demi-sœur ?

— On dirait bien.

Lucretia m'examine comme si elle me voyait pour la première fois.

— Bon, fait-elle après une pause. Je pense que ça mérite au moins un câlin.

Je m'avance vers elle en hésitant et serre sa silhouette mince entre mes bras. Ses cheveux ont l'odeur des bois calmes et pleins de mousse, et j'ai la tête qui tourne en essayant de comprendre mes émotions tumultueuses.

Sous la surprise, je ressens une drôle de légèreté, mêlée d'une excitation grandissante. Voilà comment j'ai toujours fantasmé les retrouvailles avec ma famille de naissance.

C'est tellement différent du moment où j'ai rencontré Raspoutine, le père qui m'a abandonnée pour me sauver, et ça n'a strictement rien à voir avec ma rencontre avec la lunatique Lilith.

Ces joyeuses retrouvailles sont ce que j'ai toujours espéré, et c'est un véritable avantage d'avoir apprécié Lucretia avant de savoir que nous étions de la même famille. Je l'aimais déjà beaucoup, et je la respectais.

En fait, si je faisais une liste des personnes avec lesquelles j'aimerais avoir un lien familial, elle serait parmi les premières.

Je la serre avec plus de force.

Après plusieurs minutes, du moins c'est l'impression que j'ai, nous nous écartons doucement en souriant comme des idiotes.

— On va aller te nourrir, annonce-t-elle en hochant la tête vers le restaurant. Tu as l'estomac dans les talons.

Comment a-t-elle... Ah oui, elle peut ressentir ma faim avec ses pouvoirs d'empathe.

J'espère qu'elle a aussi ressenti la joie que me cause cette révélation.

Nous entrons et nous nous installons.

— Pardon, lui dis-je quand le serveur nous tend deux menus. Je viens de me rendre compte que je t'ai donné rendez-vous au restaurant, mais que tu ne peux rien manger.

Elle hausse les sourcils.

— Je *peux* manger.

Quand le serveur s'en va pour nous chercher de l'eau, elle chuchote :

— C'est juste que je n'en ai pas besoin… comme avec le sommeil.

J'ouvre mon menu.

— Les vampires peuvent donc manger et dormir ? Vlad m'a fait penser le contraire.

— Ce n'est pas parce que l'on *peut* faire une chose qu'on veut la faire quand ce n'est pas obligatoire.

Elle regarde le menu et fronce le nez.

— Le plaisir de manger de la nourriture humaine est fade en comparaison avec l'extase que procure notre façon de nous nourrir.

Elle lève la tête et regarde autour d'elle, vérifiant que personne ne nous écoute.

— Le sommeil ne nous procure pas non plus de repos après la transition… C'est juste une occasion de rêver : une récompense douteuse quand on a gâché huit heures à rester allongé dans un endroit sans bouger.

Je secoue la tête, essayant d'imaginer comment serait une vie sans le besoin de manger ou dormir. À ce moment précis, je donnerais cent dollars pour une sieste et le double pour un bon repas.

Avec un peu de chance, ça ne sera pas nécessaire. Les prix de cet endroit me paraissent raisonnables.

Je pense soudain à quelque chose :

— Une minute. Comment vais-je pouvoir te parler de toutes ces histoires de Conscients ? Tu as perdu ton aura de Mandat quand tu t'es transformée, alors je ne devrais pas avoir le droit de te parler, si ?

Elle sourit.

— Heureusement, le Mandat est assez subtil pour prendre en compte ce genre de choses. Son principal objectif est de nous empêcher de révéler des secrets des Conscients aux non-initiés. Comme je suis déjà au courant de tout, tu peux me parler librement.

Le serveur revient et j'impressionne Lucretia en commandant en russe.

En anglais, elle commande une soupe *tushpera*. Pour le serveur, elle fait semblant de ne pas avoir très faim aujourd'hui.

— Allez, crache le morceau, commence-t-elle quand il part. Comment connais-tu Lilith, et surtout, pourquoi est-elle de retour dans ce monde ?

— Ah, oui. Je suppose que nous n'avons pas eu l'occasion de nous parler depuis ma dernière aventure.

Je me lance alors dans l'histoire des combinaisons spatiales alimentées par des gnomes, du voyage dans des Autremondes mortels et du sauvetage de mon père biologique. La partie que j'omets volontairement, c'est le fait que Nero est un dragon, car ce n'est pas à moi de révéler son secret, et je ne dis pas non plus ce qu'il s'est passé entre nous dans la chambre d'hôtel parce que, eh bien, c'est trop personnel.

— Elle est venue se venger de Nero, mais elle a

appris ma présence, dis-je en conclusion. Puis elle m'a sauvé la vie deux fois aujourd'hui, mais je ne sais pas du tout pourquoi elle est ici.

— Elle t'a sauvée ? Ça ne lui ressemble pas du tout. Cette femme n'a pas une once d'instinct maternel.

Lucretia fronce les sourcils.

Le serveur nous apporte nos soupes et le pain *lepyoshka*, alors nous nous arrêtons temporairement de parler.

— C'était comment, de grandir avec elle ? m'enquiers-je quand nous sommes à nouveau seules.

— Je ne sais pas, lâche Lucretia avec amertume. Mon père m'a plus ou moins élevée tout seul. Elle venait seulement de temps en temps pour, et je la cite, *avoir les meilleurs orgasmes de sa vie.*

Waouh. La tendance qu'a Lilith de révéler les choses que l'on ne veut pas savoir remonte à très longtemps.

Je souffle sur une cuillerée de ma soupe *lagmon* et regarde Lucretia. Je remarque l'ironie de cette inversion entre nos rôles habituels de thérapeute et de patiente.

— Être une empathe est parfois une malédiction, dit ma nouvelle sœur en touillant sa soupe d'un air absent. Quand mon père était en vie, je ressentais sa joie quand il me parlait. Mais quand Lilith daignait venir, il y avait un trou noir à l'endroit où auraient dû se trouver les sentiments affectueux. La seule chose que j'ai pu ressentir chez elle, c'est une déception occasionnelle. Je soupçonne que Lilith m'a toujours considérée comme un effet secondaire agaçant du sexe hallucinant avec mon père.

Je ne suis pas sûre que Lucretia s'en rende compte, mais elle est en train de tordre sa cuillère.

— Pour Lilith, je suis comme une maladie sexuellement transmissible qui parle, rien de plus.

Elle a lâché sa cuillère, paraissant presque aussi sombre que Vlad, et je me demande s'il serait inapproprié de la serrer encore dans mes bras une ou deux fois.

Puisqu'elle ne le fait pas dans son rôle de psy, je ne le fais pas non plus, mais je couvre sa main avec la mienne et je la serre pour la rassurer.

— Pardon, murmure-t-elle en secouant la tête, son sang-froid habituel revenant alors qu'elle retire sa main et me fait un petit sourire. Comme tu le vois, c'est un sujet sensible.

— C'est normal. Mais tu es certaine qu'elle est entièrement mauvaise ?

Constatant que je dois paraître pathétiquement naïve, j'ajoute :

— Je veux dire, elle n'était pas obligée de me sauver aujourd'hui, mais elle l'a fait. À la façon d'une psychopathe, d'accord, mais je serais morte sans elle… et Raspoutine aurait sans doute été tué, lui aussi.

— Je ne sais pas, répond Lucretia, dont le regard se durcit. J'ai accepté la vérité que ma mère est un monstre depuis longtemps, et maintenant, je ne peux plus être déçue.

Je fais l'erreur de placer une cuillerée de soupe dans

ma bouche, et le goût riche des nouilles et de la nourriture épicée submerge tout le reste pendant quelques instants.

— Elle se voit peut-être davantage en toi, suggère Lucretia en portant une cuillerée de soupe à sa bouche elle aussi, avant de grimacer de dégoût.

En reposant la cuillère, elle ajoute :

— Voir ces ressemblances a peut-être réveillé quelque chose de maternel en elle ? Même les mères drekavac aiment leur abominable progéniture.

— Attends, tu es en train de dire que je suis comme elle ?

Je m'étouffe presque d'indignation avec ma soupe.

— Comme la personne que tu considères comme un monstre ?

— Ce n'est pas ce que je veux dire, reprend-elle en touillant sa soupe à nouveau. Vous partagez toutes les deux une certaine sournoiserie, même si tu as toujours canalisé la tienne en vue d'objectifs positifs, comme des illusions, ce qui fait toute la différence.

J'arrache un gros morceau de pain, le fourre dans ma bouche et réfléchis pendant que je mâche.

Raspoutine a lui aussi dit que j'avais certaines choses en commun avec Lilith. Et ce doit être vrai, parce que ses commentaires m'ont aidée à comprendre l'essence de Lilith et à avoir une vision d'elle.

Cela soulève donc la question suivante : pourrais-je être une psychopathe assassine dans d'autres circonstances ?

Est-ce pour cela qu'elle essayait de me pousser à

éliminer ces chorts… et tous ces innocents dans l'histoire alternative empêchée par Raspoutine ?

Est-elle comme le Dr Evil, cherchant son Mini-Moi ?

— Je suis désolée, s'excuse Lucretia. Je ne voulais pas te faire ressentir tout ça. Je suis la pire sœur qui soit et une psy encore plus mauvaise.

J'avale si vite une bouchée de nouilles que je m'étrangle presque avec.

— Tu es une thérapeute incroyable et une sœur merveilleuse, dis-je quand c'est à nouveau possible. En parlant de sœurs, tu as dit quelque chose au sujet d'autres frères et sœurs. Que voulais-tu dire ? J'en ai d'autres ?

— Hmm.

Elle regarde son bol de soupe qui refroidit.

— Je ne connais qu'une seule autre personne. Quelqu'un que notre merveilleuse mère a eu avec encore un autre homme. Mais cette personne n'apprécierait peut-être pas que je te révèle son identité comme ça. Je suis désolée.

— Oh, allez, j'insiste en me demandant s'il est trop tôt pour retirer mon commentaire de « sœur merveilleuse » d'il y a quelques secondes. Tu ne vas vraiment rien me dire ?

— Et si je lui en parlais ? suggère-t-elle pour m'apaiser. Je suis certaine que cette personne voudra en discuter avec toi.

— Je suppose.

Je réprime l'envie d'ajouter : *sinon, je peux poser la question à Lilith, à la place.*

Inspirant profondément comme Lucretia elle-même me l'a appris, je lui dis :

— Je veux vraiment savoir qui c'est. Toute ma vie a été remplie de questions au sujet de mon héritage biologique, et maintenant, tu me donnes un mystère de plus à ruminer.

— Je vais faire de mon mieux pour résoudre ça rapidement, affirme Lucretia avant de s'arrêter de parler, parce que le serveur apporte le reste de ma nourriture.

Pendant qu'il retire nos bols de soupe, Lucretia sort son téléphone et envoie un texto à quelqu'un.

— J'ai demandé une rencontre, dit-elle quand le serveur est hors de portée. Je te tiens au courant.

Il me faut toute ma volonté pour ne pas lui prendre le téléphone des mains et vérifier qui elle vient de contacter. À bien y réfléchir, je pourrais demander à Felix de pister ce texto en même temps que les appels de Lilith. Après tout, nous connaissons le numéro de Lucretia et...

— Ne fais pas ce à quoi tu viens de penser, insiste Lucretia. S'il te plaît. Je te le demande comme une faveur.

— Très bien.

J'entame alors mon *plov*.

— Tu m'en veux, dit Lucretia en me regardant nettoyer mon assiette dans un silence bougon.

Je fais suivre la nourriture par de l'eau.

— Dans la même situation, tu réagirais différemment ?

— Quand tu rencontreras cette personne, je pense que tu comprendras, dit-elle.

Je me fige et je pâlis.

— Ce n'est pas Nero, hein ?

— Non, répond-elle avec un sourire entendu. Nero et toi n'avez pas de lien familial. Étant donné ce que vous ressentez tous les deux, ce serait assez perturbant.

— Tu crois ? j'ironise sans même prendre la peine de réagir aux commentaires sur *ce que nous ressentons*.

Bien sûr que Nero et moi n'avons pas de lien familial. Elle a envoyé un texto à ce frère ou sœur mystère, et Nero n'est pas joignable par texto en ce moment. En outre, Lilith n'a pas réagi comme si elle connaissait Nero quand ils se sont battus dans son monde... et avec un peu de chance, elle reconnaîtrait son propre fils.

— Bon, dis-je, magnanime. Je ne suis pas fâchée contre toi. Pas trop, en tout cas.

— Bien. Mais c'est moi qui paie ce repas.

— D'accord. En échange, tu vas aussi me dire des choses sur toi. Des choses privées que tu ne dirais qu'à une sœur.

Elle me fait un sourire à la Mona Lisa.

— Tu cherches toujours un avantage à toutes les situations. Bon, puisque tu insistes, il y a bien quelque chose d'enthousiasmant dans ma vie dont je n'ai parlé à personne. Je n'avais même pas l'intention d'aborder le sujet, mais on dirait que je te dois au moins quelque chose de cet acabit.

Elle marque une pause, comme si elle hésitait à poursuivre. Je transperce un morceau d'agneau avec ma fourchette.

— Waouh, tu as donc une nouvelle croustillante. Crache le morceau, je ne te lâcherai pas tant que tu ne me l'auras pas avoué.

— D'accord.

Elle regarde autour d'elle comme si elle était sur le point de révéler les codes nucléaires des États-Unis.

— C'est au sujet de Yaroslav, lâche-t-elle sur un ton de conspiratrice avant de s'arrêter de parler.

Son secret est lié à sa relation avec le bannik ? Je m'avance au bord de ma chaise et je mâche soigneusement, ne souhaitant pas qu'elle arrête de parler.

— Lui et moi, nous essayons, finit-elle par avouer. S'il te plaît, n'en parle pas autour de toi.

Ils essaient ?

Quand j'analyse le sens de ces mots, je m'étouffe presque avec mon morceau d'agneau à moitié mâché. Une fois que ça va mieux, je scrute son visage à la recherche d'une trace de plaisanterie, mais je n'en trouve pas.

— Vous essayez d'avoir un bébé ?

— Il a utilisé son pouvoir pour trouver un avenir dans lequel nous réussissons, chuchote-t-elle. Il a fallu une grande partie de son énergie, au point qu'il a été complètement vidé pendant des jours, mais il pense avoir trouvé le bon moment et un endroit où nous pourrons être intimes et qui mènera au résultat que nous désirons.

Vidé pendant des jours ? Bon, on dirait que donner trop d'informations est un défaut familial.

Malgré tout, je suis contente que Lucretia m'en ait parlé. Je l'avais un jour soupçonnée d'être ma mère et lui avais demandé si elle avait des enfants. Elle avait sous-entendu qu'elle avait eu un amant humain à un moment donné, et qu'ils n'avaient jamais réussi à avoir d'enfants. En lisant entre les lignes, j'avais eu l'impression qu'elle en avait vraiment envie.

De façon plus égoïste, j'aimerais beaucoup avoir un petit neveu ou une nièce. Et si je me base sur la beauté du bannik – et de Lucretia elle-même –, ce bébé sera sans doute super mignon.

— Je suppose que c'est confirmé, je songe à haute voix. Une vampire peut tomber enceinte. C'était déjà ce que je pensais, puisque Lilith m'a eue, mais…

— Ça rend juste la grossesse moins probable, explique Lucretia. C'est pourquoi Yaroslav a travaillé dur.

J'éclate de rire.

— Bref, poursuit-elle en faisant comme si elle n'avait pas compris l'ambiguïté de ces mots. Avant que tu poses la question, n'importe quel type de Conscient – y compris un bannik – est compatible de cette façon.

— Ce n'est pas ce que j'allais demander. Je m'intéresse davantage à ces visions que Yaroslav doit avoir de façon répétée. Ça doit vraiment être *très dur.*

J'agite les sourcils.

— Pas étonnant qu'il n'ait plus de jus. Non, attends, le jus a des connotations salaces dans ce contexte. L'énergie du voyant ? Non, toujours pas.

J'apprends encore autre chose sur la physiologie des vampires.

Ils sont capables de rougir.

— Tu utilises simplement l'humour pour dévier une conversation qui te met mal à l'aise, annonce Lucretia en me jetant un regard appuyé. Laisse-moi répéter ce que je disais : n'importe quel Conscient, même ceux du type de Nero, peut…

— Je pense que je voudrais du dessert, dis-je assez fort pour que le serveur m'entende.

Il s'avance vers nous et Lucretia lève les yeux au ciel dans son dos.

Sait-elle réellement ce qu'est Nero ? On dirait bien.

Même si je me sens déjà sur le point d'exploser, je commande un thé vert et une part de baklava.

— Sais-tu quand vos efforts porteront leurs fruits ? je demande à Lucretia quand le serveur s'en va.

Elle penche la tête sur le côté.

— Tu changes encore de sujet. Tu sais, j'ai compris que tu avais omis quelque chose d'important quand tu m'as parlé de tes dernières aventures. Quelque chose qui a eu lieu dans un hôtel, peut-être ?

Fichues capacités de psy empathe. Elle a dû percevoir mon omission. À moins que…

— Est-ce que Nero t'en a parlé ?

— Si c'était le cas, ce serait protégé par le secret professionnel.

Un sourire apparaît alors sur son visage.

— Et maintenant, tu as confirmé mes soupçons.

Le serveur apporte le dessert, et je cherche à savoir si je veux raconter à Lucretia ce qui est arrivé.

— Très bien, je commence, une fois le serveur reparti. Voilà.

Je lui raconte comment Nero et moi nous nous sommes embrassés, de façon répétée, et comment ce jour-là, il m'a fait d'autres choses, mais n'a pas pris le risque que je fasse quoi que ce soit pour lui.

— Je ne pense pas seulement qu'il s'agisse de sa peur de perdre le contrôle et de te faire du mal... ce qui est une inquiétude valable, dit-elle, pensive, confirmant qu'elle est au courant de sa nature de dragon. Mais je ne peux pas en parler de façon plus détaillée avec toi, car c'est un patient.

Je serre ma tasse de thé brûlant.

— Il t'en a parlé ?

— Je suis désolée. Je ne peux pas confirmer ou nier.

— Oh, allez. Qu'est-ce qu'il a dit ? Souviens-toi que tu m'en dois une après le mystère du frère ou de la sœur.

Le téléphone de Lucretia annonce un message.

— Oh, zut, dit-elle en le regardant. J'ai une urgence avec un patient.

— Bien sûr. Et je suis une ballerine.

— Je te jure que je dois partir.

Lucretia fouille dans son sac, sort son porte-monnaie et pose un billet de cent dollars sur la table.

— S'il te plaît, ne sois pas fâchée.

— Tu ne me facilites pas la tâche, dis-je en fourrant le baklava dans ma bouche.

— Je me rattraperai, promis, dit-elle avant de m'embrasser sur ma joue pleine de dessert et de courir vers la porte.

C'est peut-être vraiment une urgence ?

Je finis de mâcher, et, pendant que je bois mon thé, je me rends compte que toutes ces histoires de frères et sœurs ont détourné mon attention de quelque chose d'assez urgent qui a également un rapport avec Nero : la future bataille à Godiva.

Eh bien, le présent est le meilleur moment pour découvrir l'avenir.

Je pose ma tasse et me concentre sur l'espace mental.

Une fois que je flotte parmi les formes des visions, j'hésite à utiliser ma nouvelle capacité pour cibler un moment spécifique. Si je le fais, je pourrais viser dans deux jours : un premier parce que ma dernière vision concernait déjà demain, et un deuxième parce que Nero a dit que c'était le moment où ils seraient à Godiva… Mais il parlait d'un jour pour lui, ce qui n'est peut-être pas un jour pour moi à cause de la relativité des voyants.

Non, comme je risque de rater mon coup et que Nostradamus a expliqué que cibler utilise beaucoup de pouvoir, je préfère garder cet entraînement pour plus tard. J'ai tellement tiré sur la corde aujourd'hui que je vais sûrement être à court bientôt.

Quoi qu'il en soit, si une vision non ciblée ne m'obtient pas ce que je veux, je pourrais toujours dépenser mon énergie à ce moment-là.

Je me prépare à voir l'essence de Nero, mais une intuition m'indique de cibler Kit à la place.

Elle a été blessée lors de la dernière bataille, alors ce serait une bonne idée de voir comment elle va de toute façon, même sans mon intuition.

Quand je pense à Kit, des formes apparaissent.

Des formes menaçantes.

Mince.

Je m'étire vers l'une d'entre elles et espère de tout mon être que je ne suis pas sur le point d'assister à la mort de Kit.

CHAPITRE VINGT-DEUX

COMME AU DÉBUT de la vision précédente, Nero se tient dans une tente, entouré par ses généraux. Colton, Vlad, Isis et d'autres Conscients de la Terre sont présents également, ainsi que deux groupes de personnes que je n'ai encore jamais vues.

Le premier est vêtu comme les humains qui ont changé de côté pendant les deux dernières batailles. Je suppose qu'il s'agit des commandants responsables de ces troupes. Le deuxième groupe est le plus intéressant.

Ils possèdent tous des anneaux cornéo-limbiques réagissant comme ceux de Nero... ce qui me laisse penser qu'il s'agit de dragons.

— Nous y sommes, annonce Nero au groupe de dragons. Si vous voulez retirer votre soutien, ceci est votre dernière chance. Une fois que vous serez vus à mes côtés dans le ciel, votre destin deviendra le mien.

— Je te soutiendrai, en tant que véritable héritier de la dynastie Gorinych, affirme un grand homme au nez crochu. Et je doute que quelqu'un d'autre ici ait pris sa décision à la légère au point d'abandonner au dernier moment.

— En effet, dit une femme dragon blonde et exceptionnellement belle. Vous avez vu l'état de l'empire de vos propres yeux. Vous avez vu comme le soi-disant règne de Yudo est mal géré.

— Désigne-le seulement par le nom *d'usurpateur* en ma présence, grogne Nero. Oui, j'ai vu la pauvreté et la déchéance des dragons et des humains. Mon père s'étrangle sans doute avec son propre feu dans sa tombe.

Les dragons hochent la tête, l'air sombre.

— Même avant votre arrivée, des rumeurs au sujet du droit de régner se sont transformées en véritable conspiration, explique un dragon mince avec des yeux vert océan. Il pense sans doute pouvoir ajouter de la légitimité à son règne en épousant Claudia, mais pour les plus vieux d'entre nous, ça donne juste l'impression qu'il est faible et qu'il manque d'assurance.

Le visage de Nero est tellement furieux que je m'attends presque à ce qu'il se transforme en dragon et crache du feu. Tous les non-dragons de la tente – même les géants – font un pas en arrière.

— Jusqu'à l'annonce du mariage, nous ne savions même pas qu'elle était en vie, dit le dragon qui semble le plus âgé. Maintenant, nous sommes beaucoup d'anciens à nous demander pourquoi il l'a cachée tout ce temps. Pourquoi ne pas l'avoir épousée ou tuée il y a longtemps ? Pourquoi ne pas…

— Le lâche l'a gardée en otage, grogne Nero. Il savait que je risquais de revenir un jour, et qu'elle est la seule chose qui m'aurait empêché de détruire tout Godiva.

— Ça, ou bien il a prévu qu'il aurait besoin de mélanger un jour son sang avec celui de la lignée royale, dit le type au nez crochu. Il a toujours été assez doué pour comprendre comment sauver sa peau.

— Quelle que soit la raison pour laquelle il l'a détenue, ce mariage ressemble à un acte désespéré à nos yeux, intervient la femme. En ce qui me concerne, il mérite encore moins le pouvoir, maintenant.

— Je m'inquiète pour Claudia une fois que Yudo – l'usurpateur, je veux dire – sera dos au mur, fait remarquer un dragon à l'air sportif qui n'a pas encore pris la parole jusque-là. Sauf si vous pensez qu'il compte échanger la vie de Claudia contre la sienne ?

Les anneaux cornéo-limbiques de Nero s'étendent jusqu'à emplir ses yeux.

— L'usurpateur ne vivra pas jusqu'à demain. Laissez-moi m'occuper de Claudia. Votre travail est sur le champ de bataille à l'extérieur de cette tente.

Les dragons hochent solennellement la tête, leurs anneaux cornéo-limbiques montrant divers degrés d'enthousiasme.

— Écoutez-moi tous, annonce Nero, dont la voix grave résonne dans la tente. Nous avons vu les crimes de l'usurpateur. Nous avons battu ses laquais. Nous sommes devenus plus forts et nous avons conclu des alliances.

Il jette un regard appuyé vers ses nouveaux amis humains et dragons.

— Aujourd'hui, nous mettons fin à tout ça. La bataille de Godiva figurera dans les légendes.

Il regarde les hommes forts.

— Des chansons seront chantées au sujet de chacun d'entre vous.

À la délégation des cocatrix, il déclare :

— Ce sera l'événement le plus grandiose que ce monde ait jamais vu.

Il lève ensuite la tête vers les géants.

Il continue son discours émouvant pendant quelques minutes de plus jusqu'à ce que tout le monde dans la tente semble prêt à déchiqueter l'ennemi avec les dents.

Nero hoche la tête d'un air satisfait en voyant la férocité de chaque visage, puis il sort de la tente et ses alliés motivés se ruent à sa poursuite.

À l'extérieur, je vois une autre crête de montagne argentée, celle-ci ayant la forme d'une demi-lune.

Ces montagnes ne sont pas simplement immenses, elles semblent s'étirer vers l'espace. Je parie que la plus petite est plus haute que le mont Everest sur Terre, ou peut-être même que Olympus Mons, sur Mars. Même s'il n'y a pas de nuages dans le ciel, on ne distingue pas les sommets des montagnes. C'est comme si les plaques tectoniques de ce monde avaient conspiré pour créer un paysage donnant l'impression à des créatures aussi grandes que les dragons qu'elles sont petites et insignifiantes.

À l'intérieur de la demi-lune se trouve un château : mais au premier regard, celui-ci ressemble également à une montagne. Il est à la fois assez large et assez haut pour en être une. Construite en obsidienne teintée de chrome, la structure donne l'impression d'avoir été fondue à partir de la plus haute montagne par le souffle enflammé d'un million de dragons... et qui sait, il a peut-être réellement été formé ainsi.

C'est l'endroit parfait pour faire siéger un pouvoir impérial : entourée par ces montagnes astronomiques, l'entrée de la demi-lune est le seul endroit par lequel on peut pénétrer dans Godiva par la terre ou les airs, rendant toute attaque-surprise impossible.

Et il est évident que Nero est attendu. Chaque centimètre de sol rocailleux autour du château est couvert de troupes ennemies.

Des archers, de la cavalerie, et des soldats à pied sont tous armés jusqu'aux dents et portent des armures de bien meilleure qualité que celles des légions précédentes combattues par Nero.

Surtout, ces gens semblent très décidés à se battre jusqu'au dernier. Je ne pense pas qu'ils se rendront.

Mince.

Le pire, c'est que Raspoutine n'a pas dit à Nero comment cette bataille va se terminer. Il est possible que les chances contre les hommes de Nero soient proportionnelles à la différence en effectifs des deux armées : cinquante contre un, ou quelque chose du genre.

Le ciel au-dessus des troupes paraît encore plus

intimidant, chaque mètre cube étant rempli de dragons ennemis de couleurs, de formes et de tailles différentes.

L'armée de Nero ne peut pas gérer autant d'ennemis de cette envergure... même avec l'aide des dragons dans la tente.

— Pas de pourparlers, cette fois ? demande la Conseillère Albina en jetant un coup d'œil inquiet vers le ciel.

Les narines de Nero frémissent.

— L'usurpateur n'est même pas sur le champ de bataille. Ce n'était pas réaliste d'espérer qu'il m'affronte seul.

Albina désigne un dragon qui semble deux fois plus grand que les autres.

— Et celui-là ?

— Zmey est fort, mais pas très intelligent, indique Nero en levant les yeux. Ça m'étonnerait que l'usurpateur lui ait ordonné de participer à des pourparlers.

— Bon. Quand commençons-nous ? demande Albina en faisant jaillir de l'énergie blanche entre ses paumes.

— À mon signal, déclare Nero en avançant vers l'endroit où quelques escadrons de soldats se mêlent aux dragons de la tente.

Tous les dragons sauf deux – le sportif et celui au nez crochu – sont nus, et la plupart des troupes derrière eux sont également en tenue d'Adam.

Intéressant.

Soit c'est un régiment de nudistes, soit ce sont des

dragons sous forme humaine qui n'ont pas envie d'abîmer leur armure en se transformant... Et si c'est le cas, la différence entre les deux armées ne sera pas aussi terrible que je le craignais.

— Transformez-vous, ordonne Nero à un groupe nu.

Ses interlocuteurs se métamorphosent en des dragons particulièrement grands, puis s'accroupissent autant que possible.

Oui.

Des dragons.

Cela équilibre un peu les forces... enfin, si l'on peut considérer que les chances sont meilleures à un dragon pour trente.

Nero fait alors un geste vers les géants qui portent les armes d'Itzel, des harpons alimentés par la vapeur. Ils s'avancent pesamment et posent les engins sur les dos des dragons, puis utilisent des cordes épaisses pour les y attacher.

Un groupe de cocatrix sous forme humaine grimpe sur les dragons. Ils se perchent derrière chacune des armes en s'accrochant aux déclencheurs en corde.

— Maintenant, à vous, dit Nero aux soldats nus derrière le dragon femelle de la tente.

Malgré la situation tendue, je suis contente de voir que le regard de Nero ignore son corps parfaitement formé, apparemment insensible à ses charmes.

Ses soldats et elle se transforment en dragons et les autres guerriers cocatrix montent sur leurs dos, armés de lances aux pointes en diamant.

Nero hoche ensuite la tête en direction du plus vieux dragon. L'ancien se métamorphose, tout comme ses troupes à poil.

Je m'attends ensuite à ce que le dragon à l'air sportif se déshabille et se transforme, mais lui et ses soldats – qui portent des armures – saisissent d'autres lances et grimpent sur les dos de l'escadron du dragon plus âgé sans changer de forme.

Soit les soldats du sportif ne sont pas des dragons, soit c'est une tactique pour cacher leur véritable nombre.

Je parie sur cette deuxième possibilité : en tout cas, si mon patron gère la bataille comme il gère généralement ses portefeuilles d'actions.

— Pozoj, dit Nero au dragon qui a le nez crochu. Tu vas t'assurer que personne, particulièrement l'usurpateur, ne quitte le champ de bataille.

Pozoj hoche la tête d'un air solennel avant de donner ses ordres.

Pendant qu'il parle, je me rends compte que la forte position défensive de Godiva sera à double tranchant pour l'usurpateur s'il essaie de s'échapper.

Si je pouvais intervenir, je demanderais à Nero s'il ne valait pas mieux utiliser Pozoj dans la bataille aérienne. L'évasion de l'usurpateur me semble moins importante ; mais je suppose que je ne suis pas motivée par une vendetta, moi.

Quand il a fini de parler avec les autres dragons, Nero contourne le reste de son armée et donne des ordres aux chefs des troupes. À un moment donné, il doit estimer que tout le monde est prêt, car il se transforme en dragon et rugit ce qui ressemble à :

— À l'attaque !

Le sol tremble sous leurs pieds pendant que les géants marchent vers le château et que les centaures se dirigent vers leur cible habituelle : la cavalerie ennemie. En même temps, la Conseillère Albina tire son énergie blanche vers l'escadron ennemi le plus proche, le dissolvant sur-le-champ.

À la tête des troupes humaines, les hommes forts se précipitent en avant en un déchaînement sanguinaire, établissant vite un record du monde de nombre de tués par seconde, et à l'est, l'espèce de loup-garou adopte sa forme géante et commence à déchiqueter les ennemis.

Vlad se trouve du côté ouest. Cette fois, il manie une épée si grande qu'elle doit avoir appartenu à l'un des géants. À sa gauche se tient Isis, seulement armée d'un bouclier et d'une épée courte, et à sa droite Colton, le petit géant du Conseil. Derrière eux, je vois le type qui ressemble à un elfe : il tire des flèches avec la vitesse d'une arme semi-automatique.

Avec Vlad se trouvent également quelques guerriers cocatrix qui ne doivent pas aimer monter à dos de dragon autant que leurs compatriotes. Ils sont armés des mêmes lances à pointes de diamant qui transpercent l'armure des ennemis comme s'il s'agissait de papier aluminium.

Tout au fond des troupes terrestres de Nero se trouve la dame qui sait contrôler les animaux… et elle représente une armée miniature à elle seule, grâce aux créatures de zoo qu'elle commande.

Au bout de quelques minutes de bataille, je commence à avoir de l'espoir. Bien qu'en infériorité numérique, le côté de Nero semble avoir gardé toute son énergie et sa férocité pour aujourd'hui.

À chaque tressaillement de leurs muscles, les hommes forts tuent ou mutilent un soldat ennemi, et ils ne montrent aucun signe de perte d'enthousiasme.

Les géants semblent stimulés aussi alors qu'ils déciment des milliers de soldats avec des coups fatals de leurs énormes épées… et les ennemis simplement blessés se font piétiner à mort sous leurs pieds de colosses.

Comme avant, les centaures éliminent rapidement la cavalerie et utilisent ensuite leurs lances et leurs sabots sur les troupes terrestres accablées qui ont la malchance de se trouver sur leur chemin.

Colton et l'elfe se battent tout aussi énergiquement, et Isis guérit tous ceux qui l'entourent à la moindre petite griffure.

Malgré tout, en ce qui concerne la bataille au sol, personne n'arrive à égaler la tuerie de Vlad. Chaque coup de son épée géante semble faire tomber des régiments entiers, et le sang qu'il fait couler crée une œuvre d'art abstraite macabre que les dragons peuvent contempler depuis le ciel.

Sauf que ceux-ci sont trop occupés à se battre pour baisser les yeux.

Les formidables forces aériennes de l'ennemi

avancent en une formation soigneuse qui évoque les avions de l'armée pendant un spectacle aérien. À sa tête se trouve le gigantesque dragon que Nero a appelé Zmey. Il a beau être bête, il est immense et terrifiant, et son regard malveillant ne se détourne jamais de sa cible : Nero.

— Maintenant ! semble exprimer le grondement de Nero.

Ses alliés rugissent en réponse… la version dragonne effrayante d'un cri de guerre.

Nero plonge et Zmey quitte sa formation pour le suivre.

Les grands dragons qui portent les armes d'Itzel sur leurs dos se rassemblent et volent vers le côté droit de la formation adverse. Les dragons avec les cavaliers cocatrix font de même.

Les dragons ennemis qui se sont échappés de la bataille précédente ont dû avertir leurs camarades du danger des armes d'Itzel, car tous ceux qui sont à portée de tir des pistolets à vapeur rompent la jolie formation. Certains d'entre eux plongent au-dessous de l'endroit où ils pensent que les armes vont tirer, d'autres vers le haut, et certains sur le côté… s'écrasant contre leurs frères.

Comme un jeu de dominos, la formation se dissout en un bazar mal coordonné… et c'est alors que l'escadron avec les harpons change de direction et vise le milieu des ennemis qui s'échappent.

Les canons retentissent et transpercent quelques centaines de dragons qui hurlent et rugissent, pendant que les guerriers cocatrix sautent du dos de leurs dragons, se transforment pour voler et pointent leurs regards mortels sur les blessures fraîchement créées.

Au milieu de la pagaille, un groupe de dragons ennemis cherche à attaquer ceux qu'ils pensent être des cibles plus faciles : les « humains » qui tiennent des lances sur les dos des dragons. Sauf que ces humains sont des dragons eux aussi, et qu'ils sont capables de lancer leur arme avec une force et une vitesse surnaturelles, transperçant facilement les peaux épaisses de leurs cibles.

Une fois débarrassés de leurs lances, les cavaliers « humains » sautent du dos de leurs congénères et se transforment en dragons, déchiquetant leurs armures en s'acharnant sur leurs adversaires blessés.

Pendant ce temps, Nero plonge sous l'énorme flot de flammes de Zmey, puis s'arrête en plein ciel et se prépare au combat.

Si je le pouvais, je supplierais Nero de changer d'avis. Je lui rappellerais que la fin de cette bataille n'était pas garantie par Raspoutine… et que Zmey est tout simplement trop grand pour un affrontement à la loyale, dragon contre dragon, même contre quelqu'un d'aussi puissant que Nero.

Voyant Nero face à lui, Zmey rugit si bruyamment que le château et les montagnes vibrent au loin.

Nero fonce en avant à une vitesse hallucinante, avant d'accomplir une espèce de looping en passant au-dessus du corps de Zmey, puis en dessous.

D'un coup de griffe vicieux, il laisse une entaille sur le ventre de son adversaire.

Le dragon géant rugit de douleur et frappe de sa queue qui fait la taille de la tour Eiffel, touchant Nero à la tête.

Mon patron recule, étourdi, et Zmey se réoriente avant de lancer un coup de griffes vers la tête de Nero.

Celui-ci réagit à temps pour éviter de se faire transpercer, mais le dos de la griffe de Zmey, qui fait la taille d'un bulldozer, érafle néanmoins son museau.

Nero grogne de douleur et frappe le visage de Zmey. Le grand dragon essaie de l'éviter, mais la griffe de Nero pénètre dans l'œil gigantesque de son adversaire avec un bruit ignoble.

Le rugissement de Zmey fait scintiller l'air autour de lui comme s'il était surchauffé. La bête chasse encore Nero avec sa queue, mais ce dernier parvient à esquiver. Ensuite, avec une vitesse née de la douleur et du désespoir, il griffe le torse de Nero.

Je suis horrifiée de voir une blessure s'ouvrir sur son ventre, une horrible entaille de presque deux mètres qui se met à cracher du sang comme une fontaine.

Nero rugit de douleur.

Incapable de croire ce qui remplace mes sens dans cette vision où je n'existe pas, je prie pour que la blessure ne soit pas aussi terrible qu'elle en a l'air.

Sauf que la réalité se moque complètement de mon déni. Tenant sa blessure sanguinolente comme un héros de tragédie, Nero chute vers le sol en une spirale mortelle.

CHAPITRE VINGT-TROIS

QUELQUE CHOSE dans la façon dont Nero tombe me rappelle une autre vision : celle dans laquelle Kit chute en tournoyant comme un avion dont les moteurs se sont arrêtés.

Zmey grogne et plonge à la poursuite de son ennemi mourant.

Mon sang inexistant se glace.

Soit il va déchiqueter Nero, soit Nero va frapper le sol à pleine vitesse. Quoi qu'il arrive, il mourra… et dans le deuxième scénario, il écrasera aussi Vlad, Isis, et le reste des gens au-dessous.

Je prie pour que Nero s'en remette et qu'il reprenne le combat, mais il continue à tomber.

Et à tomber.

Jusqu'à ce qu'il se trouve à environ six mètres du sol.

À ce moment-là, il reprend sa forme humaine.

Une forme humaine qui n'est *pas* Nero, cependant.

Quoi ?

Même si le museau de Zmey est celui d'un lézard, je perçois son air perplexe quand il aperçoit une femme à l'endroit où devrait se trouver un homme.

Et c'est alors que je comprends.

Ce n'était pas étonnant que cette chute en spirale me rappelle ce qui est arrivé à Kit.

Il s'agit bien d'elle. Ou plus exactement, la personne que je pensais être Nero dans cette vision était Kit depuis le début.

Se remettant de sa surprise, Zmey plonge pour attraper Kit en plein vol… et c'est alors que les guerriers cocatrix entourant Vlad jettent leurs lances vers lui, transperçant ses écailles à de multiples endroits.

Presque simultanément, ils prennent leur forme couverte d'écailles et Isis tire sur Kit avec un flot d'énergie curative de quinze centimètres d'épaisseur.

La blessure au buste de Kit disparaît instantanément et elle ouvre les yeux en souriant pendant que les cocatrix tournent leurs regards mortels vers l'œil abîmé de Zmey et ses blessures par lances.

Kit disparaît à nouveau et je vois doubler le nombre de Zmey.

Avec un rugissement final, le Zmey d'origine s'affaisse et Kit utilise ses nouvelles griffes immenses pour saisir son corps en vol et le jeter vers les troupes ennemies, afin de les écraser sous son cadavre gigantesque.

Avec un clin d'œil de son énorme paupière vers Isis et les autres, Zmey-Kit s'élève et rejoint le combat aérien.

———

Je suis de retour au restaurant, étourdie par ce que je viens de prédire.

J'ai l'impression d'avoir vu le spectacle d'un autre magicien – et j'ai été trompée, ce qui est rare.

Pendant tout ce temps, j'observais en réalité Kit, pas Nero… ce qui paraît logique, maintenant que j'y réfléchis. C'est elle que j'ai ciblée, pourtant je ne l'avais pas vue jusqu'à cette révélation à la fin.

Avec une pointe de culpabilité, je me souviens qu'en entrant dans cette vision, je m'attendais à ce qu'il arrive quelque chose à Kit. Pourtant, une fois à l'intérieur, j'étais trop occupée à observer la bataille et à m'inquiéter du sort de Nero pour penser à elle. Le pire, c'est que Kit a failli mourir.

Mais pourquoi cet échange ? Était-ce une tactique pour battre Zmey ?

Cela explique quelque chose d'étrange qui a eu lieu dans la dernière vision : quand Isis a dit à Nero de « leur faire croire » et que Nero a agi comme si Kit avait été tuée. Tout cela faisait donc partie de cette tactique ? Nero, Isis et Kit espéraient-ils faire croire aux dragons ennemis qui battaient en retraite que Kit n'était plus de la partie ? Et dans ce cas, pourquoi ? Ce Zmey valait-il un plan aussi élaboré ?

Soudain, je comprends.

Ça n'avait rien à voir avec Zmey. C'était un moyen pour Nero de prétendre qu'il participait à la bataille de Godiva alors qu'il faisait tout autre chose.

Mais pourquoi Nero raterait-il la bataille la plus importante de sa campagne ? Pendant que je réfléchis à ce mystère, mon intuition de voyante émet une alarme.

J'attrape ma tasse de thé et en bois une grande gorgée, puis je repose la tasse et bondis à nouveau dans l'espace mental.

Me focalisant sur l'essence de Nero, j'examine les formes aux bruits affreux qui apparaissent autour de moi.

Oui.

Il n'y a pas de doute.

Quelque chose de vraiment terrible va arriver à Nero ou à quelqu'un d'autre qui compte pour moi.

Je touche une forme et me prépare au pire.

—————

NERO et deux autres hommes marchent au pied de la montagne Godiva, vêtus de tenues noires à une capuche près d'être des costumes de ninja. Cependant, au lieu d'un katana, Nero est armé de l'épée du portail, et ses compagnons portent des épées longues.

À en juger par leurs yeux, ce sont aussi des dragons, et ils se ressemblent assez pour être frères.

Le plus grand des deux passe devant pendant que Nero et le plus petit le suivent prudemment. Nero scrute le terrain désert et rocheux comme s'il cherchait quelque chose de précis.

L'entrée en croissant de lune de Godiva se trouve très loin de cet endroit, et ce doit être le même jour que la bataille, parce que je vois la fin des troupes de Nero arriver sur la scène.

— Arrêtez-vous, ordonne Nero.

Il examine de près trois rochers géants.

— Fais un pas de côté, dit-il alors au plus grand de ses compagnons avant d'indiquer une surface parfaitement lisse et ordinaire sous les pieds du type.

Celui-ci hausse les épaules, revient et se place derrière Nero, qui utilise son doigt pour dessiner la lettre cyrillique *zhe* sur la partie lisse du rocher le plus petit.

Pendant quelques instants, il ne se passe rien, et les compagnons de Nero échangent des regards inquiets.

Puis, avec un grincement, le sol où se tenait le plus grand des deux glisse sur le côté, révélant ce qui doit être un tunnel secret.

— Suivez-moi, lâche Nero en descendant dans le trou.

Une fois que tout le monde est à l'intérieur, le trou se referme derrière eux avec un bruit menaçant.

Les compagnons de Nero regardent la sortie avec inquiétude, mais mon patron avance déjà dans un tunnel illuminé par les créatures bioluminescentes qui se baladent sur les parois et le plafond gluant.

Les deux dragons se dépêchent de le rattraper, et

Nero accélère. Finalement, le tunnel devient plus sinueux et ils sont obligés de ralentir.

— Souviens-toi, une fois dans le château, nous ne pourrons pas nous transformer, dit le grand dragon au plus petit. Les sorts de protection…

— Je n'ai pas grandi dans une grotte, grogne son interlocuteur avec colère avant de se tourner vers Nero. C'est vrai que les membres de la famille impériale sont les seuls dragons capables de se transformer malgré les sorts ?

— Malheureusement, c'est une légende, répond Nero. Si elle pouvait se transformer, Claudia se serait libérée il y a longtemps.

— C'est vrai, murmure le petit dragon. Je n'en reviens pas qu'elle soit encore en vie.

Il jette un coup d'œil à Nero.

— Pour être honnête, j'ai du mal à croire que toi aussi.

Nero serre le manche de son épée avec tant de force que je m'attends presque à ce qu'il se brise.

— L'usurpateur était très motivé pour cacher mon évasion.

— Ça ne restera pas secret beaucoup plus longtemps, commente le grand dragon. Après cette journée, même les pires grabataires sauront que tu es de retour.

Le plus petit hoche la tête d'un air approbateur, puis regarde Nero et demande :

— Est-ce vrai que même toi, tu ne savais pas qu'elle était vivante ?

— Je l'ai vue se faire poignarder, puis rester étendue sans bouger dans une flaque de sang, grogne Nero, dont les anneaux cornéo-limbiques dominent les yeux. J'ai donc tiré la conclusion qui me semblait s'imposer.

Il serre la mâchoire et marche en silence pendant quelques pas.

— C'était peut-être pour le mieux, dit le petit dragon. Comme tu t'es enfui, tu as survécu. Tu es devenu fort, et maintenant tu es de retour. Si tu étais resté avec elle, tu serais…

Nero bouge si vite qu'il devient flou. Il saisit le dragon par la gorge et le soulève avant que quiconque ait le temps de dire *caca nerveux*.

— Monsieur, dit le plus grand dragon d'un ton apaisant en posant prudemment une main sur l'épaule de Nero. Ce n'est pas ce qu'il voulait dire.

— C'est vrai, confirme le petit d'une voix étranglée. Je suis désolé.

Nero regarde sa main comme si elle avait agi de sa propre volonté, puis il relâche le type et continue à avancer dans le tunnel.

— Qu'est-ce que je t'ai dit sur le fait de tenir ta langue ? gronde le grand dragon. Tu dis toujours le…

— Laisse-le, grogne Nero sans se retourner. Ton frère n'avait pas tort. C'est juste que je ne peux pas supporter l'idée que Claudia vivait dans une cage pendant que j'attendais le bon moment dans un autre monde, sans savoir qu'elle souffrait.

Si je pouvais dresser les oreilles, ce serait à ce moment précis. Je ne sais toujours pas ce que représente Claudia pour Nero, et je n'ai encore jamais autant appris sur le sujet depuis que j'ai découvert son existence.

— Même petite, elle adorait sa liberté par-dessus tout, continue Nero en accélérant le pas. Elle a trouvé ce tunnel par elle-même… et un jour, elle s'en est servie pour quitter le château et se perdre dans la forêt.

Un sourire distant fait plisser le coin de ses yeux.

— Il a fallu une semaine aux gardes royaux pour la retrouver cette fois-là… et elle n'avait que quatre ans. Ça n'a fait qu'empirer ensuite.

Nero connaissait donc Claudia quand elle était petite. C'est un fort argument contre ma plus grande inquiétude : qu'elle soit sa femme ou qu'elle représente une autre forme de relation romantique. Sauf si c'est une princesse à laquelle il a été fiancé quand il était enfant… Ce genre de choses est peut-être normal dans une famille de dragons impériaux.

— Sauras-tu la reconnaître en la revoyant ? demande prudemment le grand dragon. Elle était encore si jeune quand…

— Je la reconnaîtrai, grogne Nero. Mon cœur la reconnaîtra, quoi qu'il arrive.

Si elle était jeune la dernière fois qu'il l'a vue, elle ne peut pas être sa femme, si ?

En tout cas, je l'espère.

— En outre, ajoute Nero, Claudia a une tache de vin sur le visage… une espèce de marque de naissance.

Il touche sa joue gauche.

— Elle a la forme d'un nuage et elle est visible sous forme humaine comme sous forme de dragon.

— C'est bon à savoir, déclare le plus petit dragon. Si nous nous séparons et que nous regardons dans les cellules qui…

— On ne se sépare pas, affirme son grand frère. L'usurpateur est trop malin pour laisser le château sans surveillance, ce qui signifie qu'il faudra que l'on se batte pour y entrer.

— En parlant de gardes, dit Nero en baissant la voix jusqu'à chuchoter. Nous sommes peut-être à portée de voix de ceux qui surveillent l'entrée du château.

Là-dessus, les trois hommes se font silencieux et commencent à avancer plus discrètement, leurs pas devenant inaudibles.

Ils avancent un bon moment – Nero devait faire référence à l'ouïe des dragons quand il parlait de cette portée –, mais ils finissent enfin par atteindre une porte métallique rouillée qui pourrait bien être plus solide que la plus épaisse des portes de chambre forte.

Nero trouve une surface lisse près de la porte et dessine le même symbole que sur l'entrée du tunnel.

Tout le monde attend quelques instants, mais il ne se passe rien.

Le mécanisme d'ouverture est peut-être mort ? Ou bien est-ce de la magie ?

Impassible, Nero active son épée du portail et transperce la porte, le plasma scintillant traversant le métal épais comme des ciseaux à travers du papier.

Il découpe un trou assez conséquent pour que le

plus grand dragon puisse entrer, puis retire le morceau de métal et le pose doucement sur le sol.

Derrière la porte se trouve un mur en briques.

Quelqu'un a dû bloquer l'entrée pendant une rénovation.

L'épée de Nero coupe la pierre avec tout autant de facilité. Il donne un coup de pied au mur découpé, révélant une pièce où se trouvent dix sentinelles armées.

Les gardes contemplent les intrus avec des degrés divers de stupéfaction… jusqu'à ce que Nero avance comme une flèche et les découpe tous en morceaux avant même qu'ils aient le temps de tirer leurs épées.

Le grand dragon entre dans la pièce et examine le massacre.

— On pourrait se séparer : nous d'un côté et toi de l'autre.

— Pas encore, indique Nero en traversant l'espèce de sous-sol.

Il examine les murs couverts d'obsidienne aux reflets argentés et ajoute :

— Sauf s'ils l'ont déplacée, la prison devrait être tout près.

La pièce suivante ressemble à une cave à vin… et Nero et ses compagnons se débarrassent très vite des gardes à l'intérieur. Ils longent ensuite un couloir avec de hauts plafonds, puis entrent dans une pièce géante pleine d'un tas d'instruments de torture. Un attirail qui semble particulièrement solide par rapport à ce que j'ai vu dans les musées. Je suppose qu'il faut bien ça pour des dragons.

— Cette pièce était utilisée pour l'entraînement au combat avant que l'usurpateur ne la pervertisse, chuchote Nero d'un ton désapprobateur.

Le petit dragon semble pâlir en regardant autour de lui.

— J'ai entendu des rumeurs concernant ce qui arrive aux ennemis de l'usurpateur ici. Je croyais que c'était exagéré, jusqu'à maintenant.

— C'est vraiment un enfoiré, affirme son grand frère d'un ton pragmatique. Maintenant, c'est par où ?

Il regarde les deux portes disponibles : une très grande et une de taille normale.

— Par ici.

Nero contourne un engin ouvert qui ressemble à un sarcophage avec des glaives dressés à l'intérieur – une espèce de vierge de fer, je suppose – et se dirige vers la porte la plus petite.

De là, ils pénètrent dans un autre long couloir et Nero s'avance jusqu'au bout, puis découpe le verrou de la porte avec son épée.

La pièce suivante est spacieuse, comme une salle de bal vide.

Sept gardes entourent une cage en métal solide dressée en plein milieu.

Trois d'entre eux bondissent vers Nero pendant que les autres attaquent ses alliés.

Nero évite le coup du premier attaquant, puis le découpe en deux morceaux avec son épée.

Quand il frappe le suivant, son adversaire essaie de parer, mais le matériau scintillant de l'épée du portail traverse son arme en métal, la découpant proprement en deux. Ensuite, continuant sa trajectoire, l'épée de Nero traverse la chair et les os du garde.

Le dernier essaie de fuir, mais il ne fait pas plus de quelques pas avant que mon patron lui coupe la tête.

Les compagnons de Nero ne sont pas aussi rapides pour tuer, mais ils se défendent bien contre les gardes.

Les laissant faire, Nero se tourne vers la cage.

À l'intérieur se trouve une femme.

Vêtue d'une robe simple, elle a les cheveux longs et châtains, un joli visage et – le plus révélateur – une tache de naissance en forme de nuage sur la joue.

Malgré la situation, elle ne semble pas paniquée et toute son attention est fixée sur Nero.

Avec un grognement, le plus grand compagnon de Nero tue son dernier garde, puis il rejoint son frère pour éliminer celui qui reste.

— Claudia, souffle Nero en avançant vers la cage.

Son calme inébranlable semble se fissurer.

— Nero ? demande-t-elle d'une voix rauque. C'est vraiment toi ?

— Écarte-toi, ordonne mon patron, et quand elle recule dans la cage, il découpe les barreaux avec son épée, faisant un grand trou.

Il y entre immédiatement.

— C'est vraiment toi ! s'exclame Claudia.

Les joues couvertes de larmes, elle bondit sur Nero

et le serre dans ses bras au moment où ses compagnons achèvent le dernier garde.

— Tu es venu me chercher. Je savais que tu viendrais. J'ai juste…

— On doit te faire sortir d'ici, grogne Nero en s'écartant d'elle. Tu n'es pas en sécurité.

— Bien sûr, dit-elle. Comment es-tu…

— On parlera plus tard.

Nero se tourne vers le trou dans la cage.

— Je vais te conduire à l'extérieur, puis je reviendrai tuer l'usurpateur.

Elle hoche solennellement la tête, puis suit Nero hors de la cage. Ses compagnons, qui l'attendent déjà, la dévisagent, fascinés.

Elle enjambe prudemment les morceaux de corps éparpillés, s'approche de l'un des cadavres des gardes, donne un coup de pied vicieux dans son torse et ramasse son épée.

— Tu n'auras pas besoin de ça, indique Nero.

— Je préfère prévenir que guérir.

Elle teste le mouvement de la lame et donne un coup dans le vide. En baissant l'épée, elle déclare :

— Montre-moi le chemin.

Nero se dirige vers le couloir d'où ils viennent et tout le monde le suit.

Quand ils entrent à nouveau dans la salle de torture, Claudia semble extrêmement nerveuse.

Yudo – l'usurpateur – l'a-t-il conduite ici par le passé ? Quel genre de monstre ferait ça à une femme qu'il a l'intention d'épouser ? Sauf si c'était une espèce de jeu BDSM pour lui, à la Christian Grey et sa chambre spéciale.

Alors que Nero passe devant la bouche béante de la vierge de fer, la grande porte s'ouvre brusquement et tout un escadron de gardes se précipite à l'intérieur, suivi par un homme très grand avec le physique d'Arnold Schwarzenegger au meilleur de sa forme.

Est-ce Yudo, alias l'usurpateur ?

L'armure ornée et la couronne en or qu'il porte semblent le sous-entendre, tout comme ses traits arrogants.

— Nero, fais-la sortir. On s'en occupe, affirme le plus petit des compagnons de Nero en préparant son arme.

Le grand dragon se tient dos à dos avec son frère, et ils attendent que les gardes les rejoignent. Ils se mettent alors à frapper de leurs épées avec une vitesse surnaturelle.

Ils tuent immédiatement quatre gardes, mais ça ne suffit pas à me rendre optimiste au sujet de leurs chances. Il y a tout simplement trop d'adversaires pour qu'ils puissent les gérer.

Pendant ce temps, Nero attrape Claudia par le bras et avance à une vitesse qui le rend flou, la conduisant à la porte du tunnel en moins d'une seconde.

— Vas-y ! Je te rejoindrai quand j'aurai terminé, grogne Nero.

Sans attendre sa réponse, il se retourne vers l'usurpateur et ses soldats, avec un regard si plein de haine que je m'attends presque à ce que ses yeux lancent les mêmes sorts que les cocatrix.

— Sais-tu comment j'ai compris que tu finirais par venir ici et te mettre à ma merci ? demande l'usurpateur d'une voix assez grave pour chanter du *death metal*.

Ignorant sa question, Nero bouge à nouveau à toute vitesse, et avant que quelqu'un puisse le repérer, il rejoint ses alliés. Deux coups d'épée de Nero plus tard, quatre gardes sont à terre. Encore quelques moulinets et six autres rejoignent les premiers dans la mort.

— Je vais te le dire de toute façon.

Derrière ses gardes, l'usurpateur tire une énorme épée de son fourreau et vérifie si la lame est bien aiguisée.

— Je me suis demandé comment ton père aurait agi à ta place, et c'est exactement ce que tu as fait.

Le visage empreint de rage, Nero manie son épée encore plus vite, découpant les gardes qui s'approchent de lui comme une faux dans de l'herbe fraîche.

Mais il reste encore trop de soldats entre Nero et l'usurpateur.

Dans un bruit d'épées qui s'entrechoquent, le petit dragon pare l'attaque d'un garde qui fait une tête de plus que lui puis en poignarde un autre, mais il reçoit un coup de poing au visage de la part d'un troisième.

Le garde profite de sa confusion momentanée et lui transperce le torse.

Ce dernier tombe à genoux, les mains sur sa blessure… et un autre garde l'achève.

Rugissant de rage et de chagrin, le plus grand dragon attaque avec une férocité renouvelée l'homme qui vient de tuer son frère. En l'espace d'une seconde, il le massacre, ainsi que les gardes à sa gauche.

— Concentrez-vous sur Nero, ordonne l'usurpateur aux gardes restants.

Tous sauf ceux qui se battent avec le plus grand dragon lui obéissent immédiatement.

D'un mouvement flou, comme Nero, Yudo avance dans la direction de l'allié de Nero.

Si proche de son pire ennemi, Nero se transforme en berserker. Il découpe le garde à sa gauche, puis traverse le torse d'un autre avec son poing et arrache la gorge du troisième garde avec les dents.

Pendant ce temps, l'usurpateur balance vicieusement son épée et tue son propre garde pour entailler profondément le dos du grand dragon.

Le dragon blessé ignore la douleur et continue à se battre contre le dernier garde. Il l'abat en même temps que l'usurpateur lui assène à son tour un coup fatal.

Avec la gorge qui gargouille, pleine de sang, le grand dragon tombe sur le sol à côté de son frère mort et reste immobile.

Nero gronde de fureur et semble bouger encore plus vite pendant que son épée enlève une vie après l'autre. Au bout de quelques instants, tous les gardes autour de lui sont en pièces.

— On dirait qu'il n'y a plus que nous deux, fait remarquer l'usurpateur en s'avançant vers Nero à travers les corps sanglants sur le sol.

Il a tort.

Il ne reste pas qu'eux deux.

Nero ne le sait pas, mais Claudia n'a pas quitté la pièce quand il le lui a ordonné.

À la place, elle se faufile vers les combattants, ayant manifestement très envie d'utiliser son épée pour aider Nero… même si elle a plus de chances de se faire tuer.

— C'est fini pour toi.

Serrant son épée, Nero avance d'un pas menaçant vers l'usurpateur, le sourire glacial sur son visage m'évoquant celui d'un chat qui joue avec un insecte.

Comme pour rendre l'avancée de Nero plus effrayante, un dragon puissant rugit à l'extérieur du château. Kit imite parfaitement les vocalisations de Nero. Elle semble dire :

— À l'attaque !

Claudia donne un coup d'épée.

Horrifiée, je vois sa lame traverser l'avant-bras de Nero jusqu'à l'os au lieu de frapper Yudo.

Quelle idiote. Pourquoi n'est-elle pas partie quand Nero le lui a dit ?

Nero grogne de douleur. L'épée du portail tombe de sa main et frappe bruyamment le sol.

Précisément au même moment, l'usurpateur assène un coup contre la tête de Nero… mon patron l'évite, mais tout juste.

— Je t'ai dit de partir, grogne Nero à l'intention de Claudia, sans se retourner. Je le tenais.

Il fait un pas de côté pour éviter un autre coup de Yudo.

Claudia ne semble pas du tout honteuse. À la place, avec une détermination glaciale, elle plonge l'épée vers l'avant et l'enfonce entre les omoplates de Nero.

Une seconde. Elle le fait exprès ?

Nero rugit de douleur et regarde Claudia sans comprendre.

Ses lèvres semblent former un seul mot silencieux. *Pourquoi ?*

Sans un regard vers les yeux affligés de Nero, Claudia hoche la tête en direction de l'usurpateur. Cet enfoiré sourit méchamment, puis frappe le cou exposé de Nero avec son épée.

Dans un bruit de chair déchirée et d'os brisés, la tête de Nero se sépare de son corps et tombe sur le sol.

La tête roule pendant un moment surréaliste et macabre, s'arrêtant à côté de la vierge de fer, les yeux rivés sur Claudia comme s'ils cherchaient toujours une explication.

Claudia arrache son épée du dos de Nero et regarde l'usurpateur.

— Alors ? J'étais comment ?

CHAPITRE VINGT-QUATRE

JE SUIS de retour au restaurant et les gourmandises ouzbèkes que j'ai consommées me pèsent sur l'estomac comme du ciment congelé, alors qu'une seule pensée horrible tourne en boucle dans ma tête.

Nero va mourir.

Je bondis de ma chaise, attrape mon téléphone de la poche de ma veste d'une main tremblante, et appelle un Uber.

Nero va être trahi par Claudia, la femme qu'il cherche à sauver.

Heureusement, il y a des tonnes de voitures disponibles alentour, et l'une d'entre elles arrive avant que je me mette à courir vers l'aéroport de JFK. Je saute à l'intérieuret soudoie le chauffeur pour qu'il aille plus vite.

Si la circulation le permet, nous arriverons à l'aéroport dans quinze minutes.

Mon plan est très simple. Je vais aller trouver Nero et le prévenir… et plus je le rejoins vite, mieux ça vaut.

La question est de savoir si j'arriverai à temps.

Je sais que la deuxième bataille aura lieu le lendemain par rapport au temps qui s'écoule pour moi… En supposant que je maîtrise la technique pour cibler un moment précis. Je compte me rendre dans le monde en question, ce qui, d'après Nostradamus, rendra la perception du temps encore plus compliquée. Nero avait expliqué que Godiva se trouvait à une journée de voyage de l'endroit où se déroule la deuxième bataille… mais c'est d'après le point de vue de Nero à l'intérieur de ce monde-là. Oh, et Nero voulait-il dire vingt-quatre heures, ou bien en marchant pendant la journée et en dormant pendant la nuit, ce qui correspondrait plutôt à douze heures ? De plus, maintenant que j'y pense, quand je me focalisais sur l'essence de la journée, je n'imaginais pas la partie du sommeil. Est-ce que ça veut dire que j'ai ciblé douze heures plutôt qu'une journée complète ?

Pour éviter de devenir folle, je chasse toutes ces pensées sur le temps. Ça ne change rien à ce que je dois faire. Je vais simplement poursuivre Nero aussi vite que possible et prier pour ne pas arriver trop tard.

Une fois que mon plan est décidé, je fais de mon mieux pour me souvenir de la carte du continent dans le monde des dragons, particulièrement la ligne qui représentait la route jusqu'à Godiva.

Soudain, mon téléphone sonne.

C'est Felix.

Après un instant d'hésitation, je décroche.

— Salut, Sasha, dit-il. Tu veux toujours parler à ce type, Eric ? Il vient de passer et il a demandé si tu étais revenue. J'ai dit que non, mais je peux toujours le rattraper.

Je rapproche le téléphone de mon oreille et réfléchis à l'idée d'impliquer Eric. Le téléporteur se joindrait-il à moi pour aider Nero, ce qui me soulagerait d'un poids certain, ou essaierait-il de me garder ici, sur Terre ?

À mon avis, il choisira plutôt la deuxième option.

Malgré tout, comme son aide me serait utile, je me convaincs que je vais parler à Eric, puis passe dans l'espace mental pour jeter un coup d'œil aux conséquences.

Je suis entourée par un nuage de formes assez uniformes, mais comme c'est un choix important, je projette de multiples volutes éthérées et je les touche toutes.

Ce n'est pas bon du tout.

Dans chaque avenir où je parle à Eric, je finis à nouveau enfermée dans l'appartement. Dans la plupart des visions, il ne croit pas mon histoire sur les problèmes de Nero, même quand je lui pose des questions raisonnables telles que : pourquoi viendrais-je te voir moi-même en inventant une telle histoire ? Il pense que je m'entête à vouloir rejoindre Nero pendant sa quête et selon lui, mon histoire sert à le manipuler. Même dans les visions où il prétend me croire, Eric m'enferme.

— Non, dis-je à Felix quand je suis de retour de l'espace mental. Je n'ai plus besoin de lui parler.

— Tu sais, je viens de penser à autre chose au sujet de notre dernière conversation. Pourquoi m'as-tu appelé juste avant de passer sous un tunnel ? Tu savais que tu n'allais plus capter.

Je ricane.

— Il t'a fallu si longtemps pour le comprendre ?

— Oui, eh bien, tu fais si rarement quelque chose d'illogique que je ne l'avais pas remarqué tout de suite.

— Quoi qu'il en soit, dis-je, j'ai totalement le droit de faire quelque chose d'illogique après la journée que je viens d'avoir.

Je mets Felix au courant, essentiellement à voix haute, mais aussi par texto quand j'arrive aux parties que le Mandat ne voudrait pas faire entendre au chauffeur de taxi humain.

— N'y vas pas, dit Felix quand j'arrive à la fin. Tu te souviens comme le chemin jusqu'au monde des dragons était dangereux ? Où trouverais-tu une autre combinaison spatiale ?

— Je vais prendre le chemin plus sûr que Raspoutine nous a montré. Celui que nous avons pris au retour.

— Et ensuite ? Que peux-tu faire contre les dragons ?

— Je n'ai besoin de rien faire. Il faut juste que j'avertisse Nero au sujet de Claudia, et c'est lui qui fera le reste.

— Très bien. Je t'accompagne.

— Je n'ai pas le temps d'attendre que tu arrives à JFK.

Je regarde l'autoroute vide de toute circulation devant le taxi.

— Je suis à environ dix minutes.

— Tu vas entrer dans une zone de guerre et tu t'attends à ce que je te laisse y aller seule ?

Il n'a pas tort.

Pourrais-je demander de l'aide à Lucretia ?

Non, c'est une mauvaise idée. Non seulement je ne veux pas mettre ma sœur récemment retrouvée en danger, mais elle a le même problème que Felix : elle se trouve à Manhattan avec un client, trop loin pour se rendre rapidement à JFK.

Peut-être Lilith, alors ? Non, elle est trop imprévisible… et j'ai encore trop de questions sans réponses quant à ses motivations.

— Écoute, attends-moi simplement, continue Felix.

Mais je l'interromps par une question.

— As-tu avancé avec les appels téléphoniques de Lilith ?

— N'essaie pas de changer de sujet.

— Il y a un lien. J'hésite à lui demander de l'aide.

— Dans ce cas, non. Il me faut plus d'informations.

— D'accord.

Je lui envoie alors le numéro de téléphone de Lilith par texto, ainsi que ceux qu'elle a appelés.

— Est-ce que ça t'aide ?

— Oui, sans doute. Mais je ne pourrai rien trouver

avant que tu aies pris la décision de demander ou pas l'aide de Lilith.

— Malgré tout, si tu veux m'aider, travaille là-dessus.

— Sasha, je ne vais pas te laisser…

— Oh, non, dis-je. Je passe sous un autre tunnel.

— Il n'y a pas de tunnel entre…

Je siffle dans le téléphone et lui raccroche au nez.

Quand il me rappelle, je le laisse passer sur le répondeur, plusieurs fois, jusqu'à ce qu'il arrête d'appeler.

Très malin, écrit-il par texto. *Tu fais le mauvais choix.*

J'ignore le reste de la tirade de Felix, car le mot « choix » me met mal à l'aise.

Darian prétendait avoir vu que j'allais payer de ma vie ma décision de choisir Nero. Les capacités à déceler la vérité de ce dernier l'ont confirmé dans ma vision.

Le fait que je me précipite pour avertir Nero, est-ce que ça compte comme le « choisir » ? Ou bien ai-je fait ce choix dès que j'ai commencé à avoir des sentiments pour lui ?

Je n'aime pas la direction que prend ce train de pensée. Je réfléchis donc à quelque chose d'un peu moins effrayant.

Pourquoi Claudia va-t-elle trahir Nero ?

Pour le comprendre, ça m'aiderait vraiment de connaître la nature exacte de leur relation.

Jusqu'à cette trahison, j'aurais parié qu'il s'agissait de sa sœur, ou d'un autre membre de sa famille proche. D'un autre côté, je prenais peut-être juste mes rêves pour des réalités, car une autre possibilité est qu'elle ait dû l'épouser dans l'enfance ou autre chose du genre.

Maintenant, je me demande si cette histoire de sœur est crédible. Qui trahirait sa chair et son sang de cette façon ? Je viens juste d'apprendre que Lucretia est ma sœur, et je ne veux pas qu'elle prenne le risque de me suivre dans cette mésaventure… Et puis, évidemment, rien ne me pousserait à la tuer.

Si elle est son épouse, ce serait un peu plus logique. Après tout, quand une personne est assassinée mystérieusement, le premier suspect est le conjoint.

Est-ce possible, alors ?

Est-ce une façon draconienne d'obtenir le divorce ?

Cela me semble un peu douteux… vu qu'elle est la prisonnière de Yudo et que Nero a déclenché une guerre mondiale pour la sauver.

Sauf si elle souffre du syndrome de Stockholm ? Au fil des années, Claudia a pu tomber amoureuse de son ravisseur, et devenir masochiste. Cette histoire de mariage lui plaît peut-être. Si ça se trouve, c'était même son idée d'épouser Yudo.

Ou alors, c'est de la pure ambition. Elle est peut-être la sœur de Nero, mais elle voudrait régner elle-même sur le monde des dragons plutôt que de voir son frère s'en charger.

Une seconde. Nero a-t-il l'intention de régner sur le monde des dragons ?

J'ai toujours supposé qu'il allait sauver Claudia et revenir, mais rien n'est moins sûr.

Le taxi s'arrête en crissant des pneus, me tirant de mes pensées.

Je sors et cours jusqu'à la porte secrète de la plateforme. Quand j'ai pénétré dans les tunnels et tourné quelques fois, je suis soudain assaillie par une angoisse profonde… un sentiment que j'en suis venue à associer à mon intuition de voyante.

Oh, non.

Pas *encore*.

En me précipitant pour venir ici, ce que je n'ai pas pensé à vérifier, c'est si j'arrivais vraiment à parvenir jusqu'au portail… ou au monde où se trouve Nero.

Maintenant, je n'ai pas le choix.

Avec un effort, je me concentre et entre dans l'espace mental au moment où je passe un coin du couloir.

Là, je trouve la confirmation que je priais désespérément pour ne pas trouver.

Les formes autour de moi émettent une musique terrifiante.

Je m'étire vers la plus proche, sachant qu'elle montre sans doute ma mort.

CHAPITRE VINGT-CINQ

JE SUIS dans un couloir sous JFK, face à Woland, le chef des chorts récemment disparus, que je regarde avec de grands yeux.

— Je croyais que tu t'étais enfui à Saint-Pétersbourg, dis-je en reculant d'un pas.

— Je ne vais pas tarder.

Il sort une seringue en avançant vers moi.

— Et toi aussi, en supposant que tu souhaites vivre.

Je le fixe du regard, et mon cerveau a du mal à fonctionner avec toute l'adrénaline qui se balade dans mon crâne.

— Je vais te donner le choix, annonce Woland. Agenouille-toi et pose les mains derrière ta tête pour que je puisse t'injecter ce tranquillisant – il agite la seringue en l'air – ou bien j'arrête ton cœur ici et maintenant.

Je fais un autre pas en arrière.

Il fait claquer sa langue.

— Dernière chance. Je ne bluffe pas.

Super. Mes options sont donc de me battre contre lui pour aller sauver Nero au plus vite, ou bien me faire endormir pour me réveiller en Russie où m'attend une petite torture sympathique.

Je n'ai pas l'impression d'avoir tellement le choix.

Je vais évidemment me décider pour l'option Nero.

Cependant, en y réfléchissant, j'angoisse encore plus.

Est-ce officiellement le moment dont parlait toujours Darian ?

Comme je l'ai appris plus tôt, Woland ne bluffe pas. Il arrêtera vraiment mon cœur si je ne le laisse pas me piquer avec cette aiguille.

— Au bout de trois, dit-il. Un.

Je redresse le dos.

— Deux.

Je jette un regard de défi à Woland.

— Trois.

Serrant les poings, je me prépare à utiliser toutes les compétences que Thalia et Nero m'ont apprises.

Woland range la seringue dans sa poche.

— C'est un juste retour des choses, dit-il. Raspoutine a pris ma fille et je prendrai la sienne.

Il se tient là, le regard perdu au loin, et j'interprète ça comme étant le meilleur moment pour bondir en avant et le frapper au visage.

Mon poing heurte sa mâchoire, le tirant de sa rêverie, et il me regarde en grognant.

Je donne un autre coup, visant une fois de plus sa mâchoire et espérant l'assommer.

Sauf qu'il perd sa consistance, comme savent le faire les chorts, et mon poing traverse vainement sa tête.

Avant que je puisse reprendre l'équilibre, il saisit mon poignet, et je sens une horrible énergie se répandre en moi.

— Non, attends ! ai-je envie de crier, mais je ne peux pas faire sortir les mots à cause de ma respiration entrecoupée.

Puis, comme un cauchemar récurrent, mon bras gauche s'engourdit et une douleur affreuse explose dans ma poitrine… comme si une pile d'éléphants venait de se percher dessus.

J'ai la tête qui tourne, mes poumons refusent de faire entrer de l'air et le monde s'estompe alors que je meurs.

———

DE RETOUR DANS LE TUNNEL, je ralentis ma course. Je ne veux surtout pas tomber sur Woland avant de découvrir une façon d'éviter le sort que je viens de prédire.

Serrant les dents, je fais de mon mieux pour me concentrer.

Après cette vision, j'ai des difficultés à me retrouver dans l'espace mental, mais j'y parviens au prix d'un effort énorme.

Cette fois, je suis entourée par plusieurs nuages, qui

contiennent tous des centaines de formes émettant les mêmes airs mortels.

Je pense connaître la raison de ces nuages multiples… Chacun d'entre eux représente une ligne de conduite différente.

Si j'ai raison, je dois toutes les voir afin de ne pas rater celle où j'évite une crise cardiaque induite par Woland.

Le problème est que m'étirer vers toutes ces visions pourrait vider mes pouvoirs, surtout si je considère combien j'en ai déjà utilisé aujourd'hui.

Je dois trouver un moyen de me donner plus de possibilités, tout en gardant une partie de mon pouvoir de voyance pour la suite.

Et si je faisais le compromis de tester une seule vision de chacun des nuages ?

Ai-je assez de pouvoir pour *ça* ?

Si je ne m'étais pas entraînée aux visions ciblant un moment précis avec Nostradamus, j'aurais été certaine de mes réserves, mais là, je dois me contenter d'espérer.

C'est parti. Faisant naître une volute éthérée par nuage, je m'étire et touche les formes que mon intuition estime les plus utiles.

JE ME TROUVE dans un couloir sous JFK – un couloir légèrement différent, cette fois. Woland est encore face à moi, mais je n'ai pas les yeux écarquillés et l'air perdu.

Sans traîner, je fonce sur lui et dès que je suis assez près, je lui donne un coup dans le nez.

Il perd encore sa consistance et mon poing passe inutilement à travers sa tête, me faisant perdre l'équilibre.

Il saisit mon poignet et je sens son énergie abominable se répandre en moi jusqu'à ce que mon bras gauche s'engourdisse.

Je ressens ensuite la douleur horrible, puis j'ai la tête qui tourne et je meurs.

La vision suivante est presque identique à la dernière… jusqu'au nouveau couloir. La seule différence est que je donne un coup de pied dans les bourses de Woland au lieu de le frapper au visage.

Il disparaît avant que je puisse causer de dégâts et je trébuche, ce qui lui donne encore l'occasion de m'attraper la main. La crise cardiaque arrive ensuite.

Je me trouve à nouveau dans ce fichu couloir et j'observe Woland pendant une fraction de seconde. Je fais demi-tour et cours comme si je cherchais à obtenir une médaille d'or aux JO.

Mon cœur tambourine dans ma poitrine et je respire comme un chien quand il fait chaud, pourtant, j'entends des pas qui se rapprochent sans cesse de moi.

Ce chort idiot avance à une vitesse surnaturelle.

Avant même que je puisse passer le coin du couloir, une main saisit l'arrière de ma veste.

Désespérée, je la retire en gigotant, mais les doigts de Woland m'attrapent par le cou.

— Attends, je commence à dire, mais il tire sur moi avec son énergie qui arrête le cœur et – peut-être à cause de la fatigue du sprint – la crise cardiaque me tue encore plus vite.

———————

— Bon, dis-je quand je me trouve face à face avec Woland. Tu peux me poignarder avec ta stupide seringue.

Je m'agenouille et place les mains derrière ma tête.

Cette fois, c'est Woland qui semble perplexe, mais il se remet très vite. Il avance vers moi en sortant sa seringue.

Quand il se trouve à ma portée, je bondis, mais ma position accroupie me désavantage fortement.

Le pied de Woland me frappe au visage et je m'évanouis.

———————

Cette fois, j'abandonne encore et laisse Woland m'injecter le produit.

Ce qui suit correspond à ce à quoi je m'attendais. Une vision dans laquelle je suis en dehors de mon corps commence et j'observe Woland qui soulève la Sasha endormie et l'emporte.

———

PLUSIEURS VERSIONS des visions précédentes s'ensuivent, et je suis vaincue dans chacune.

———

JE SUIS de retour dans le monde réel, sur le point de franchir le coin du couloir.

Je m'arrête.

Si je vais plus loin, je prends le risque d'affronter Woland, alors que je n'ai toujours pas trouvé de stratégie à utiliser sur lui.

Je stabilise ma respiration et me concentre de façon à passer dans l'espace mental.

Sauf que cet état familier m'échappe.

Oh, allez.

Pas maintenant.

Je me concentre encore sur ma respiration et réessaie.

Rien. C'est comme frapper un mur en ciment avec ma tête.

Même si je sais parfaitement ce qu'il se passe, je fais encore une douzaine de tentatives avant d'abandonner.

J'ai utilisé tout mon pouvoir de voyance.

Je vais devoir affronter Woland dans la réalité, mais

sans mes pouvoirs… et d'une façon ou d'une autre, éviter le sort qui m'attendait dans toutes les visions précédentes.

Ou mourir, comme Darian l'a prédit.

CHAPITRE VINGT-SIX

QUE PUIS-JE FAIRE que je n'ai pas déjà essayé ?

Quels nouveaux éléments puis-je introduire ?

Rien de ce que j'ai sur moi – comme le paquet de cartes – ne peut vraiment m'aider. Au mieux, je peux momentanément le surprendre, mais ça ne suffira pas... d'autant plus que c'est mon unique chance.

Ce dont j'ai vraiment besoin, c'est d'une arme, un pistolet de préférence.

Ce qui rend la situation d'autant plus frustrante, c'est que mon pistolet n'est même pas très loin. Itzel me l'a fait poser dans le labo ici avant que nous partions sauver Raspoutine. Malheureusement, le laboratoire se trouve dans le dernier virage des tunnels avant la plateforme, alors je croiserai Woland avant d'y arriver.

Une seconde. J'ai peut-être un autre moyen d'obtenir un pistolet.

Je me trouve dans un aéroport... ce qui veut dire

qu'il y a des agents de la sécurité des transports aériens partout. Portent-ils des pistolets ?

Je sors mon téléphone pour vérifier et apprends avec déception que ce n'est pas le cas. Cependant, il doit y avoir des policiers, aussi. Les agents de la sécurité aérienne non armés doivent bien pouvoir appeler quelqu'un s'ils ont besoin d'une arme, non ?

Je pourrais utiliser mes capacités de pickpocket pour voler un pistolet. Ça me semble impossible, mais pas plus que me battre contre Woland les mains vides. Bien sûr, même avec un pistolet, Woland sera sans doute difficile à gérer. S'il perd sa consistance quand je lui tire desus, la balle le traversera sans dégâts.

Il me faudrait le faire quand il ne s'y attend pas… et je pense avoir une distraction en tête.

Avec un peu plus d'espoir, je tourne les talons et cours vers l'aéroport.

Une petite voix au fond de ma tête se demande ce que je ferais dans le cas très probable où j'échoue à voler un pistolet à un professionnel entraîné. Pourrais-je atteindre Gomorrah depuis un autre aéroport ? Je devrais peut-être impliquer Lilith, après tout, car pour rendre Woland vulnérable, elle n'a qu'à boire un peu de son sang.

Le problème avec toutes ces idées, c'est qu'il faudrait du temps dont Nero ne dispose peut-être pas.

J'en perds déjà assez à chercher un pistolet.

Quand je passe le coin suivant, quelque chose dans le couloir me met mal à l'aise.

Ce doit être dans ma tête. Tous ces couloirs se ressemblent.

Je m'arrête néanmoins et constate, abattue, que Woland émerge du couloir suivant et arrive face à moi.

Mince.

Pendant tout ce temps, j'ai supposé que Woland m'attendait sur le chemin dela plateforme. Je n'ai pas pensé qu'il pouvait être *derrière* moi.

C'est logique, néanmoins. Mes visions ont montré ce qu'il se passe après qu'il a utilisé sa super vitesse pour me rattraper. Je parie que juste avant mes visions, je me retournais pour entendre qui me suivait.

— Woland, dis-je, faussement calme et cherchant désespérément à me donner le temps de réfléchir à quelque chose que je n'ai pas déjà essayé. Comme c'est drôle de te voir ici.

Il sort sa seringue.

— Désolé, pas le temps pour les bavardages. Je vais te donner deux choix…

Comme je n'ai jamais essayé de lui foncer dessus au milieu de sa phrase, je le fais maintenant. Puis, au lieu de donner des coups de poing ou de pied – ce qui ne fonctionnait pas dans mes visions –, je lui donne un coup de tête.

Mon front s'écrase contre une partie osseuse de son visage, mais difficile de dire où exactement, à cause de toutes les étoiles blanches qui explosent devant mes yeux.

Malgré mes oreilles qui bourdonnent, je donne un

coup de poing à l'endroit où j'espère trouver la mâchoire de Woland.

Si Thalia voyait ça, elle approuverait. Un craquement audible retentit quand les articulations de mes doigts touchent ce qui est certainement une mâchoire.

J'ai horriblement mal à la main et Woland jure en russe.

Merde. Il n'est pas assommé.

Je lui donne un coup de pied dans les bourses presque instinctivement, avant de me rappeler que j'ai déjà essayé ça dans ma vision.

Il perd sa consistance, et je perds l'équilibre.

Woland m'attrape le poignet.

Non.

Tout ceci est déjà arrivé dans mes visions.

C'est ce qui a toujours précédé ma mort.

J'arrache ma main à son emprise, mais c'est trop tard. L'horrible énergie se répand déjà en moi.

— C'est pas possible ! ai-je envie de crier.

Mais je n'arrive pas à dire les mots. Ma respiration est trop haletante.

Quand les symptômes si familiers commencent, je ne peux plus le nier.

C'est la fin.

Mon bras gauche s'engourdit et une douleur affreuse s'épanouit dans ma poitrine. Un tournis abominable s'ensuit et pour la dernière fois, le monde s'estompe tandis que je meurs.

CHAPITRE VINGT-SEPT

ALLEZ SAVOIR COMMENT, je reprends connaissance.

Comme c'est bizarre.

J'étais tellement sûre d'être morte que j'aurais pu parier ma vie dessus.

Mais alors, qu'est-ce que je fais ici ? Ai-je confondu une vision avec la vraie vie ?

Non. Si ç'avait été une vision, je serais désincarnée en train de me regarder en ce moment même, pourtant j'ai un corps. Il s'avère que mon corps est simplement allongé sur le sol, complètement dénué de sensations… plus ou moins mort.

Puis, pour une raison que j'ignore, mon cœur se remet à pomper.

Lorsque le sang recommence à circuler, il est accompagné par une horrible sensation de fourmillement.

Si ma bouche fonctionnait, je hurlerais de douleur, mais comme elle est en vacances, je m'examine mentalement en cherchant une explication à ce qui m'arrive.

C'est peut-être la vie après la mort ?

Ça ne correspond à rien que j'ai entendu dire, mais peut-être que nous autres les Conscients, nous avons notre propre version de l'au-delà qui ressemble à ceci ?

Mais non. On dirait plutôt une résurrection.

Lorsque les fourmillements atteignent mes oreilles, mon ouïe me revient et j'entends Woland dire :

— C'est un juste retour des choses…

Je n'entends pas le reste de ce monologue familier.

Mon corps termine sa guérison et ce faisant, une seule sensation domine toutes les autres.

Non, pas une sensation. C'est plutôt une émotion. À vrai dire, ce n'est pas ça non plus. C'est un besoin désespéré, une compulsion… un désir qui règne sur tous les autres désirs.

Après un autre moment de souffrance, je parviens à le définir.

La soif.

Sauf que qualifier cette sensation de soif serait comme comparer les énormes montagnes de Godiva à « de petits dos-d'âne ».

Je n'ai jamais ressenti pareille soif. Un besoin de me désaltérer que je suis prête à satisfaire à n'importe quel prix. Une compulsion qui me fait oublier tout le reste… même mon nom.

— … pris ma fille et j'ai maintenant…

Mes paupières s'ouvrent d'elles-mêmes et le temps semble ralentir alors que mes yeux zooment sur la source des vibrations dans l'air : une veine qui pulse dans un cou, à quelques mètres de ma bouche.

La veine m'attire à elle comme l'aimant le plus fort qui soit... un aimant qui serait fait d'héroïne et de cookies au chocolat.

— ... pris la sienne, dit ma proie alors que je bondis et enfonce mes crocs dans cette chair délicieuse.

Dès que j'avale ma première gorgée de cet élixir des dieux, la soif s'apaise et mes pensées recommencent à avoir du sens.

Par exemple, je comprends que le gargouillement de Woland est tout à fait justifié dans ces circonstances. C'est ce qui arrive en général quand des crocs vous arrachent la gorge, en particulier si la propriétaire desdits crocs se met à sucer le sang avec avidité.

Deux gorgées plus tard, la soif horrible est presque un souvenir distant et je comprends que c'est une expérience extrêmement agréable. C'est comme un orgasme, un miamgasme – faute de mot plus approprié – ou tous les autres plaisirs orgasmiques mêlés en un seul.

Une part de moi sait que je pourrais m'arrêter, maintenant... En ce qui concerne mes besoins, j'ai terminé.

Mais mes souvenirs sont revenus, et je sais que je ne m'arrêterai pas.

Woland allait me tuer – il m'a tuée –, et maintenant, il va payer. Je vais apprécier sa mort comme je n'ai encore jamais rien apprécié dans ma vie ; ce n'est que la cerise sur ce gâteau très perturbant.

Si Lilith me voyait, elle serait extrêmement fière.

Enfin, le flot de sang s'arrête.

Déçue, je m'écarte et m'essuie la bouche pendant que mes crocs se rétractent dans mes gencives.

Plus de soif ni d'autres distractions pour m'empêcher de comprendre ce qui est arrivé.

Darian ne mentait pas. Mes choix ont vraiment conduit à ma mort… mais ce n'était pas la fin.

On dirait bien que j'ai hérité un pouvoir de Lilith, finalement.

J'étais une prévamp… et maintenant, je suis une vampire.

CHAPITRE VINGT-HUIT

BOUGEANT AUTOMATIQUEMENT, je prends la seringue du corps vidé de son sang de Woland et la mets dans ma poche avant qu'il disparaisse subitement, comme les autres chorts.

Super. Je n'aurai pas besoin d'appeler Pada pour me débarrasser de ce cadavre. Cela me fera économiser une petite fortune.

Une seconde. Pourquoi suis-je en train de penser à l'argent alors que je viens de me transformer en fichue vampire ?

Je décide que c'est sûrement parce qu'il est plus facile d'appréhender des soucis monétaires... et je me rends alors compte que je devrais me focaliser sur quelque chose de bien plus important.

Nero.

Je dois le rejoindre, et vite.

Je commence à courir vers la plateforme, et, ce faisant, je regarde mes mains.

Elles sont plus pâles que d'habitude... et elles ont toujours été assez pâles, ce qui est bien sûr un trait commun entre les prévamps et ce en quoi ils se transforment.

Oh, et je les vois bien mieux que d'habitude... même si ça peut paraître bizarre.

En passant un coin du couloir, je remonte ma manche et jette un coup d'œil à mon tatouage de la reine de cœur.

Waouh.

Ça me fait penser à la fois où Felix nous a convaincues de revoir nos films préférés en ultra-haute définition. Les rouges du tatouage sont plus vifs et plus écarlates, et l'image elle-même est claire comme le cristal... J'ai l'impression de la regarder à travers une loupe.

Personne ne m'avait dit que les vampires avaient une vue améliorée.

C'est tellement cool.

Je renifle l'air pour voir si mon odorat est aussi plus précis.

Maintenant que j'y fais attention, je détecte effectivement des nuances parmi les odeurs autour de moi. Par exemple, ma veste aurait bien besoin d'être lavée.

Bon sang de Dracula.

Je suis une vampire.

Je ne vais pas vieillir ou mourir. Enfin, sauf si je me fais tuer, ce pour quoi je suis vraiment douée.

L'avantage, c'est que je suis maintenant bien plus

difficile à achever.

J'essaie de mettre de côté ces pensées afin de me concentrer uniquement sur les moyens d'atteindre Nero, mais tout me rappelle ma nouvelle situation. Comme la course elle-même. C'est incroyable. Je me déplace plus vite que jamais, pourtant ma respiration reste régulière.

En fonçant à travers le couloir suivant, j'essaie d'entrer dans l'espace mental... espérant que ma transformation a remis à zéro mon réservoir d'essence médium.

Apparemment pas.

Je n'ai toujours pas de jus... Enfin, si j'ai conservé mes capacités de voyance.

Existe-t-il des vampires voyants ?

Avant de me faire trop peur, je me souviens que Lucretia a conservé ses capacités d'empathe et je me détends.

Je récupèrerai sans doute mon pouvoir dans un jour ou deux.

En supposant que je vive aussi longtemps.

D'autres questions me viennent alors en tête.

Vais-je devenir un monstre qui mange les gens par-ci par-là ?

Non, finis-je par décider. Lucretia et Vlad sont assez civilisés, alors pourquoi pas moi ?

Malgré tout, je ne sais pas trop comment les vampires sont considérés au sein de la communauté des Conscients. Existe-t-il des marques d'infamie en rapport avec le fait de boire du sang ? Spécifiquement, je ne peux m'empêcher de me demander si Nero m'appréciera toujours comme ça.

Je l'espère. En tout cas, en ce qui concerne l'apparence, je vais la conserver pour le reste de ma non-vie… et je crois qu'il aime mon apparence.

Bien sûr, si j'avais su que j'allais être coincée ainsi pour toujours, j'aurais fait un peu plus de sport, cette année. Et un régime. Ensuite, j'aurais profité de l'éternité avec des abdos de malade.

Tant pis. Au moins, je me suis blanchi les dents il y a quelques mois. Mes crocs seront jolis et en bonne santé quand je les enfoncerai dans le cou de mes victimes.

Quand je tourne un autre coin du couloir, je vois le chemin qui conduit jusqu'au labo et décide de faire un petit détour.

Le labo n'a pas changé : les livres et les instruments d'Itzel sont éparpillés partout.

Mon pistolet est aussi là où je l'ai laissé, alors je le prends et le cale dans la taille de mon pantalon.

Même si la poudre ne fonctionnera sans doute pas dans le monde des dragons, dont la technologie est en retard, l'arme pourrait être utile au cours de mon trajet jusqu'à là-bas.

Je lutte contre la tentation de tester mes capacités à viser grâce à mes sens améliorés de vampire et cours jusqu'à la plateforme des portails.

Le sol réfléchissant me permet de m'observer.

Comme mes mains, mon visage est un peu plus pâle que d'habitude, mais sinon, je n'ai pas changé.

Sauf quand je cherche à faire sortir mes crocs. Ils

apparaissent alors et me donnent l'air d'être prête pour Halloween.

Si j'avais le droit de les montrer aux gens, ce serait une « illusion » incroyable. À ce sujet, je pourrais aussi ensorceler les gens et vendre ça comme de l'hypnose, sauf que ce serait bien mieux que ce que font généralement les mentalistes sur scène,.

À supposer que je découvre comment ensorceler quelqu'un.

J'imagine que pour commencer, je dois transformer mes yeux en miroirs.

Ma vue me fait un drôle d'effet et je baisse à nouveau les yeux.

Double waouh.

Mes yeux *sont* des miroirs, juste parce que j'ai souhaité qu'ils le deviennent.

Super. J'essayerai d'ensorceler quelqu'un dès que l'occasion se présentera.

Pour l'instant, je rends à mes yeux leur apparence normale et me tourne vers le portail conduisant à Gomorrah.

C'est alors qu'Eric, Thalia et Felix apparaissent entre mon objectif et moi.

CHAPITRE VINGT-NEUF

— QU'EST-CE que tu fais là ? dis-je à Felix quand je retrouve l'usage de ma langue.

— Je suis désolé, je ne voulais pas que tu meures, alors j'ai parlé à Eric et il…

— Espèce de petit traître, je siffle contre lui avant de me tourner vers Eric. Tu arrives trop tard, de toute façon. Je suis déjà morte.

Je sors mes crocs et souris.

— Heureusement, il s'avère que j'étais une prévamp, finalement.

Thalia jette un coup d'œil inquiet vers Eric pendant que Felix me regarde, la bouche ouverte.

— Waouh. C'est un tour de magie ?

Il semble émerveillé, comme il se doit.

— Si c'est le cas, c'est ton meilleur jusqu'ici.

— Non, intervient Eric en m'examinant, les sourcils froncés. Elle n'a plus l'aura du Mandat, comme tous les nouveaux vampires.

Ah, oui. C'était aussi arrivé à Lucretia. Et en parlant d'aura, maintenant que je n'ai plus la mienne, je ne vois plus les leurs. Je suppose qu'il en faut une pour voir les autres.

— Mais tu as affirmé que tu n'étais pas une prévamp, fait remarquer Felix en agitant son monosourcil, perplexe. Tu t'es vue mourir dans des visions et tu ne t'es pas transformée.

— Je n'ai peut-être pas observé mon cadavre assez longtemps, je suggère en zozotant légèrement à cause des crocs.

— Non, j'en doute, rétorque Felix. J'ai entendu dire que certains prévamps ne se transforment pas quand ils meurent, sauf s'ils boivent d'abord le sang d'un vampire puissant… et aujourd'hui, tu as bu celui de Lilith. Je parie que c'est ça.

— Oui, Lucretia m'a expliqué quelque chose de ce genre, dis-je avec un cheveu sur la langue avant de cacher mes crocs. Ça veut dire que ma chère maman m'a encore sauvé la vie. D'une certaine façon, en tout cas.

— Oui, cette femme est une vraie sainte, ajoute Felix d'un ton sarcastique.

— Et si vous finissiez cette conversation dans l'appartement ? suggère Eric.

Je lui jette un regard assassin.

— Quoi ? Est-ce que tu viens sérieusement de suggérer que je rentre chez moi ? Felix ne t'a pas dit que Nero allait mourir sans mon aide ? Sa propre…

— Nero sera déjà furieux parce que je t'ai fait

perdre ta vie de prévamp, répond Eric. Si tu meurs définitivement, moi aussi.

— Tu ne comprends pas. Si je n'y vais pas, il mourra.

— J'ai donné ma parole, réplique le téléporteur en serrant la mâchoire. Il connaissait les risques avant de partir, mais il m'a quand même interdit de te laisser le rejoindre pour te faire tuer.

Merde. Nous avons déjà eu une version de cette conversation… dans une vision où j'essayais de voir ce qui arriverait si je demandais l'aide d'Eric.

Cette fois-là, rien n'avait fonctionné. Mais j'avais essayé d'être gentille. Je pose les mains sur mes hanches et affirme :

— Je ne rentrerai pas à la maison. Et avant que tu envisages la chose : je ne suis plus aussi facile à manipuler.

Tout comme dans mes visions, une détermination entêtée apparaît sur le visage d'Eric.

— Tu es d'accord avec cette folie ? dis-je en m'adressant à Thalia. Tu vas l'aider ?

Thalia me regarde, puis Eric, avant de secouer la tête.

— Tu vois. Thalia n'est pas avec toi, et Felix non plus.

— Hé, objecte Felix. Je n'ai pas dit ça. Je ne crois pas que tu devrais…

Sans écouter le reste, je transforme mes yeux en miroir, je fixe Felix du regard, et d'une voix mielleuse, j'annonce :

— Tu ne vas pas interférer avec mon départ.

— Je ne vais pas interférer avec ton départ, répète Felix de cette voix robotique qu'utilisent les gens contrôlés par un sort.

Waouh.

Je n'arrive pas à croire que ça ait fonctionné.

Felix doit être particulièrement vulnérable à l'ensorcellement. Ou bien c'est un effet secondaire du sang de vampire qu'il a bu plus tôt aujourd'hui ; je me souviens que quelque chose du genre était arrivé à Ariel.

Encouragée par ma réussite, je tourne mon regard ensorcelant vers Eric.

— Toi non plus, tu ne vas pas interférer avec mon départ.

Il plisse les yeux.

— Ton truc mental de vampire, ça marche pas avec moi.

Je regarde Felix pour voir s'il a remarqué comme la phrase était proche d'une citation de l'épisode de Star Wars qu'il aime le moins, mais mon colocataire est toujours ensorcelé.

— Pousse-toi, sinon Thalia et Felix vont te retenir pendant que je pars.

Au lieu de répondre, Eric attrape Felix et Thalia par les épaules et disparaît.

Super. Je m'étais dit qu'il ferait ça. Maintenant, mon plan A : atteindre le portail avant son retour.

Je sprinte en avant tout en préparant le plan B au cas où la téléportation d'Eric soit trop rapide.

Je ne suis qu'à mi-chemin de ma destination lorsqu'Eric se met encore en travers de ma route… seul, cette fois.

Bougeant extrêmement vite la main, je lève le pistolet que j'ai récupéré dans le labo.

— Laisse-moi partir, ou je te tire dessus.

Je m'arrête et le vise.

— Ou mieux encore, tu pourrais m'accompagner et te rendre utile, pour changer.

Eric disparaît encore, puis réapparaît à côté de moi et saisit le pistolet. Avant que j'aie le temps de cligner des paupières, il disparaît avec l'arme.

Zut. Au moins, je l'ai vu en action, ce qui pourrait être pratique.

L'instant d'après, Eric réapparaît à côté du portail de Gomorrah et jette le pistolet à l'intérieur.

Très bien. Si le plan B ne fonctionne pas, Nero est foutu.

Je sors un couteau et l'avertis :

— Si tu t'approches de moi, je te poignarde.

Eric disparaît encore.

Je commence à faire un mouvement avec le couteau avant qu'il réapparaisse.

Il arrive juste hors de portée de la lame et tend la main pour me saisir le poignet.

Sauf que ses doigts se referment dans le vide parce que — en dehors de sa téléportation — je suis maintenant plus rapide que lui.

Le couteau continue à décrire son arc de cercle et atterrit sur le poignet de ma main gauche.

Dans une fontaine de sang, ma main se détache de mon brasbras et tombe au sol.

Eric la fixe du regard, pétrifié, et je lis ses pensées sur son visage.

D'abord : les vampires ne peuvent pas faire repousser leurs membres. Ensuite : Nero va être absolument furieux.

CHAPITRE TRENTE

JE PROFITE de la stupeur d'Eric pour le poignarder avec la seringue de Woland.

Le téléporteur essaie de s'éloigner, mais je vide le liquide dans son corps avant qu'il en ait le temps.

— Je n'ai pas vraiment perdu ce bras, lui dis-je alors que ses yeux deviennent vitreux. Tu vois ?

Je donne un coup de pied dans la fausse main et détache de ma veste l'appareil spécial que j'ai enfin eu l'occasion d'utiliser.

Il paraît toujours surpris… ou alors, c'est l'effet du tranquillisant.

Pour l'apaiser, je sors ma main intacte de sa cachette dans la manche gauche et la lui montre.

— Ne te sens pas mal. Tu n'es pas la première personne à être vaincue par mes illusions.

Les yeux d'Eric se révulsent et il tombe à terre.

Je vérifie son pouls et constatequ'il est régulier, ce

qui est logique. La dose contenue dans cette seringue était prévue pour moi… et je suis plus petite.

En jetant le faux couteau sur le sol, je cours à travers le portail qui mène à Gomorrah.

Quand je sors de l'autre côté, je cherche le pistolet, mais bien sûr, il ne s'y trouve pas.

Itzel avait mentionné cette caractéristique des portails. Ils ne laissent pas passer les objets qui ne sont pas tenus par un Conscient.

Tant pis. Le pistolet n'aurait pas fonctionné dans le monde des dragons, de toute façon.

Sans tenir compte du magnifique paysage urbain de Gomorrah, je passe le portail qui conduit au monde où la plateforme ressemble à celle de JFK. Puis, de là, un portail me conduit dans un autre, avec des anneaux comme ceux de Saturne.

En passant par un portail turquoise, je finis dans un monde chauffé par deux soleils. Autour de moi se trouve une île entourée par un océan infini, avec des millions d'oiseaux qui font un tel vacarme que je suis heureuse de m'échapper par le portail suivant.

J'arrive dans une plateforme qui se trouve dans un autre aéroport. C'est la partie longue de mon voyage. Je dois voyager depuis l'équivalent de l'aéroport de Newark dans ce monde jusqu'à JFK. Et par-dessus le marché, je dois supporter un paysage plutôt déprimant.

Je fonce à travers les couloirs secrets et sors dans l'aéroport… et c'est là que je vois les cadavres.

Waouh, j'avais oublié comme c'était affreux.

Les gens ressemblent à des momies déshydratées, et

il y en a partout. Visiblement, ils faisaient la queue en attendant de passer la sécurité lorsque quelque chose a aspiré toute leur vie.

Non, pas quelque chose.

Tartarus.

Un Conscient ultra-puissant qui – si j'ai bien compris – peut se nourrir de mondes entiers.

En sautant par-dessus des cadavres quand c'est nécessaire, je me précipite hors de l'aéroport de Newark de ce monde, cherchant le meilleur moyen de continuer.

La dernière fois, nous avions pris un bateau, mais je ne suis pas sûre de savoir le diriger moi-même, ni même qu'il m'attende encore de ce côté. Étant donné ma nouvelle endurance et ma vitesse de vampire, il est plus logique de prendre un pont et de courir jusqu'à ma destination.

En sprintant hors de l'aéroport, j'entre dans le cimetière de voitures qui est en fait l'autoroute I-95N et cours dessus comme pour une course d'obstacles.

Les enveloppes vides de familles entières me fixent de leurs yeux aveugles depuis l'intérieur des voitures, mais je fais de mon mieux pour ne pas y faire attention.

En imaginant Forrest Gump, je cours et cours… et quand j'atteins le pont, je redouble de vitesse jusqu'à me trouver dans l'équivalent de Manhattan sur ce monde.

C'est officiel.

Les vampires ont une endurance incroyable.

Cette course qui vaut bien un marathon m'a à peu

près autant fatiguée que si j'avais dû monter des marches un peu raides.

Malheureusement, j'en ai encore pour plusieurs heures.

Quand j'arrive en centre-ville, je ne peux pas m'empêcher de me souvenir de la dernière fois que j'étais ici. Nous avions dormi dans un hôtel et c'était devenu assez torride entre Nero et moi.

Des images classées X me viennent en tête et j'éprouve un regain de motivation à la perspective d'aller sauver mon patron.

Rien que ses compétences avec la langue en valent la peine.

Je repousse ces pensées érotiques, m'engage en courant dans le tunnel et, en sortant du côté de Brooklyn, j'ai soudain soif.

Pas le besoin abrutissant que j'avais quand je me suis transformée, mais plutôt comme quand on a soif après un repas salé... ou envie de faire la sieste après une journée au soleil.

Étant donné le temps que j'ai passé à courir à pleine vitesse, cette sensation légère est assez raisonnable.

Cela me rappelle une chose : je n'ai plus besoin de manger ou dormir... ce qui est assez étrange.

Si je survis, je tenterai l'expérience malgré tout, juste pour voir ce que ça fait pour un vampire.

Je continue à courir et essaie d'oublier ma soif. Je n'ai pas le temps de vider une banque de sang ni de réfléchir à un moyen de chasser le gibier le plus dangereux de ce monde désolé.

Je me trouve sur Belt Parkway, à environ une heure de sprint de ma destination, quand une bande hétéroclite et familière de dégénérés me bloque la route.

Leurs visages sont couverts de brûlures et de tatouages, et l'un d'entre eux porte un collier d'oreilles humaines séchées.

Nous les avons déjà croisés – ou bien un groupe comme le leur – lors de notre dernier voyage, sauf qu'ils fouinaient dans le New Jersey, à l'époque.

Quand ils me voient, ils salivent presque d'excitation, et il est bien possible qu'ils aient littéralement envie de me manger.

Avec un cri de guerre glaçant, ils lèvent leurs massues et foncent sur moi.

CHAPITRE TRENTE-ET-UN

J'ADOPTE la position que Thalia m'a apprise et, quand le premier homme essaie de m'assommer, je l'évite avec ma vitesse de vampire, puis je saisis son poignet et le brise comme s'il était en carton.

J'attrape sa massue avant qu'elle tombe sur le sol et l'utilise pour frapper la tête de l'assaillant suivant.

La massue se casse en deux... tout comme le crâne du type.

— Vous autres, je vous laisse une chance de partir, dis-je avant de leur montrer mes crocs.

La dernière fois, il avait fallu le dragon de Nero pour les effrayer, alors je ne devrais pas être vexée qu'ils ne semblent pas très impressionnés par ma performance.

Quand les deux idiots suivants bondissent, je donne un coup de poing dans le torse de l'un – il s'envole à quelques mètres de là – et saisis l'autre par le cou.

Je suis surprise de voir que je peux soulever ce type

et le jeter comme un frisbee sur les deux attaquants suivants.

Mais ces idiots n'arrêtent pas d'arriver.

Ai-je vraiment l'air si délicieuse ?

— Je n'ai pas le temps pour ça.

Je prépare mes yeux à les ensorceler.

— Partez maintenant, ou je vous vide comme des Bloody Mary.

Le collectionneur d'oreilles qui mène le groupe grogne quelque chose et ils continuent à m'attaquer.

Très bien. Ils l'auront cherché.

En les regardant dans les yeux, je dis d'une voix séduisante :

— Stop.

Ils s'arrêtent immédiatement.

Il est évident que la maladie mentale qui les a immunisés contre Tartarus ne leur a pas donné de quoi résister à l'ensorcellement des vampires.

— Vous auriez pu partir.

Je m'avance vers celui qui possède les oreilles séchées.

— Trop tard. Une promesse est une promesse.

Je me penche et le mords dans le cou.

Je suis stupéfaite de remarquer que malgré son odeur digne des chaussettes sales d'une mouffette morte, je le trouve plus appétissant qu'un sundae.

Je bois une gorgée de son sang, et dois réprimer un gémissement de plaisir... parce que ce serait bizarre.

Faisant de mon mieux pour ne pas penser aux

maladies qui doivent nager dans ses veines, j'avale une autre gorgée.

Ma soif a disparu.

Parfait.

Juste pour tenir parole, je bois un peu de chacun de ces enfoirés ensorcelés.

Ensuite, je goûte aussi chez ceux qui sont assommés, juste pour le fair-play. Ils ne voudront pas être les seuls à ne pas se réveiller avec un suçon !

Quand je réalise que je perds du temps, je laisse tomber mon en-cas et je me remets à courir… d'un pas encore plus léger.

Lorsque j'atteins le clone de l'aéroport JFK, j'accélère au point que les enveloppes humaines vides deviennent floues dans ma vision périphérique.

En atteignant la porte secrète, je fonce rapidement vers la plateforme et constate tout en courant que j'ai réussi à arriver ici en un tiers du temps qu'il nous avait fallu pour couvrir cette distance la fois précédente.

À l'intérieur de la plateforme, je saute à travers le portail voulu et j'avance, passant un portail après l'autre jusqu'à atteindre un monde qui ressemble à Mars.

Je regarde autour de moi et m'efforce de me souvenir du portail que j'ai pris la dernière fois que nous étions ici.

Mince.

J'aurais dû le noter.

Je ne veux pas me perdre dans les Autremondes.

Je tente le coup et je bondis à travers un portail.

J'arrive dans un univers familier et poussiéreux qui possède trop de lunes.

Ouf.

Je ne suis pas perdue.

Je crois.

J'espère.

Après avoir traversé quelques portails de plus, j'atteins un autre monde dans lequel je ne sais pas trop où me diriger, mais un portail rose me paraît alors vaguement familier et j'y passe avant de finir dans une forêt immense.

Oui.

C'est ici que Nero m'a hurlé dessus parce que je risquais ma vie pour sauver la sienne.

Et voilà que je recommence. Oups.

Si j'ai raison, le portail sur la droite devrait me conduire dans un monde enneigé.

Et c'est bien le cas. Je pose le pied dans un monde glacé peuplé d'oiseaux qui ressemblent à des pingouins blancs.

Super.

Le monde suivant m'est familier, lui aussi. Je me souviens avoir pataugé dans son eau cristalline et peu profonde.

Ensuite, je franchis un portail rouge donnant sur un ciel avec trop d'étoiles, puis un portail violet qui me conduit dans une caverne où j'ai pansé les blessures de Nero.

Cela signifie que le portail vert à ma droite devrait être celui qui me conduira dans le monde des dragons.

Je me retrouve dans un paysage avec une crête montagneuse argentée dont la forme évoque le Grand Canyon… comme sur la peinture dans le bureau de Nero.

Enfin.

Le monde des dragons.

De là, il me suffit de suivre la carte de ma vision jusqu'à atteindre Godiva.

Je me mets à courir, et, ce faisant, je me rends compte très vite que je n'ai pas besoin de carte, finalement.

L'armée de Nero a laissé une piste très visible : des cendres de leurs feux de camp, de l'herbe écrasée, des ordures, et même quelques cadavres d'ennemis qu'ils ont dû croiser.

Après quelques heures de course sans m'arrêter, j'atteins le champ de bataille roussi de ma première vision.

Oh, waouh.

L'odeur des cadavres est tellement horrible que je la vois presque flotter dans l'air. Des animaux et des oiseaux charognards se régalent de chair de dragons et d'humains décédés, et je regrette profondément d'assister à tout cela.

Même pour Nero, je n'arrive pas à me convaincre de traverser cet endroit, alors j'accélère et le contourne.

Le deuxième champ de bataille n'est pas aussi terrible que le premier, parce que de nombreux dragons se sont enfuis du combat et que les soldats humains ont en partie changé de camp.

D'après les paroles de Nero dans ma vision, Godiva se trouve à une journée de distance.

Mais c'est pour une armée.

Je vais certainement plus vite.

Ne souhaitant pas perdre de temps en contournant le champ de bataille, je le traverse en m'appliquant à ne pas marcher sur les cadavres. Sauter par-dessus les corps et retenir ma respiration pour ne pas inhaler les odeurs nauséabondes ralentit mon allure.

Enfin, je laisse la scène loin derrière moi et accélère… jusqu'à atteindre la forêt. C'est alors que commence un orage monstrueux.

Des trombes d'eau semblables à des cascades me tombent dessus de partout, et le tonnerre retentit toutes les deux secondes. Ensuite, la foudre s'abat sur un arbre à quelques mètres de l'endroit où je passe, ce qui me pousse à me demander si un vampire pourraient y survivre.

Probablement pas.

Un arbre s'écrase ensuite sur le sol devant moi. Est-ce qu'un vampire peut survivre à *ça* ?

J'en doute aussi.

Je fais de mon mieux pour traverser le sentier devenu boueux. J'ai beau être une vampire, mes muscles commencent vraiment à me faire mal, mais je ne tiens pas compte de la douleur et continue à courir.

L'orage prend fin et j'accélère encore.

Enfin, j'aperçois Godiva au loin.

En m'approchant, je me rends compte que l'armée est déjà entrée sur le champ de bataille.

Mince.

Dans ma vision, ils finissaient tout juste leur marche quand Nero s'est avancé vers les rochers géants, ce qui signifie que ce moment est déjà passé.

Et quand je regarde les rochers en question, Nero ne s'y trouve pas.

Tant pis pour mon plan : je voulais le prévenir de ne pas entrer dans le château, mais il a déjà dû s'engouffrer dans ce maudit tunnel.

Je dois maintenant le rattraper avant qu'il aille trop loin.

En courant de toutes mes forces jusqu'aux rochers, j'écoute pour voir si j'entends les signes d'une bataille qui commence.

Rien pour l'instant... ce qui veut dire qu'il reste encore de l'espoir.

Au cas où les vampires rechargeraient leur pouvoir de voyance plus vite que les gens normaux, je tente de passer dans l'espace mental.

Non. C'est encore en train de charger, et ça durera sans doute un moment.

Quand j'atteins les rochers, mon cœur bat très fort dans ma poitrine.

Intéressant.

Ça peut donc arriver à une vampire si elle court assez vite, ou si elle est assez inquiète pour quelqu'un.

En forçant mon doigt à ne pas trembler, je dessine la lettre *zhe* sur le rocher le plus petit et retiens ma respiration.

Si ça se trouve, le passage ne laisse passer que les dragons.

Mais non.

Après quelques instants extrêmement angoissants, le sol s'ouvre avec le même grincement que dans ma vision.

Je descends dans le trou et je force mes muscles à s'activer pour courir le long du passage humide et illuminé par des créatures bioluminescentes. Très vite, j'atteins l'entrée du château.

Merde.

La porte en métal a déjà été découpée avec l'épée du portail et les gardes sont morts.

Nero et ses compagnons ont pris de l'avance sur moi.

Je fonce fébrilement dans la cave à vin et saute par-dessus les cadavres des gardes au passage.

Je cours si vite que j'ai l'impression de pouvoir briser le mur du son en traversant le couloir au plafond haut. Quand j'ouvre la porte de la salle de torture, j'entends l'usurpateur dire :

— On dirait qu'il n'y a plus que nous deux.

Oh, non.

Les frères dragons sont déjà morts et Nero est sur le point de les rejoindre.

Je fonce à l'intérieur et constate que j'ai raison.

Tout le monde est déjà mort, sauf Nero, Claudia et l'usurpateur.

— C'est fini pour toi.

En serrant son épée avec plus de force, Nero fait un

pas menaçant vers l'usurpateur, juste au moment où Claudia arrive à sa portée.

— Nero, attention !

Je hurle, mais à ce moment précis, Kit, qui fait semblant d'être Nero, rugit « À l'attaque ! » à l'extérieur du château, couvrant mon cri.

Je fonce en avant, mais la lame de Claudia découpe déjà l'avant-bras droit de Nero jusqu'à l'os.

CHAPITRE TRENTE-DEUX

JE CRIE À PLEINS POUMONS :

— Elle te trahit ! J'ai eu une vision ! Elle est sur le point de te poignarder dans le dos !

Personne ne semble remarquer mon arrivée.

Tout comme dans ma vision, Nero pousse un grognement de douleur, et l'épée du portail glisse de sa main et tombe bruyamment sur le sol avant de se désactiver.

Et, comme dans ma vision, l'usurpateur donne un coup en direction de la tête de Nero... un coup que mon patron évite de justesse.

Ensuite, immanquablement, Claudia frappe avec son épée... mais Nero n'est plus là pour se faire poignarder.

Il m'a donc bien entendue. Et – grâce à sa capacité à déceler la vérité – il m'a crue tout de suite.

Lorsqu'il voit Nero éviter le coup de Claudia, l'usurpateur cherche à tailler Nero en pièces... et c'est alors que Nero lui saisit le poignet et le tord violemment.

L'épée de Yudo vole sur le côté.

Claudia se précipite en avant pour aider son allié, mais je suis enfin arrivée à leur niveau et je donne un coup de poing dans le bras qui porte son épée.

Les dragons sont solides.

Même avec ma force supérieure de vampire, je ne brise pas l'os… mais au moins, elle lâche son épée.

— Connasse, grogne Claudia en se retournant vers moi pour me frapper au visage à une vitesse de cent kilomètres heure.

Étonnamment, j'évite le coup, et j'ai même le temps de lui mettre un uppercut en retour.

Sauf que lorsque mes articulations atteignent sa mâchoire, j'ai l'impression qu'elle est faite en acier.

L'impact la fait voler à une trentaine de centimètres en l'air, mais elle atterrit sur ses pieds, et, au lieu de s'évanouir, elle me jette un regard assassin.

Je bondis sur elle et vise sa mâchoire.

Elle me bloque de la main droite puis m'attaque à son tour.

Son petit poing frappe ma joue avec une force que Mike Tyson lui envierait. Je vois des étoiles, mais miraculeusement, je ne tombe pas dans les pommes.

J'entends des grognements de colère et des bruits de poings frappant la chair depuis l'endroit où Nero se bat avec l'usurpateur.

Je leur jette un coup d'œil, mais ils bougent trop vite et tout est flou. Je parviens seulement à distinguer

Nero qui frappe l'usurpateur de sa main blessée, mais je crois qu'ensuite ce dernier lui porte un coup à son tour.

Pendant que je suis distraite, Claudia essaie de lancer son poing vers moi, mais je fais un pas de côté et frappe son front dur comme du béton.

Elle ne cligne même pas des paupières, et je réalise enfin une vérité troublante.

Je suis en train de me battre contre un foutu dragon.

CHAPITRE TRENTE-TROIS

JE FAIS PASSER mes yeux en mode ensorcellement, fixe Claudia du regard et lui ordonne :

— Dors.

Elle sourit froidement en montrant ses dents.

— Petite vampire, je suis un dragon. Tu t'attendais vraiment à ce que ça fonctionne ?

Je hausse les épaules avant d'essayer de la tacler, mais elle saute par-dessus ma jambe, puis griffe mon visage avec ses ongles gros comme des serres.

Je saute en arrière et pousse un cri de douleur, mais il se passe ensuite quelque chose de stupéfiant.

Je sens l'entaille se refermer et la douleur s'estomper.

C'est tellement cool.

Je ne suis peut-être pas un dragon, mais je ne me laisse pas faire non plus.

Je parviendrai sûrement à lui faire mal avant qu'elle me tue.

Elle me frappe encore, mais je bloque son coup, puis je fais atterrir mon poing sur sa mâchoire, ce qui ne semble pas la perturber.

Elle frappe ma poitrine du plat de la main et je vole en arrière, mais j'atterris sur mes pieds. Quand elle bondit pour m'attaquer encore, je donne un coup de pied dans son genou… malheureusement, je n'endommage rien.

Pendant les deux minutes qui suivent, nous faisons des allers-retours de la sorte. Je parie que si quelqu'un nous regardait, notre mêlée ressemblerait à un croisement entre du MMA et un combat de super-héros. Entre les coups de poing, les coups de pied et les morceaux de peau arrachés, nous nous jetons contre les objets de torture, mais la seule chose qui se casse, c'est ledit équipement et pas l'une d'entre nous.

Une soudaine giclée de sang me rappelle la bataille que livre Nero. Impossible de savoir à qui est le sang simplement en le voyant ou en le sentant, et je ne peux m'empêcher de jeter un autre coup d'œil d'une fraction de seconde à Nero et l'usurpateur.

Cependant, encore une fois, je ne vois que des mouvements flous.

Profitant de mon manque d'attention, Claudia se jette sur son épée.

Je peux jouer à ce jeu, moi aussi. En utilisant son moment de distraction, je plonge vers l'épée du portail.

Elle atteint la sienne en premier et fonce sur moi.

Je saisis la poignée de mon arme juste au moment où sa lame traverse mon corps.

L'enfoirée.

Elle adore poignarder les gens dans le dos, hein ?

J'ignore la douleur abominable dans mes muscles perforés et active le plasma scintillant de l'épée avant de frapper aveuglément en direction de Claudia.

Je m'évanouis presque sous l'effet de la douleur, et au début, je ne sais pas du tout si je l'ai touchée. L'épée du portail est si légère et tranche les choses si facilement que j'ai l'impression de l'avoir complètement ratée.

Ce n'est pas le cas.

La première chose que je remarque, c'est l'expression horrifiée dans les yeux de Claudia. Ensuite, la rivière de sang qui coule sur sa marque de naissance.

Je fixe l'entaille sanglante de son front et comprends ce que j'ai réussi à faire.

J'ai découpé un morceau de son crâne de la taille d'un chapeau.

Lorsqu'elle s'effondre, la partie supérieure de sa tête tombe sur le côté, exposant le cerveau découpé au-dessous.

Impossible de guérir de ça. Même pour un dragon.

Pendant que je fais cette constatation, je me souviens un peu tard que cette femme avait de l'importance pour Nero… et même si, à mon avis, elle méritait son sort, il aura peut-être une opinion différente.

Bon, pas le temps de m'inquiéter pour ça.

Je dois aider Nero.

Même si mon dos guérit vite, j'ai encore mal quand je serre mon épée avec plus de force.

Ignorant la douleur, je me tourne face aux deux dragons flous.

Mais Nero n'a plus besoin de mon aide.

Avec un grognement furieux, il ramasse l'usurpateur blessé sur le sol et le jette dans la gueule ouverte de la vierge de fer.

Des centaines de lames pointues pénètrent le corps de Yudo, qui hurle de douleur.

Le visage tordu par la colère, Nero referme le couvercle de l'espèce de cercueil, transperçant son ennemi avec autant de lames supplémentaires.

Je désactive l'épée et jette la poignée à Nero.

— Tiens. Termine ce que tu as commencé.

Nero attrape la poignée, active l'épée et découpe la vierge de fer en deux. Ensuite, il tranche chaque moitié en d'autres moitiés, et ainsi de suite jusqu'à ce qu'il ne reste que deux petits bouts de viande empalés sur les lames de l'engin… une espèce de brochette de dragon très macabre.

Nero pousse un morceau en particulier avec son pied, et une couronne en or couverte de sang tombe sur le sol.

Puis il désactive l'épée et se tourne vers moi, le regard plein d'un mélange de fureur et d'incompréhension.

— Tu mourais dans ma vision de cette scène, expliqué-je en me mordant la lèvre. Je suis venue t'aider.

Il plisse les yeux et ouvre la bouche pour répondre… mais son regard tombe alors sur Claudia, et il lâche l'épée.

Avec un bond qui me fait sauter en arrière, il rejoint la femme morte et s'agenouille près d'elle.

Oh, mince.

Ses anneaux cornéo-limbiques dominent entièrement ses yeux, et son visage est tordu par le chagrin.

Malgré la trahison de Claudia, il est plus que bouleversé par sa mort.

— Pourquoi ?

Il pose les mains sur sa robe sanglante.

— Pourquoi ? Pourquoi ?

Je ne sais pas s'il me demande pourquoi je l'ai tuée, s'il lui demande pourquoi elle l'a trahi, ou s'il demande à l'univers indifférent pourquoi celui-ci lui enlève tous ceux qu'il aime.

Je n'ai qu'une seule certitude. Quand Nero retrouvera sa capacité à réfléchir, il comprendra comment Claudia est morte.

Il comprendra que c'est moi qui l'ai tuée.

CHAPITRE TRENTE-QUATRE

MÊME SI JE devrais sans doute m'enfuir, je m'approche de Nero. Je prends le risque de perdre la main en la posant sur son épaule.

Il ne semble pas remarquer mon geste.

Son corps puissant est raide, comme pétrifié. Le sang qui coule de son avant-bras teinte le sol en pierre de rouge, et son visage exprime toute sa désolation.

— Pourquoi ? chuchote-t-il encore d'une voix rauque. Pourquoi as-tu fait ça ?

J'ai l'impression qu'un troupeau d'éléphants est posé sur ma poitrine. C'est presque comme si Woland me faisait subir une autre crise cardiaque. Bizarrement, c'est même encore pire, cette fois, car la pression sur mon torse est amplifiée par les picotements derrière mes yeux.

J'ai fait ça à Nero.

J'ai tué la seule personne dont il semblait encore se soucier.

— Nero. Je suis désolée, vraiment.

Il ne remarque toujours pas ma présence, toute son attention focalisée sur le cadavre de Claudia. Tendrement, il tend la main et essuie le sang qui couvre son visage… et c'est alors que je remarque quelque chose d'étrange.

Sa marque de naissance.

Elle semble couler, comme du maquillage.

Comme si elle avait été peinte.

D'un seul coup, je comprends tout… et mon amour pour la prestidigitation m'oblige à être impressionnée malgré ma fureur.

Les genoux tremblants de soulagement, je m'accroupis à côté de Nero, et il se tourne enfin pour me regarder, sans comprendre.

— Ce n'est pas Claudia, dis-je doucement en essayant de ne pas être bouleversée quand je lui serre la main. Sa marque de naissance est une fausse.

Les anneaux cornéo-limbiques de Nero se dilatent incroyablement, submergeant presque tout le blanc de ses yeux, et il serre le poing entre mes doigts.

— Quoi ?

Sa voix est à peine audible.

— L'usurpateur a fait la même chose que toi, j'explique en relâchant sa main. Tu as fait croire à tout le monde que Kit était toi, et il t'a fait croire que cette personne était Claudia. Regarde.

Nero m'observe pendant que je crache sur mon doigt et que je frotte la marque de naissance sur la joue de la fausse Claudia.

Je laisse un trait propre… et aucune trace de la marque de naissance.

Le sang a dû diluer la peinture ou le maquillage ou je ne sais quoi, permettant à mon doigt de l'effacer facilement.

Pendant qu'il examine mon travail, le visage de Nero semble passer par toutes les émotions connues, avant de finir sur un mélange d'espoir et de rage.

— Où est-elle ? grogne-t-il en se levant d'un bond.

— Aucune idée, dis-je au cas où ce soit à moi qu'il le demande et pas au cadavre de l'imitatrice.

Sans un mot de plus, Nero disparaît de la pièce en un clin d'œil flou.

Je me lève, et, ce faisant, je remarque que mon dos va beaucoup mieux. J'attrape l'épée du portail et lui cours après.

Il est trop rapide pour que je le rattrape, alors je suis les traces de portes brisées et de meubles retournés qu'il laisse derrière lui.

Quand j'atteins la partie prison du château, j'y trouve de nombreuses portes de cellules arrachées du mur.

Plus loin, je découvre Nero debout à côté d'une cellule géante avec de gros barreaux en métal. Elle ressemble à la cage dans laquelle la fausse Claudia attendait son sauvetage.

Je reste figée.

La femme dans la cage est vêtue d'une robe simple identique à celle que portait la fausse, elle a de longs cheveux châtains similaires et, bien sûr, une marque de naissance en forme de nuage sur la joue. Cependant, son visage est assez différent. Alors que l'autre était jolie, celle-ci est l'équivalent d'une Hélène de Troie dont on aurait amélioré le visage sur Photoshop.

Le genre de beauté pour laquelle les hommes partent en guerre.

Elle se tient derrière les barreaux, presque nez à nez avec Nero. Pendant que je les regarde, elle essaie de tordre les barreaux de la cage… sans y parvenir.

— Ton nom, demande Nero en tendant les mains pour attraper les siennes. Dis-moi qui tu es.

— Je suis Claudia, dit-elle d'une voix étranglée. Et tu es mon frère, Nero.

Elle rit en tremblant et je pousse un soupir de soulagement.

Sa sœur.

C'est sa sœur.

Jusque-là, je n'avais pas remarqué combien j'étais tendue en attendant cette confirmation.

— J'ai du mal à croire que tu sois en vie, continue-t-elle.

Son magnifique visage se tord alors de fureur.

— Cet enfoiré de Yudo…

— Est mort, grogne Nero.

Il relâche ses mains, saisit les barreaux de la cage et ils forcent tous les deux pour les plier, mais sans y parvenir.

— J'ai essayé souvent, mais je n'ai jamais réussi à m'échapper, explique Claudia avant de donner un coup de poing frustré contre les barreaux.

— Poussez-vous.

Quand ils font un pas de côté, je découpe un trou assez grand dans la cage pour que Claudia puisse passer.

Dès que je me décale, Claudia se jette sur Nero pour lui infliger un câlin si violent que s'il n'était pas un dragon, il aurait eu une côte brisée.

Ils restent enlacés et se murmurent des choses, et je me mets en retrait afin de leur laisser un peu d'intimité. Je me sens bête d'avoir été jalouse de Claudia… car je l'étais, même si je ne voulais pas l'admettre.

Mais ils sont frère et sœur, *ouf*.

Je suis particulièrement contente de ne pas avoir tué la vraie Claudia. Il faudra que j'utilise cette épée avec beaucoup de précautions près d'elle, à l'avenir.

Un bruit métallique sur notre droite me fait sursauter, et je me retourne en activant l'épée sans même y réfléchir.

Environ une dizaine de gardes arrivent en courant, armés jusqu'aux dents.

Nero réagit immédiatement, poussant Claudia derrière lui.

— Posez vos armes, dit-il d'un ton très sec. Votre maître est mort et un nouveau régime…

Avant que Nero ait le temps de terminer, Claudia s'avance en un mouvement flou, et en une fraction de seconde, les gardes sont déchiquetés.

Elle lève la tête en essuyant ses mains sur sa robe, l'air vaguement gêné.

— Ils n'arrêtaient pas de cracher dans mon repas, précise-t-elle.

Je ne peux m'empêcher de remarquer que tout le sang qui coule sur son visage n'efface pas sa marque de naissance, cette fois.

— Ils…

— Inutile de te justifier, répond Nero en souriant. Tu as toujours eu mauvais caractère.

D'accord. Évidemment, pour un type qui déchiquette lui aussi les gens qui l'énervent, ce qu'elle a fait ne démontre qu'un peu de « mauvais caractère ».

J'ai dû ricaner à haute voix, parce que Claudia se tourne vers moi. Elle m'observe avec curiosité.

— Qui est-ce ? demande-t-elle à Nero, comme si je n'étais pas là.

— Voici Sasha, annonce Nero avant de me regarder en fronçant les sourcils, pour une raison qui m'échappe.

Elle m'examine de plus près, puis jette un regard noir à Nero, puis me regarde à nouveau, et un sourire joyeux apparaît sur ses lèvres.

— Es-tu ma belle-sœur ? m'interroge-t-elle en penchant la tête.

Je suis sous le choc.

Vient-elle de demander si Nero est mon *mari* ?

Parce que bon, il est très doué de sa langue et tout, mais c'est une idée ridicule.

Ignorant sa question, Nero dit à Claudia :

— Maintenant que tu es en sécurité, nous devons mettre fin au bain de sang à l'extérieur.

Toujours renfrogné, il se tourne vers moi et aboie :

— Suis-moi.

Avant que nous ayons le temps de lui demander des détails, Nero repart à grands pas dans le couloir.

Je regarde Claudia, qui sourit et produit une grimace qui ressemble beaucoup au visage de Nero quand il est furieux. Avec une imitation parfaite de sa voix, elle suggère :

— Nous ferions mieux de suivre les ordres de M. Grognon.

Je réprime un éclat de rire.

— C'est vrai.

En me tournant pour qu'elle puisse voir la blessure dans mon dos, je demande :

— Quels sont les dégâts ?

D'après la douleur, ces bobos devraient presque avoir disparu.

— La plaie se referme en ce moment même, observe Claudia d'un ton approbateur. Qu'est-ce que tu es ?

— Une vampire, je lui confie à voix basse. Mais c'est un changement récent.

— Quoi ? grogne Nero quelque part, avant d'apparaître dans le couloir pour me jeter un regard à vous glacer le sang.

Foutue ouïe de dragon. Je n'avais pas l'intention de lui révéler mon nouvel état tout de suite.

— J'ai eu quelques problèmes avec des chorts sur Terre. Une chose a conduit à une autre et j'ai fini par boire le sang de Lilith. C'est ma mère, au fait, dis-je à Claudia, qui me regarde avec des yeux écarquillés.

Ensuite, Woland – le chef des chorts – m'a tuée, alors je me suis transformée. Darian ne mentait pas quand il…

— Tu m'expliqueras tout ça plus tard. Avec beaucoup de détails.

Le visage de Nero est sombre comme un ciel orageux.

Avant que je puisse répondre, il tourne les talons.

— Tu vas avoir des problèmes, chuchote Claudia en souriant. Il n'a pas du tout changé.

Grommelant quelque chose d'inintelligible, Nero disparaît au coin d'un couloir, et quand nous le rattrapons, il est en train de ramasser la couronne ensanglantée sur les restes de l'usurpateur.

Il secoue la couronne pour en faire tomber le sang et la pose sur sa tête d'un geste plein de cérémonie.

Immédiatement, l'entaille sur son bras guérit, tout comme les autres bleus et coupures de son corps.

— Le trésor impérial lui appartient, maintenant, explique Claudia quand elle voit mon air perplexe. Avec toute cette richesse, il gagne du pouvoir.

Ah. Ce doit être comme quand Nero a guéri sur sa pile de trésors, sur Terre. Le château en lui-même doit compter comme une de ses richesses, désormais… ou alors, il y a peut-être une véritable grotte avec de l'or et des diamants au-dessous de nos pieds.

Je me demande si c'est ce qui a permis à l'usurpateur de se battre aussi longtemps contre Nero : il avait le pouvoir supplémentaire que lui conférait ce trésor.

Claudia sourit en examinant la brochette de dragon.

— Bien fait.

Elle regarde alors le cadavre de la fausse Claudia.

— Pour sa pétasse aussi. Ça fait des jours qu'ils se vantaient de leur plan auprès de moi, depuis que des rumeurs de ton retour sont parvenues aux oreilles de Yudo.

Nero pousse un grognement et s'avance vers les grandes portes par lesquelles l'usurpateur et ses sbires sont entrés dans la salle de torture, sa sœur et moi sur ses talons.

Quand nous parvenons aux portes géantes du château, Nero active un mécanisme et elles s'ouvrent avec un grincement assourdissant.

À l'extérieur, la bataille fait encore rage. Les hommes forts et le loup-garou sont devant tout le monde, une mer de cadavre derrière eux. Vlad n'est pas loin, penché au-dessus de l'un des soldats ennemis, sans doute pour boire son sang… ce qui me fait constater qu'un petit en-cas ne me ferait pas de mal non plus.

Les autres se battent tout aussi furieusement. Colton et les géants piétinent les gens, l'espèce d'elfe noie les soldats ennemis sous les flèches, les guerriers cocatrix tuent des dragons et des humains de tous les côtés et les centaures galopent comme des chevaux pendant une partie de polo, semant la mort dans leur sillage.

La seule partie du combat qui ne se passe pas aussi bien qu'il le faudrait, c'est la bataille aérienne.

Malgré la victoire de Kit contre le très grand Zmey,

il y a simplement trop de dragons ennemis comparés aux alliés de Nero.

— Dragons, écoutez-moi ! rugit Nero d'une voix qui ressemble à un mélange entre celles d'un humain et d'un dragon. L'usurpateur est mort.

Il retire la couronne et la lève très haut au-dessus de sa tête.

— Vous avez deux minutes pour cesser les hostilités et continuer à vivre.

La bataille dans le ciel s'arrête instantanément tandis que chaque dragon ennemi regarde dans la direction de Nero.

Il ne leur faut pas longtemps pour prendre la bonne décision.

Un par un, ils atterrissent, prennent leur forme humaine et s'agenouillent devant Nero.

— Donnez l'ordre aux humains de se rendre, grogne Nero à l'un des plus gros dragons ennemis... qui doit être une espèce de général.

Le type aboie des ordres, et l'armée humaine arrête de se battre, adoptant un air perplexe à la place.

Au cours de l'heure qui suit, tous les dragons du côté de Yudo s'approchent de Nero et jurent leur loyauté. Quelques-uns – sans doute ceux qui étaient plus élevés dans les rangs maléfiques de l'usurpateur – offrent une récompense sous la forme d'une partie de leur trésor ou de leur territoire.

Nero les écoute, le visage impassible, et bien qu'il accepte leurs offrandes, aucun d'entre eux ne repart avec les titres qu'il avait à la cour de l'ennemi.

Pendant ce temps, Claudia va parler à l'armée humaine, et bien que je n'entende pas ce qu'elle dit, les gens semblent soulagés.

Pendant que je regarde tout ça en me sentant complètement inutile, je suis de plus en plus abattue. En effet, je dois maintenant répondre à la question qui m'est venue après la vision concernant la trahison de Claudia.

Nero a-t-il l'intention de régner sur les dragons ?

Oui, manifestement.

Ce qui soulève une question plus importante encore.

Y a-t-il une place pour quelqu'un d'aussi insignifiant que moi dans la vie d'un empereur dragon ?

CHAPITRE TRENTE-CINQ

— JE VAIS ME BALADER, dis-je en marmonnant sans que personne fasse attention à moi.

Ce qui semble logique. Pourquoi en serait-il autrement ?

Il vient d'y avoir une révolution sur ce monde, et je n'ai rien à voir là-dedans.

Déprimée, je me dirige vers le champ de bataille pendant que Nero continue à faire ses trucs d'empereur, distribuant des terres et des trésors aux dragons qui ont soutenu sa campagne. Alors que j'enjambe les cadavres au bord du croissant de lune de Godiva, je jette un coup d'œil en arrière et constate que Claudia est maintenant à ses côtés.

— Sasha !

Surprise, je me tourne et aperçois Kit qui vient vers moi, accompagnée de Vlad et des autres soutiens Conscients de Nero.

— Comment es-tu arrivée ici ? demande-t-elle en

s'arrêtant devant moi. Nero a fait toute une histoire pour que tu restes en dehors de ce conflit.

— Ah bon ? Eh bien, je suppose que je ne suis pas si facile à maîtriser !

— Tu m'étonnes.

Kit sourit avant de me scruter de près.

— As-tu fait quelque chose de différent avec ton maquillage ?

— Elle s'est transformée, annonce Vlad avec un regard indéchiffrable. Elle est comme moi, maintenant.

— Tu es une vamp ? s'exclame Kit avec enthousiasme. Comment ? Pourquoi ne m'as-tu rien dit ? C'est arrivé quand ?

— Nous devons aller voir Nero, tonne Colton avec son larynx géant. Vous pourrez bavarder plus tard.

Kit le chasse d'une main dédaigneuse.

— Tu peux y aller, je te rejoindrai.

Les compagnons de Kit s'en vont, mais Vlad reste avec nous.

— Alors, reprend Kit. Comment c'est arrivé ?

— C'est une longue histoire. Et je ne voudrais pas que Sa Majesté Impériale attende inutilement.

— Tu n'as peut-être pas tort, lâche Kit sans remarquer mon ton sarcastique. Et si nous passions directement à la partie la plus importante ?

Retirant sensuellement les cheveux de sa nuque, elle se tourne lentement et me laisse bien voir sa carotide qui pulse de façon très tentante.

— Prends une petite gorgée, dit-elle d'un ton séducteur. Tu sais que tu en as envie.

Je jette un coup d'œil à Vlad et le vois lever les yeux au ciel. Je me concentre à nouveau sur Kit et m'éclaircis la gorge.

— Merci, mais je viens de faire un gros goûter au château. Peut-être plus tard ?

— Bon, d'accord.

L'air déçu, Kit remet ses cheveux en place et cache sa nuque. Elle s'adresse ensuite à Vlad :

— Je suppose qu'on devrait rejoindre les autres.

— Une seconde, dit Vlad avant de m'observer attentivement. Si tu veux agir comme une personne civilisée, n'ignore jamais la soif.

Je hoche la tête, reconnaissante. C'est ce que je pensais, mais j'aprécie d'entendre cette information de sa bouche.

— Donne-moi ton téléphone, exige-t-il.

Quand je lui passe, il enregistre un numéro.

— C'est mon contact personnel pour la banque de sang à New York, explique-t-il. Dis-lui que tu viens de ma part, et elle organisera les livraisons.

Des livraisons de sang. Super. Je me demande s'ils utilisent Uber Eats.

— Merci, dis-je en remettant le téléphone dans ma poche.

— Avec plaisir. Maintenant, où vas-tu comme ça, toute seule ? Pas sur Terre, j'imagine.

— Non, il me faut juste un peu d'air frais après ce le bain de sang. Je me suis dit que j'allais me balader dans la forêt.

En réalité, son idée n'est pas mauvaise. La soif de

vampire est revenue et Kit ne m'a pas aidée avec sa proposition. Sur Terre, je pourrais joindre le contact de Vlad et recevoir un repas. En plus, je laisserais Nero tranquille.

— Très bien, mais ne t'éloigne pas trop. Tu ne connais pas assez ce bois et il se fait tard.

Je réponds en mentant éhontément.

— Pas d'inquiétude. Je vais rester près d'ici.

— Nous ferions mieux d'y aller, intervient Kit en levant les yeux vers le ciel qui s'assombrit.

— Très bien, répond Vlad.

Avec un dernier regard d'avertissement dans ma direction, il se détourne.

Pendant qu'ils se précipitent vers le château, je reprends ma promenade, me dirigeant vers la forêt où j'avais été surprise par l'orage. Rien ne m'arrête maintenant, car la météo est parfaite, et avec ma vue améliorée de vampire, je vois aussi bien dans l'obscurité que par une journée légèrement nuageuse.

Avec mes sens améliorés, la forêt étrange est un plaisir à explorer. Purement par accident, je pénètre dans un pré de la taille d'un stade et m'arrête, émerveillée.

L'endroit est couvert d'une sorte de mousse bioluminescente qui me donne l'impression que je marche dans un ciel étoilé.

M'efforçant de chasser Nero de mon esprit, j'inspire l'air frais et j'essaie de découvrir à quoi me fait penser l'odeur de cette mousse. Un mélange de pétales de roses et de fruits de la passion, je finis par décider après une autre inspiration.

Comme c'est romantique.

Une ombre obscurcit le ciel et mon pouls s'accélère quand je lève la tête.

C'est un dragon.

Un dragon en colère qui plonge droit sur moi.

CHAPITRE TRENTE-SIX

UN DRAGON que j'essayais précisément de chasser de mes pensées.

Il atterrit sur la mousse et se transforme en silhouette très nue. Son visage finement ciselé affiche une expression furieuse.

— Nero, dis-je, hautement consciente de sa nudité. Tu n'as pas tout un empire à commander, maintenant ?

Il a beau être à quelques mètres, je peux sentir son odeur propre et boisée. Et ce n'est pas tout. Mon système olfactif amélioré m'informe qu'au-dessous plane une odeur chaude et musquée de quelque chose de viril et primitif.

Il me faut toute ma volonté pour garder les yeux au-dessus de son torse, même si ce que j'aperçois malgré tout me semble extrêmement appétissant. Surtout en ultra-HD.

— Tu t'es interposée entre des dragons en plein combat, grogne Nero en avançant vers moi. Encore.

Je refuse de reculer et rétorque :

— Et toi, tu t'es fait tuer dans ma vision, encore. Est-ce que je râle, moi ?

Ses muscles se tendent dangereusement alors qu'il se penche pour me toiser.

— Je t'ai interdit de quitter cet appartement. Comment es-tu sortie ?

— Personne ne *m'interdit* de faire quoi que ce soit. Et ça compte double pour les ingrats.

Je lève les mains pour le repousser, mais il saisit mes poignets d'une prise implacable, même pour ma nouvelle force de vampire.

— Darian a dit que tu allais mourir. Je savais qu'il ne mentait pas. Que voulais-tu que je fasse ?

Il serre plus fort.

— Oh, je ne sais pas, dis-je en enveloppant chaque mot d'une dose mortelle de sarcasme. Et si tu m'avais parlé ? Je sais que ça peut paraître fou, mais...

— Lilith possède mon sang. Te parler aurait impliqué de te livrer à elle sur un plateau d'argent.

Son regard me transperce comme si c'était lui qui était capable d'ensorceler les gens.

Je me libère de son emprise.

— Mais bien sûr... Lilith est la raison pour laquelle tu ne pouvais pas m'appeler ? Ou envoyer un texto, ou m'appeler en visio, ou encore attacher une lettre à la patte d'un pigeon ?

— Raspoutine m'a donné un planning très serré, explique-t-il avec beaucoup moins de colère.

Inspirant profondément, il ajoute d'un ton plus calme :

— Mais tu as raison. J'aurais dû te demander personnellement de rester chez toi.

— Tu aurais dû, oui.

Pendant un moment, nous nous contentons de nous regarder, et la stupide soif de vampire attire mon regard vers son cou. Son cou fort et musclé avec une peau qui semble si douce et appétissante.

Je lèche mes lèvres sèches et m'efforce de me débarrasser de ce besoin obscur quand je le regarde à nouveau dans les yeux.

— Je ne suis pas doué pour les adieux, déclare-t-il d'un ton bourru, et l'odeur chaude et virile s'intensifie quand il dévisage mes lèvres comme s'il aimerait suivre les traces de ma langue avec la sienne.

Cette odeur est celle du désir, et je le comprends en sentant sa réaction contre mon ventre. Une *grosse* réaction.

— Ceci est donc un adieu ? je demande, le souffle coupé.

Je fais un pas en arrière en luttant contre mon envie de lui sauter dessus.

Il fronce les sourcils.

— Ceci – ce moment – n'a pas intérêt à être un adieu. Je parlais de ce qui est arrivé sur Terre. Je n'étais pas certain de te revoir et…

Je perds ma bataille interne et tends les mains vers lui avec ma vitesse de vampire. J'entoure son cou de mes bras en collant mes lèvres aux siennes.

Nero se raidit d'abord. Ensuite, avec un grognement, il m'embrasse à son tour ; sa langue danse avec la mienne, forgeant des alliances avant d'envahir ma bouche comme une armée conquérante.

Une vague de chaleur explose dans mes veines et liquéfie mes organes. Sans rompre le baiser, je me débarrasse de mes chaussures d'un coup de pied et je quitte ma veste en me trémoussant.

— Attends.

Il arrache sa bouche à la mienne et fait un pas en arrière en respirant bruyamment.

— C'est dangereux, même telle que tu es maintenant.

Dangereux ?

J'ai reçu un coup d'épée dans le dos aujourd'hui et j'ai survécu. S'il pense que je ne saurais pas gérer *son* épée, il ferait mieux d'y réfléchir à deux fois.

Je fais encore une fois passer ma langue sur mes lèvres et commence à me déshabiller aussi lentement et irrésistiblement que je le peux.

Ses anneaux cornéo-limbiques – et d'autres parties de son corps – enflent subitement.

Quand mon soutien-gorge tombe à terre, Nero perd son sang-froid. Avec un grognement torturé, il avance à toute vitesse, et avant que j'aie le temps de cligner des paupières, nous nous embrassons à nouveau. Sauf que cette fois, l'expérience est plus féroce, plus bouleversante que jamais, la combinaison de Nero et de mes sens améliorés perturbant mon cerveau. Je perçois tout, je goûte tout… je sens même l'odeur du sang qui court dans ses veines.

Et j'en veux plus.

Je veux tout.

Dans sa bouche, je chuchote :

— Je suis prête à prendre le risque. S'il te plaît.

Avec un bruit qui évoque celui d'un animal blessé, Nero se dégage légèrement et penche la tête en m'offrant sa nuque.

— Bois, ordonne-t-il d'une voix rauque.

La faim que je ressens en regardant son pouls battre sous sa peau bronzée me fait vaciller.

Il me faut toute ma volonté pour ne pas l'attaquer comme une prédatrice et pour embrasser sa nuque à la place. Il frissonne, et sa peau se couvre de chair de poule. Ses mains agrippent mon dos et m'attirent vers lui.

Ma maîtrise de moi-même s'évapore, et avec un gémissement, je plonge mes crocs soudain sortis dans sa chair.

Lorsque le liquide épais touche ma langue, le plaisir explose dans mon cerveau et brouille ma conscience comme une tornade.

Le temps devient incertain, et toute réflexion impossible.

Nous finissons sur un tapis de mousse – et c'est alors que je sens Nero entrer en moi avec précaution –, et le plaisir explose de façon exponentielle, transformant ce qui arrive ensuite en une œuvre floue d'extase violente.

À un moment, quelque part, j'entends Nero grogner de plaisir.

De plus loin encore, mes propres gémissements atteignent mes oreilles, puis dégénèrent en cris orgasmiques.

J'ai vaguement conscience de fracas et de douleur se mêlant aux plaisirs hallucinants, mais l'extase domine tout. Pendant que d'autres gouttes de sang tombent sur mes lèvres, je me perds entièrement, explosant plusieurs fois dans ses bras.

CHAPITRE TRENTE-SEPT

À UN MOMENT DONNÉ, nous avons dû nous arrêter, car je reprends progressivement mes esprits. J'ouvre les yeux et découvre que je suis lovée dans les bras de Nero, ma tête sur son épaule et ma jambe posée de façon possessive sur ses cuisses. Nous sommes au bord d'une clairière de la forêt, dans un petit cratère entouré d'arbres déracinés.

Waouh.

Était-ce l'orage ou nous ?

— Tu vas bien ? murmure Nero en me caressant le dos.

— Non, mieux que ça, je chuchote, émerveillée, tout en parcourant mon corps à la recherche de courbatures et de douleurs… pour n'y trouver que le contraire. Je me sens merveilleusement bien.

C'est un euphémisme.

J'ai l'impression d'avoir été reconstruite avec des composants plus solides et pleins de morphine.

— Bien, dit-il.

Quand je lève la tête pour scruter son visage, je vois du soulagement – et une satisfaction purement masculine – sur ses traits durs.

Je repose ma tête en cachant un sourire.

Bon.

J'ai couché avec un dragon et j'ai survécu.

Être une vampire, ça a de beaux avantages.

Je dois dire, cependant, que je me sens assez fatiguée. C'est peut-être la baisse de régime qui suit le repas ?

Je dévisage ledit repas et le surprends en train de bâiller, ce qui me fait l'imiter par réflexe.

Tiens. Ça n'a pas disparu quand je suis devenue une vampire. C'est bon à savoir.

— Tu n'as plus besoin de dormir, murmure-t-il, comme s'il lisait dans mes pensées. Mais fais-le quand même.

Il me serre contre lui et il s'endort, sa respiration devenant régulière au bout de quelques secondes.

Je suis tentée de me lever juste pour embêter son Autorité Impériale, mais c'est agréable de rester allongée là. Je ferme les yeux et laisse mes muscles se détendre. Je commence à compter les moutons, juste pour voir si je suis encore capable de m'endormir.

Au numéro vingt-sept, je tombe comme une masse.

———

QUAND JE REPRENDS CONSCIENCE, je suis toujours contre Nero et je sens son souffle chaud dans ma nuque.

Il dort toujours, alors que je aussi éveillée que si j'avais bu un triple expresso. Ce doit être un effet secondaire de ne pas avoir besoin de sommeil.

Je savoure le fait d'être enveloppée dans ses bras puissants pendant quelques moments de bonheur, puis je me rends compte que suffisamment de temps doit s'être écoulé pour recharger mes pouvoirs de voyance.

En supposant que je les ai gardés quand je me suis transformée en vampire.

Mon contentement commence à s'évaporer, je décide donc de m'assurer de la réponse une bonne fois pour toutes.

Je régule ma respiration, j'adopte l'état de concentration nécessaire... et sans effort, je me retrouve dans l'espace mental.

Ouf.

C'est officiel.

Je suis voyante et vampire. Une vampoyante, en fait, ou peut-être une vampidium ?

Quel que soit le nom que je décide de me donner, j'ai une inquiétude de moins... ce qui ne m'en laisse plus que quelques millions.

Je flotte et me concentre sur les formes apaisantes qui m'entourent. Si je les testais, elles me montreraient sans aucun doute dans les bras de Nero.

Ça a beau être tentant, comme j'y suis déjà, je ferais

mieux de trouver quelque chose de plus utile… comme voir comment vont mes amis.

Je n'ai pas besoin de temps pour décider par qui je vais commencer.

Je suis trop impatiente de tester mes capacités à l'ensorcellement. Je les ai utilisées sur Felix hier, alors je devrais sans doute vérifier que l'effet s'est estompé.

Comme les formes précédentes, celles-ci sont assez calmes, ce qui est très bien. Je n'ai surtout pas besoin d'autres drames liés à Felix.

Je m'étire vers une forme au hasard et laisse démarrer la vision.

———

FELIX EST ASSIS dans une cuisine élégante en face d'Ariel et Raspoutine.

Je reconnais l'endroit. C'est l'appartement que Nero a fourni à Raspoutine dans sa boîte de nuit. Je les ai un jour espionnés alors qu'ils y complotaient ensemble.

Felix tient une espèce de pâtisserie gomorrhéenne qui ressemble à un croisement entre une pizza et une brioche, et il semble entièrement remis, ce qui me soulage grandement.

— Une vampire, dit Felix en anglais, son monosourcil dansant sur son front.

Il répète alors le mot en russe. Je suppose qu'avec lui, Ariel et Raspoutine n'ont pas besoin d'un appareil pour traduire.

— Elle m'a ensorcelé et a endormi Eric si

profondément qu'il faisait encore la sieste près des portails quand j'y suis retourné.

Eric est toujours endormi ? Oups.

— Je ne peux pas le croire, réagit Ariel en fronçant les sourcils. Je ne *veux* pas le croire.

Oh, non.

Je connais cette tête. Ariel est profondément malheureuse, et je comprends pourquoi.

En devenant une vampire, je me suis transformée en une dose vivante de sa drogue préférée.

Est-ce que ça signifie qu'elle ne peut plus me fréquenter ? Ou bien est-ce que je peux simplement lui dire qu'elle ne pourra jamais au grand jamais goûter mon sang ?

— Je peux le confirmer, intervient Raspoutine quand Felix a traduit les paroles d'Ariel. J'ai vu un avenir où Sasha vient ici, à Gomorrah, et elle est sans le moindre doute une vampire.

Felix croque dans sa pâtisserie avant de boire une gorgée de thé.

— Au moins, elle va bien dans ta vision, dit-il à Raspoutine après avoir avalé. J'avais peur qu'elle se fasse tuer en sauvant Nero, cette fois.

— Oui, elle allait parfaitement bien. Et avant que tu poses la question, elle t'était reconnaissante de tes recherches.

Felix semble perplexe, mais Ariel lui fait néanmoins traduire ce que dit Raspoutine.

— Quelles recherches ? demande Ariel à Felix.

— Quelles recherches ? demande Felix à Raspoutine.

— Cette histoire de téléphone. J'ai déjà eu cette conversation avec toi dans une vision, vois-tu. C'est pour cette raison que tu es venu, non ?

— C'est assez hallucinant, admet Felix en russe.

En regardant Ariel, il lui explique :

— Je suis venu ici parce que je voulais que Raspoutine joigne Sasha dans l'espace mental et lui raconte mes découvertes dès que possible.

— J'ai déjà essayé de la joindre dans l'espace mental, annonce Raspoutine. Ça n'a pas fonctionné.

Je me demande ce que je faisais cette fois-là… Je dormais, ou je couchais avec Nero ?

Bien sûr, je n'avais peut-être plus de pouvoirs.

— Tu peux me raconter cette histoire de téléphone ? demande Ariel une fois que Felix l'a mise au courant et a cessé de s'extasier au sujet des prévisions de Raspoutine.

— Sasha m'a donné des numéros. Elle voulait que je découvre avec qui Lilith a échangé… et j'ai réussi, dit-il d'un ton satisfait. Un des numéros était celui de Nostradamus, mais l'autre était celui de Woland… le chef des chorts.

Raspoutine grimace en entendant ces mots en russe.

— Attends… quoi ? s'exclame Ariel en clignant des paupières. Tu n'as pas dit que Lilith vous a sauvé, Sasha et toi, des griffes de quelqu'un qui s'appelait Woland ?

— Exactement, répond Felix. Mais avant de nous sauver, elle a déguisé sa voix et appelé cet enfoiré.

Il attrape un autre morceau de pâtisserie avant de continuer :

— Elle lui a dit que Sasha et moi aurions peut-être des informations sur sa – il désigne Raspoutine de la tête – cachette. Ensuite, elle a indiqué au chort l'endroit où j'étais.

C'était donc Lilith. C'était elle, la source fiable que Woland n'arrêtait pas de mentionner pendant qu'il me torturait. J'ai du mal à y croire. Elle m'a raconté n'importe quoi sur les manipulateurs de probabilités de Saint-Pétersbourg qui auraient retrouvé les traces de Raspoutine, alors que c'était elle depuis le début.

— Ça n'a aucun sens, intervient Ariel. Pourquoi vous mettre en danger avant de vous sauver ?

— Pour faire croire à Sasha que c'est une bonne mère ? suggère Felix en hésitant. Ou peut-être voulait-elle s'assurer que Sasha devienne une vampire ?

— N'aurait-elle pas simplement pu forcer Sasha à boire son sang avant de la tuer ? s'étonne Ariel.

Je ne peux m'empêcher de remarquer son malaise quand elle parle de sa kryptonite. Elle se racle la gorge et ajoute :

— Lilith est assez puissante pour le faire, non ?

— Elle ne voulait peut-être pas que Sasha la déteste plus qu'elle ne le fait déjà.

Felix boit une gorgée de thé et précise :

— Tu me demandes d'imaginer un esprit très tordu, là.

— Je pense que tu n'as que partiellement raison, commente Raspoutine comme s'il avait compris leur anglais.

En réalité, il doit s'appuyer sur ce qu'il a appris dans la vision qu'il a mentionnée.

— Je pense que Lilith a suivi les conseils de Nostradamus et que c'est *lui* qui a imaginé ce plan compliqué.

— Mais pourquoi ? demande Felix avant de traduire pour Ariel.

— Afin de diminuer les chances qu'une autre voyante puisse contrer le résultat par une simple action.

Il attend que Felix traduise pour Ariel, puis continue :

— Je pense que Nostradamus savait que j'étais hors service après avoir donné les plans de guerre à Nero, et il a dû faire perdre son pouvoir de voyance à Sasha par la ruse à un moment crucial de son plan. Si Lilith avait simplement prévu d'attaquer Sasha, ma fille l'aurait vue venir et elle aurait fui... En outre, comme tu l'as dit, Lilith veut peut-être conserver la bonne opinion de Sasha. Cette femme est certainement assez folle pour croire qu'une telle chose est possible.

Waouh.

J'ai la tête qui tourne en digérant les mots de Raspoutine.

Nostradamus aurait-il vraiment prévu une telle chose ?

Certains indices semblent le confirmer.

Par exemple, le fait qu'il a entamé la conversation au sujet des voyants et a proposé de m'apprendre quelque chose. D'accord, c'est moi qui lui ai demandé comment cibler un moment spécifique, mais il a peut-être influencé ma question en prévoyant les différents fils conducteurs de la conversation de façon à me guider dans la direction qu'il voulait.

Et c'était lui qui m'avait encouragée à tester cette capacité… Ce qui m'avait fait perdre mes pouvoirs de voyance.

Je parie que s'il ne m'avait pas appris cela, j'aurais pu battre Woland sans mourir.

Je suis furieuse, mais impressionnée par les capacités de Nostradamus.

Il avait tellement confiance en son plan qu'il m'a même prévenue que cette capacité utilisait beaucoup d'énergie de voyance… sans doute afin que je lui fasse davantage confiance.

— Je commence vraiment à détester les voyants, marmonne Ariel quand Felix lui traduit le reste.

Oui. Elle a volé cette pensée directement dans ma tête inexistante.

— Nous avons tendance à fourrer notre nez partout, lâche Raspoutine…

Encore une fois, pas besoin de traduction.

— Voici ce que je me demande, commence Felix. Maintenant que Woland est mort, pourras-tu venir sur Terre et passer du temps avec Sasha ?

C'est une très bonne question, mais avant que

Raspoutine ait le temps de répondre, la vision prend fin.

DE RETOUR dans les bras de Nero, j'essaie d'assimiler ce que je viens d'apprendre.

Lilith et Nostradamus sont la raison pour laquelle je suis devenue une vampire.

Même si je devrais être furieuse contre eux, je ne peux m'empêcher de comprendre que ce faisant, ils ont aussi involontairement contribué à la survie de Nero. Car si je n'avais pas été une vampire, je n'aurais jamais pu arriver à temps pour le sauver des griffes de la fausse Claudia… et encore moins pu la combattre.

En outre, d'une certaine façon, ils m'ont peut-être donné ma seule chance d'avoir une vie de vampire. J'évitais leur sang comme la peste à cause de l'addiction d'Ariel, et s'ils ne m'avaient pas poussée à absorber celui de Lilith par la ruse, j'aurais continué. Ainsi, si quelqu'un m'avait tuée, je serais vraiment morte.

Malgré tout, ce n'est pas parce que je suis reconnaissante que je deviens stupide.

En sachant ce que je sais maintenant, je vais rester aussi loin de ces deux-là que possible. Sauf que…

Mon sang se glace quand je comprends qu'ils sont au courant de l'une de mes faiblesses majeures : mes parents adoptifs. Au point que tout leur plan reposait sur le fait de les mettre en danger.

Non. Lilith n'est tout de même pas assez monstrueuse pour…

Qu'est-ce que je raconte ?

Elle est assez monstrueuse pour faire le pire de ce que je peux imaginer.

Déprimée, je bondis dans l'espace mental.

———

J'IGNORE les formes par défaut autour de moi et me concentre sur l'essence de mon père.

Des formes inoffensives apparaissent. *Ouf.*

Papa va bien dans un futur proche, ce qui est une bonne chose.

Mais dans quelques jours ? Ou une semaine ?

Eh bien, je peux utiliser la technique pour cibler un moment spécifique qui a fini par me coûter ma première vie.

Pour commencer, je devrais sans doute vérifier que papa est en vie dans un mois.

Ça me paraît une bonne idée, sauf que je ne sais pas combien de pouvoir cela va exiger de moi. Est-ce que le coût augmente avec la longueur de l'intervalle de temps ? Ce qui signifierait que la vision serait trente fois plus « chère » que lorsque j'ai ciblé le lendemain pour voir la deuxième bataille de Nero ?

Nostradamus ne l'a pas spécifié, mais je suppose que ça n'a pas d'importance.

S'il y a bien un endroit où je peux ne plus avoir de pouvoir sans crainte, c'est sans doute dans les bras de

Nero, dans un monde sur lequel il règne et où il a une énorme armée à sa disposition.

Si je ne suis pas en sécurité ici, je ne sais pas où je peux l'être.

Continuant à me concentrer sur mon père, je fais de mon mieux pour invoquer l'essence d'un mois, commençant par la gymnastique mentale que j'ai faite pour une seule journée, puis en imaginant vingt de plus. De là, je visualise également mes week-ends… où je fais quelque chose d'amusant avec Felix et Ariel, j'apprends des tours de magie, je regarde des séries et je me rends à l'Orientation le dimanche.

Ce que je fais doit fonctionner, car les formes inoffensives disparaissent, remplacées par tout le contraire.

À vrai dire, je n'ai jamais entendu ce genre de musique stressante.

Elle n'évoque pas tellement le danger, mais plutôt le chagrin.

Angoissée, j'étire un membre éthéré et m'étends vers la pire des formes.

CHAPITRE TRENTE-HUIT

JE SUIS DÉSINCARNÉE, à l'intérieur du bureau high-tech familier qui sert aussi de salle de réunion à mon père.

Je vois des schémas de la plus récente imprimante 3D au tableau, devant un grand groupe de personnes… mais personne ne les regarde.

Ils ne le peuvent pas… parce qu'ils sont tous morts.

Non, pas simplement morts. Ils sont momifiés d'une façon que j'ai vue récemment.

On dirait que Tartarus a aspiré leur vie.

Non.

Impossible.

Je dois avoir fait une erreur en ciblant cette vision et m'être retrouvée dans le monde que j'ai traversé pour venir ici… celui qui ressemble tellement au nôtre, mais qui est mort depuis longtemps.

Ce monde aurait-il un équivalent de Boston avec un bureau qui ressemblerait à celui de papa ?

C'est possible, sauf qu'il y a un gros problème.

À la tête de la table se trouve mon père en personne, desséché comme ses autres employés.

Malgré tout, peut-être…

———

JE SUIS de retour dans les bras de Nero, au bord d'une crise d'angoisse.

Il doit y avoir une autre explication.

Ça ne peut pas être l'avenir.

Au terme de gros efforts, je stabilise suffisamment ma respiration pour retourner dans l'espace mental.

Une fois que je flotte parmi les formes, j'invoque soigneusement l'essence d'un mois, puis l'essence de ma mère. Ensuite, pour bien faire, je m'efforce de me concentrer sur l'essence de l'Autremonde connu sous le nom de Terre… la planète bleue que j'ai considérée comme ma maison pendant toutes ces années. Pour récompenser mes efforts, un jeu de formes apparaît… et les formes émettent les mêmes sons effrayants que les précédentes.

Je recommence plus consciencieusement toute cette histoire d'essence, mais le résultat est le même.

Je n'ai plus qu'à assister à l'horrible confirmation.

Comme une masochiste, je m'étire une fois de plus vers la pire des formes.

Je flotte à Times Square, New York.

Ça se tient. C'est un des endroits préférés de ma mère, car elle adore les spectacles de Broadway.

Et je la découvre, manifestement en route pour voir *Le Fantôme de l'opéra* pour la énième fois.

Sauf qu'elle n'est pas arrivée jusque-là.

Elle est allongée sur le goudron, une enveloppe desséchée et sans vie.

J'aimerais avoir une bouche afin de crier.

Même si son corps n'est plus qu'une coquille vide, je ne peux nier qu'il s'agit de ma mère. Je reconnais ses vêtements parfaitement taillés et son maquillage élégant.

Et elle n'est pas la seule.

Des dizaines de milliers de touristes et d'habitants ont subi le même sort. Leurs cadavres sont éparpillés partout.

Ils ont dû mourir récemment, car les énormes écrans de Times Square fonctionnent encore, montrant des publicités et des aperçus de la vie précédant le désastre.

Cependant, sur quelques écrans, les journalistes sont devenus les mêmes coquilles vides que dans le Square… comme s'ils avaient été frappés par la peste en plein enregistrement.

Un des reporters semble avoir communiqué depuis la Chine, un autre l'Australie, et un l'Allemagne.

Et en arrière-plan de ces émissions abominables, tout le monde est tout aussi mort.

DE RETOUR dans les bras de Nero, je suis frigorifiée, et je tremble de façon incontrôlable.

Je ne peux plus le nier.

Dans un mois ou moins, Tartarus viendra sur Terre.

Ma Terre.

Et il va tuer mes parents.

Il va tuer tout le monde, comme il l'a fait sur tant d'autres planètes.

Derrière moi, Nero se réveille, ses lèvres chaudes caressent ma nuque, mais pour une fois, mon corps reste froid et rigide, paralysé de terreur.

Parce que si tout ce que j'ai entendu concernant Tartarus est vrai, je ne peux pas arrêter cet Armageddon.

Mais je n'ai pas le choix.

Je dois essayer.

J'espère que vous aimez l'histoire de Sasha ! Ses aventures termine avec *Vampires et poudre aux yeux*.

Si vous souhaitez être averti de ma prochaine parution, inscrivez-vous à ma liste de diffusion sur www.dimazales.com/book-series/francais/.

Et maintenant, veuillez tourner la page pour un aperçu palpitant *Vampires et poudre aux yeux*.

EXTRAIT DE VAMPIRES ET POUDRE AUX YEUX

— Nero, dis-je en chuchotant assez fort.

Je m'extirpe de ses bras et le secoue.

— Réveille-toi.

Il ouvre brusquement les paupières, puis fronce les sourcils en s'asseyant.

Il a dû remarquer ma panique.

— Tu as fait un autre cauchemar ? demande-t-il.

J'écarquille les yeux, momentanément distraite.

— Un *autre* cauchemar ? Quand ai-je fait le premier ?

— Tu ne t'en souviens pas ?

Il lève la main et caresse l'arrière de ma tête comme si j'étais un chat.

— Tu as gémi et poussé de petits cris au milieu de la nuit. Je me suis réveillé deux fois.

Sérieusement, des cauchemars ? Comment se fait-il que je ne m'en souvienne pas ?

Ai-je rêvé de l'apocalypse à venir avant d'avoir ma vision éveillée ? Impossible. Les visions basées sur les rêves disparaissent quand je reprends le contrôle de ma conscience. Il devait s'agir de cauchemars ordinaires… et ils ne sont certainement pas à la hauteur de la terrible réalité.

Nero baisse la main.

— Alors, qu'est-ce qui ne va pas ?

J'inspire profondément et lutte contre l'envie de replacer sa paume où elle était.

— Je viens d'avoir deux visions affreuses.

Il fronce les sourcils.

— Des visions ? Quelles visions ?

J'inspire encore et lui confie que Tartarus – le Conscient extrêmement puissant capable de se nourrir de mondes entiers – vient sur Terre pour un buffet à volonté.

— J'ai vu mes deux parents sous forme d'enveloppes desséchées, dis-je avec un tremblement du menton. Tous ceux que nous avons connus vont mourir.

Nero me regarde, puis il me serre contre son torse puissant, en sécurité dans ses bras. Bien que ce soit apaisant, cela ne me calme pas… d'autant plus que je me rends compte qu'il ne commente pas mon histoire.

J'espérais une réaction du genre « courons jusqu'à la Terre et sauvons tout le monde tout de suite ».

Il embrasse ma tempe en passant la main sur mon dos.

— Tu es sûre que ce n'était pas un cauchemar ?

murmure-t-il en continuant à me caresser comme si j'étais un chinchilla.

Je m'écarte brusquement.

— Bien sûr que j'en suis sûre !

Il m'observe, puis hoche la tête.

— D'accord. Étant donné les circonstances, il fallait que je pose la question.

— J'étais réveillée et entièrement sobre, dis-je en grognant. Et il y a eu deux visions consécutives. Je suis certaine que cet Armageddon est réel.

Je me lève d'un bond, attrape mes vêtements et les enfile furieusement, puis je fourre l'épée du portail dans l'arrière de mon pantalon.

— Très bien.

Nero se lève, pas du tout gêné par sa nudité. En même temps, il n'a pas de vêtements, car il est arrivé ici en volant, sous sa forme de dragon. Il s'avance vers moi et déclare :

— Je veux que tu me dises exactement ce qui est arrivé depuis que j'ai quitté la Terre. Plus spécifiquement, comment tu as fini par devenir une vampire. Tu l'as brièvement mentionné au château, mais je veux…

— Quoi ? Je te dis que la Terre est sur le point d'être détruite, et tu veux que je te raconte une histoire ?

Il serre la mâchoire.

— Je dois tenir compte de toutes les variables.

Je réplique sèchement :

— Et moi, j'ai besoin de connaître notre plan d'action.

Nero se penche vers moi.

— Je voudrais comprendre une chose : tu ne trouves pas suspect que Tartarus apparaisse juste après Lilith et Nostradamus, deux personnes qui sont obsédées par lui ?

Je le regarde fixement.

— Je n'ai pas eu le temps d'y réfléchir.

Nero lève les sourcils, l'air d'attendre calmement, et je cède avec un soupir. Je lui raconte tout, à commencer par l'attaque des chorts contre Felix et comment ils auraient tué papa et maman si je ne m'étais pas rendue. Quand j'arrive à la partie où ils m'ont torturée, le visage de Nero est si effrayant que les chorts ont de la chance d'être déjà morts, à mon avis. Je lui parle alors des souvenirs de Nostradamus et de sa quête pour venger sa famille – qui a été tuée par Tartarus –, et de la prophétie qu'il a faite à Lilith en affirmant que Tartarus causerait sa perte.

— Ensuite, Felix a utilisé son pouvoir pour me transmettre les conversations téléphoniques de Lilith, et j'ai découvert le piège. C'est elle qui a envoyé les chorts contre moi, et c'est à cause de ça que je suis une vampire. On peut faire quelque chose, maintenant ? Nous devons...

— Réfléchir avant d'agir, termine Nero.

En russe, il ajoute :

— On mesure sept fois pour couper une seule fois.

— À supposer qu'il reste encore quelque chose à couper après tous ces calculs, je grommelle en reconnaissant le proverbe de l'un des manuels que j'ai étudiés récemment.

— Tu veux être proactive ? Et si tu demandais quoi faire à tes pouvoirs de voyance ?

Je le regarde, bouche bée.

— Comment ça ?

— Quand je consulte des voyants, je leur explique mon but et ils regardent l'avenir pour trouver une voie qui me conduira jusqu'à l'objectif en question.

Je me mords la lèvre.

— Oh. Je n'ai jamais rien essayé d'aussi direct.

— Fais-le maintenant, ordonne Nero en regardant ma bouche.

— Très bien.

Je ferme les yeux, puis je fais de mon mieux pour me calmer suffisamment et passer dans l'espace mental.

Il me faut quelques secondes avant d'atteindre la concentration requise, mais dès que j'y parviens, je me retrouve à flotter, entourée par les formes de mes visions.

Des formes qui ne semblent pas être intéressantes, car leur musique évoque celle des ascenseurs.

Il est impossible que ces visions aient un rapport avec Tartarus. Au hasard, je dirais plutôt qu'il s'agit de Fluffster expliquant notre budget annuel d'essuie-tout ou de Felix chantant les louanges de son algorithme informatique préféré.

Mais si ce n'est pas ce dont j'ai besoin, comment faire ce que Nero a suggéré ? Comment « ordonner » à mes pouvoirs de me donner une vision de ce qui empêchera l'arrivée de Tartarus sur Terre ?

Eh bien, comme tout le reste dans l'espace mental implique l'essence des concepts et des gens, pourquoi ne pas essayer ça ?

D'une façon ou d'une autre.

Toujours en flottant, je fais de mon mieux pour atteindre l'essence du problème. Je canalise le chagrin que j'ai ressenti en voyant les enveloppes vides de mes parents. Pour faire bonne mesure, j'ajoute aussi mon irritation contre Nero et son manque de réactivité, et mon angoisse quant à l'énormité de la tâche qui nous attend.

Même si je ne sais pas trop ce que je fais, cela semble fonctionner. De nouvelles formes apparaissent autour de moi et elles sont aussi déstabilisantes que les autres étaient ennuyeuses. À cause de la musique qu'elles émettent, je me demande si je suis sur le point de voir un avenir dans lequel j'écorche moi-même tous les chatons de la Terre pour un rituel qui ferait partir Tartarus.

Ou bien je fais de la soupe avec Fluffster et Lucifer.

On peut toujours compter sur le destin pour transformer quelque chose de bien – comme empêcher l'apocalypse – en quelque chose de mauvais.

Je frissonne métaphoriquement et flotte un moment, sans être sûre d'oser toucher les formes en question.

Bon, je ne peux pas faire autrement. Il faut que je sache.

Je rassemble mon courage et m'étire vers la forme la plus proche en me préparant au pire.

———

Si vous souhaitez en savoir plus, veuillez consulter www.dimazales.com/book-series/francais/.

AU SUJET DE L'AUTEUR

Dima Zales est un auteur de science-fiction et de fantasy dont les romans sont classés parmi les best-sellers du *New York Times* et de *USA Today*. Avant de devenir écrivain, il a travaillé à New York dans l'industrie du développement de logiciels en tant que programmeur et en tant que cadre. Depuis les logiciels de trading haute fréquence pour les grosses banques jusqu'aux applications mobiles pour des magazines populaires, Dima a tout fait. En 2013, il a quitté l'industrie des logiciels pour se concentrer sur sa carrière d'écrivain et il a déménagé à Palm Coast, en Floride, où il vit actuellement.

Vous pouvez consulter le site www.dimazales.com/book-series/francais/ pour en savoir plus.